KB123874

〈보슌〉 표지의 색상은 매 쇄마다 바뀝니다.

모순

양귀자 소설

모순

양귀자

쓰다.

차례

9

8 하한 숫

7

6 때움이 라

1. 생의 외침

우리들은

남이 행복하지 않은 것은

당연하게 생각하고

자기 자신이

행복하지 않은 것에 대해서는

언제나 납득할 수 없어한다.

...

　어느 날 아침 문득, 정말이지 맹세코 아무런 계시나 암시도 없었는데 불현듯, 잠에서 깨어나는 순간 나는 이렇게 부르짖었다.

　"그래, 이렇게 살아서는 안 돼! 내 인생에 나의 온 생애를 다 걸어야 해. 꼭 그래야만 해!"

　한 번만 더 맹세코, 라는 말을 사용해도 좋다면 평소의 나는 이런 식의 격렬한 자기반성의 말투를 쓰는 사람이 결코 아니었다. 게다가 그런 식으로 말하기 좋아하는 열혈한을 만나면 지체 없이 경멸해버리고 두 번도 더 생각하지 않는 사람이 바로 나였다.

　그런 내가 어느 날 아침, 한 번도 아니고 두 번씩이나 부르짖었다. 내 인생을 위해 내 생애를 바치겠다고. 그런 스스로를 향해 어리둥절해하고 있는 사이 더욱 해괴한 일이 벌어졌다. 눈물이, 기척도 없이 방울방울 눈물이 볼을 타고 흘러내리는 것이 아닌가.

　처음엔 밤사이 비가 내려 허약한 천장이 또 새는 것인 줄 알았다. 그것도 아니라면 흥분해서 얼굴에 땀이 흐르는 줄 알았다. 아니, 사실을 말하자면 그렇게 믿고 싶었다. 그러나, 아니었다. 눈물이었다.

　눈물이 없었다면 그 느닷없는 부르짖음은 눈뜨고 꾸는 꿈의 잠

꼬대 정도로 잊혀졌을지도 몰랐다. 눈물이 없었다면 나는 내 입술을 비집고 새어나온 격렬한 그 구호에 대해 아무런 책임감도 느끼지 않았을 것이다. 그럴 수도 있는 것이다. 저 혼자 흘러나온 혼잣말 따위 나는 얼마든지 무시할 수 있었다.

그러나 여기 엄연한 증거가 있는 것이었다. 속눈썹에 이슬처럼 달려있는 마지막 눈물 한 방울, 젖어있는 휴지 조각, 맵싸한 기운이 아직 남은 먹먹한 가슴. 이런 증거들이 나를 채근하고 있었다. 어서 밝혀내라고, 어서 명명백백하게 스스로를 설명해보라고.

내가 가진 좋은 점 가운데 하나는 무언가 요구가 있을 때 가능하면 그 요구를 충족시켜주기 위해 노력한다는 것이었다. 나는 내가 할 수 있는 일이면 무엇이든 다 하고자 했다. 중학교 때 한 번, 고등학교 때 두 번 가출을 해서 어머니의 애간장을 녹인 것도 다 그런 성격 때문이었다.

중학교 때는 동생이 내게 새 운동화를 사달라고 요구했기 때문에 집을 나와 인천의 모자 공장에서 두 달간 돈을 벌기도 했었다. 처음에는 여름방학 한 달로 동생의 운동화를 해결할 작정이었는데 하다 보니 욕심이 생겼다. 그래서 두 달 만에 나는 동생과 내 운동화, 그리고 어머니의 가죽구두까지 사 들고 금의환향을 하였다. 물론 온 가족의 신발을 마련해 돌아온 어린 딸에게 모진 매질과 욕설을 아끼지 않던 어머니로부터 오랫동안 수모를 당하긴 했지만. 그러나 어머니는 특별한 외출이 있을 때 내가 사다준 새 구두를 착용하는 것으로 내가 받은 수모를 완벽하게 보상해주었다.

고등학교 때의 가출은 두 번 다 친구들의 요청에 의해서였다. 가장 친했던 친구가 먼저 집을 나갔고 이어서 또 한 친구가 가출을 했다. 혼자 남은 나는 심심했고, 친구들 역시 심심하면 내게 전화를 해서 놀러오기를 청했다. 친구의 무료함을 달래주기 위해 첫 번째는 일주일, 두 번째는 좀 길게 한 달, 나는 그렇게 긴 외출을 했을 뿐이었다. 결코 영원히 돌아오지 않겠다는 다짐 따위는 해 본 적이 없었다. 집이 다소 지겹긴 했어도 인생만큼 지겨운 것은 아니었다.

그 세 번의 가출 동기가 그토록이나 변변찮았던 것에 비하면 결과는 한없이 의미심장했다. 나의 행동은 그것이 무엇이든 간에 일단은 '가출소녀'라는 렌즈를 통과해서 사람들에게 이해되었다. 나중에는 그 일 자체가 바로 나라는 인간의 본질이 되어버릴 정도였다. 나는 사람들이 뒤에서 수군거리는 소리를 수없이 들었다. 세 번씩이나 집을 나간 맹랑한 년……

그래서 나는 스무 살이 넘은 이후 지금까지 한 번도 내 입으로 그 사건을 설명한 적이 없었다. 나는 본능적으로 자신을 보호해야 한다는 사실을 깨달았다. 삶에서 발생하는 에피소드들에 대해서 사람들은 씹을 줄만 알았지 즐기는 법은 전혀 배우지 못한 것이었다. 에피소드란 맹랑한 것이 아니라 명랑한 것임에도.

어쨌든, 나는 꽃 피는 3월의 어느 아침 느닷없이 나를 설명해보라는 스스로의 요구에 사로잡혔다. 못 할 것도 없는 일이다. 나는 우선 아주 기초적인 자료부터 나열해보기로 한다. 군이 비공개로 남겨두어야 할 이유가 손톱만큼도 없는 나의 평범한 신상명세서는 이렇다.

이름, 안진진.

그렇다. 나는 진진이다. 처음에 부모가 합의하기는 진, 이라는 외자 이름이었는데 동사무소에 출생신고를 하러 가는 도중에 아버지의 마음이 변했다. 아버지는 그런 사람이었다. 오랜 시간을 들여 결정한 일도 오 분 뒤에 새로운 진지함에 사로잡혀 뒤집을 수 있는 아버지. 그래서 아버지는 즉흥적으로 내 이름을 바꾸기로 했다. 그리고 직원에게 이렇게 말했다. 참 진(眞)자 같은 것은 한 번 쓰면 너무 무거우니 두 번으로 합시다. 또 딸을 낳으면 선선이, 미미, 이렇게 이름을 지을 계획이니까.

그러나 그 뒤 더 이상의 딸은 없었다. 하지만 아버지도 진진이란 이름 앞에 '안'이 붙는다는 사실까지는 유념하지 못했을 것이다. 약간 지나치게 해석한다면, 어떤 식으로 해도 나라는 인간은 평생 자신의 이름을 부정하며 살아가야 할 운명인 것이었……

나이는 스물다섯 해와 일곱 달. 가족은 어머니와 남동생 각각 한 명씩. 추가로 떠돌아다니며 가끔씩 집에 들어오는, 지금은 그나마도 돌아오지 않고 있는 아버지를 넣을 수도 있다.

학력은 대학 휴학 중이고 휴학의 이유는 너무나 간단명료하다. 막대한 등록금을 마련하는 데 시간이 필요했기 때문이었다. 물론 철없이 어머니를 졸라대거나 코피를 쏟으며 아르바이트를 한다면 이토록 잦은 휴학을 할 필요는 없었으리라. 그러나 그럴 필요가 어디 있는가. 나는 아무런 할 일도 없었고 이십대는 아직도 5년이나 남아있었다.

휴학 후 돈을 벌기 위해서 거친 직업을 다 열거하려면 적지 않은 시간이 소모될 것이다. 불과 두어 달 전만 해도 직업을 밝혀야 할 이런 기회가 있었다면 나는 조금 망설이다가 '서비스업'이라고 대답했어야 했다. 게으른 주인이 운영하는 커피 전문점에서 카운터를 보고 있었으므로. 그러다가 종종 이 나이에 어린애들에게 찻잔을 날라야 하는 일도 많았으므로 서비스업, 이라는 대답은 아주 적절한 것일 수 있었다.

그러나 지금은 다행히도 사무원, 이라고 답할 수 있게 되었다. 이 직업이 얼마나 내게 대견했는지는 한 학기 등록금이 모여졌음에도 불구하고 이번 3월에 복학 신청을 하지 않은 것으로 미루어 충분히 짐작할 수 있는 일이었다. 다만 한 가지 마음에 걸리는 것이 있다면, 이 자리를 얻는 데 내 안간힘은 전혀 소용이 닿지 않았다는 것이었다. 그러나 이모부의 지나가는 한마디는 엄청난 위력이 있었다. 이모부는 전화 한 통화로 이 일을 해결했다. 그리고 이모부는 말했다. 우리 회사에는 자리가 없어서, 라고.

취미는, 없다.

나는 이 취미라는 말을 별로 좋아하지 않는다. 내게 있어 취미란 단어는 악취미의 줄임말과 같은 뜻으로 종종 사용된다. 사람들이 진짜로 즐기는 유희는 고상한 것보다는 다분히 악의적인 것들이 훨씬 더 많다. 실제로 언제 어디서든 당당하게 클래식 음악 감상이 취미라고 말하던 커피 전문점 사장의 진짜 취미는 유부녀 홀리기였다. 사장 말을 그대로 옮기면 이 취미는 돈도 들지 않고, 위험 부담도 없는 데다, 짜릿한 재미까지 철철 넘친다고 했었다. 이 취미에 문제가 있다면 신상카드에 떳떳이 기록할 수 없다는 것뿐이다.

공개적으로 밝힐 수 있는 현재의 내 총재산은 사십이만 팔천 원이다. 나의 재산 규모가 진실로 얼마인지 어머니나 남동생 귀에 들어가지 않는다는 보장만 해준다면, 거기에 열 배를 곱한 액수라고 조용히 귀띔해줄 수도 있다. 돈 모으기를 생활신조로 삼고 있진 않지만, 그러나 돈이 얼마나 중요한 것인지는 내 또래 누구보다도 더 나는 정확하게 알고 있는 편이었다. 사람들이 때때로 어떤 거래나 협상의 자리에서 아주 진지한 얼굴로 "중요한 것은 돈이 아니야"라고 말하는 것을 나는 절대 믿지 않는다. 그런 말은 기교일 뿐이다. 중요한 것은 결국 돈이라는 사실을 세상 사람들은 모두 알고 있다.

그 외 몇 가지 신상명세를 추가할 수도 있겠다. 가령 크지도 작지도 않은 키라든지, 혐오스럽지도 경이롭지도 않은 외모를 지녔다든지, 이것저것 잡동사니로 읽은 책이 꽤 되어서 그럭저럭 머릿속은 채우고 있는 편이라든가 하는 것들.

그리고…….

그리고 뒤에 더 이상 이을 말이 없다는 것은 슬픈 일이다. 내 인생의 볼륨이 이토록이나 빈약하다는 사실에 대해 나는 어쩔 수 없이 절망한다. 솔직히 말해서 내가 요즘 들어 가장 많이 우울해 하는 것은 내 인생에 양감(量感)이 없다는 것이다. 내 삶의 부피는 너무 얇다. 겨자씨 한 알 심을 만한 깊이도 없다. 이렇게 살아도 되는 것일까.

빈약한 인생에 대해서 고민하기 시작한 것은 내가 스물다섯, 결혼 적령기라는 사실과 전혀 무관하지 않을 것이다. 내 나이 또래의 모든 여자들이 대부분 그렇듯이, 지금 내게도 머지않은 시간에 청혼을 할지도 모를 두 명의 남자가 있다. 참 이상한 일이지만, 이십 대에는 가만히만 있어도 사랑이라는 이름으로 얽어맬 수 있는 기회들이 심심찮게 찾아온다. 나처럼 전혀 내세울 것이 없는 여자에게도 결혼의 기회는 얼마든지 있다. 이십대의 젊음이라는 것은 어떤 조건과도 싸워 이길 수 있는 천하무적의 무기이니까.

벌써 결혼을 한 여학교 동창들이 바로 그 천하무적의 무기를 어떻게 사용하고 있는지를 익히 보여주는 증거일 수 있다. 누구라고 말하지는 않겠지만, K, 그녀는 뚱보인데다 수다스럽고 거기다 덧붙여 몹시 해독하기 어려운 얼굴을 가지고 있었다. 그런 K가 작년에 슈퍼마켓의 젊은 사장과 결혼을 했다. 남자는 겉으로 보기엔 몹시 훌륭했다. 절대 K를 선택할 이유가 내게는 없어보였다. 그러나 K가 우유를 사러 슈퍼에 들락거린 것이 만남의 시작이었다고 했다. 우유가 그런 놀라운 일을 해치웠다. 우유가······.

M은 병약한 체질로 학교 다닐 때도 걸핏하면 장기결석을 하던 친구였다. 더 이상 자리에 눕지 않고 사람 구실만 하며 살 수 있어도 원이 없겠다며 눈물짓던 M의 어머니가 생각난다. 그런 M이 미남 의사와 결혼한 지 벌써 2년째다. 병원 복도에서 빈혈로 쓰러진 M을 마침 그 미남 의사가 발견하고 병실로 옮겨준 것이 사랑의 시작이었다고 했다. 이번에는 빈혈이 그런 놀라운 일을 해치운 것이었다. 빈혈이……

아무리 빛나는 이십대라고 해도 극적인 연애담을 누구나 다 소유하는 것은 아니다. 특히 나처럼 매사에 무덤덤하고 세상사에 대해서 시큰둥한 인간한테는 설령 그런 극적인 순간이 찾아온다 해도 발길로 걷어차 버릴 가능성이 많다. 아마 이런 뒷말쯤은 군시렁거릴지도 모르겠다. 뭐 이런 일이 다 있담, 유치하게시리.

그랬으므로 지금 내게 나타난 두 명의 남자와도 나는 당연히 몹시 무덤덤하게 만났다. 유치해질 순간은 얼마든지 많았지만 그럴 때마다 번번이 내가 그것을 용납하지 않았다. 감상적이고 유치하게 살지 않겠다는 자세는 약간 과장되게 말한다면 내가 지닌 굳건한 세계관이었다. 내게 친구가 거의 없는 것도 사실은 다 그 때문이었다. 나는 감상과 유치함에 대해 언제나 과감하게 적대적이었으니까.

추리해보면, 아마도 내 경우에 있어서는 나의 이런 태도 자체가 K의 우유, 혹은 M의 빈혈과 같은 효과를 냈을 수도 있다. 나는 그렇게 믿고 있다. 이십대의 젊음에게는 온갖 것이 다 사랑의 묘약

일 수 있다. 이십대란 나이는 무언가에게 사로잡히기 위해서 존재하는 시간대다. 그것이 사랑이든, 일이든 하나씩은 필히 사로잡힐 수 있어야 인생의 부피가 급격히 늘어나는 것이다.

문제는 여기에 있다. 이제 조금씩 가닥이 잡힌다. 되돌아보면 어제도 우울했고 그제도 우울했었다. 아침에 일어나서 눈물까지 흘리며 절박하게 부르짖을 만큼 우울했었다고 단정할 수는 없지만 그래도 확실히 예전의 나와는 달랐다. 나는 걸으면서도 생각했고 일을 하면서도 생각했고 자면서도 생각했었다. 사랑에 빠져 행복한 사람을 보면서 생각했고, 등산에 빠져 주말마다 산에 가는 행복으로 나날을 보내는 옆자리 직원을 보면서도 생각했고, 죽을 때까지 공부만 할 수 있다면 정말 행복하겠다고 되뇌며 미국으로 유학을 떠난 대학 동기를 보면서도 생각했다.

그런데 나는? 스물다섯 해를 살도록 삶에 대해 방관하고 냉소하기를 일삼던 나는 무엇인가. 스물다섯 해를 살아오면서 단 한 번도 무엇에 빠져 행복을 느껴본 경험이 없는 나, 삶이란 것을 놓고 진지하게 대차대조표를 작성해본 적도 없이 무작정 손가락 사이로 인생을 흘려보내고 있는 나, 궁핍한 생활의 아주 작은 개선만을 위해 거리에서 분주히 푼돈을 버는 것으로 빛나는 젊음을 다 보내고 있는 나.

더욱 나쁜 것은, 아직 사랑에 빠지지도 않았으면서 두 사람 중 하나를 선택해서 결혼을 해버릴 수도 있다고 중얼거리는 '나'였다. 그렇게까지 해서 급히 결혼을 해야 할 이유가 내게는 전혀 없다. 하지만 결혼 말고 내 삶의 부피를 늘려줄 만한 어떤 일이 내 앞에 있는 것도 아니다. 빈약한 인생을 걱정한다면 지금의 나로서는 결혼에 빠져보는 것도 하나의 방법일 수 있다. 어리석은 판단에 사로잡히지 않는다는 보장만 있다면, 많은 시간 충분한 검토를 거치겠다는 각오만 열렬하다면 말이다.

그랬다. 나는 흘러간 유행가의 제목처럼 참 바보처럼 살았던 것이었다. 그런 깨달음이 언제부터인가 아주 조금씩, 마치 실금이 간 항아리에서 물이 새듯 그렇게 조금씩 내 마음을 적시기 시작했을 것이었다. 항아리의 균열은 점점 더 커지고, 물은 걷잡을 수 없이 새들어오고, 마침내 마음자리에 홍수가 나버려서 이 아침 절박한 부르짖음을 토해내지 않을 수 없었으리라. 이렇게.

"그래, 이렇게 살아서는 안 돼! 내 인생에 나의 온 생애를 다 걸어야 해. 꼭 그래야만 해!"

홍수가 나버리도록 마음자리가 불편할 때까지 나를 참게 한 힘은 무엇이었을까. 인생을 방기(放棄)하고 있다는 자괴감에 시달리면서까지 무위한 삶을 견디게 한 힘은 무엇이었을까.

이제 비로소 이야기의 핵심에 다가가고 있다는 느낌이 든다. 여태까지 이 말을 하고 싶어서 쓸데없는 군말들을 많이도 늘어놓았구나 하는 알 수 없는 긴장감마저 느낀다. 내 삶이 이렇게 굳어진 데는 하나의 까닭이 있었다. 아마도 나는 이 아침, 내 삶을 변명하기 위해서라도 꼭 이 말을 하고 싶었던 것인지도 모른다.

스스로의 삶을 변명하기 위해서 어머니의 삶을 들춰내야 한다는 말은 정말 어리석은 핑계처럼 들린다. 게다가 스물다섯의 다 커버린 나이에는 수치스러운 변명일 수도 있다. 그래서 이미 오래전에 검토를 끝내고 마음속에 묻어두었던 일이었다. 그러나 다시 검토할 수도 있다고 나는 스스로를 위로한다. 내 삶의 뿌리를 더 듬기 위해 어머니가 등장하는 것이 꼭 부끄러운 일만은 아니다.

어머니는 일란성 쌍둥이로 태어났다. 두 사람이 부모도 구별 못할 만큼 닮아서 키우는 동안 애를 먹었다는 이야기는 외할머니한테서 귀에 못이 박이도록 들었다. 얼굴도 같았고, 성격도 같았고, 하다못해 학교 성적까지도 무엇이든 두 사람은 똑같았다. 같은 집에서 같은 옷을 입고 같은 생각을 하며 늘 붙어 다니는 두 사람은 마치 둘로 나누어진 한 사람인 양 보였다고 했다. 도저히 따로 떼어 생각할 수 없는 한 사람.

어머니와 이모는 결혼과 동시에 비로소 두 사람으로 나뉘었다. 두 사람으로 나뉘자마자 이들의 삶은 급격히 달라지기 시작했다. 한 사람은 세상의 행복이란 행복은 모두 차지하는 것으로, 나머지 한 사람은 대신 세상의 모든 불행을 다 소유하는 것으로 신에게 약속이나 받았듯이 그렇게 달라졌다. 안타깝게도 나는 불행을 짊어진 쪽으로 편입되어 이 세상에 태어났다.

어린 시절의 나는 어머니와 이모가 그토록이나 혼란스러웠다. 빗물 새는 단칸방에서 울고 있는 어머니를 보다가 이모 집에 가서 똑같은 얼굴, 똑같은 목소리의 이모가 비단 잠옷을 입고 침실에서 나오는 장면을 목격하게 되면 누구나 다 그럴 것이었다. 울고 있던 어머니가 무대 뒤로 뛰어가 금방 비단 잠옷으로 옷을 갈아입고 행복한 또 다른 사람 역할을 연기하는, 일인이역의 연극을 보고 있는 기분이었다고나 할 수 있을는지. 그때까지만 해도 삶의 고단함이 어머니의 얼굴을 많이 할퀴어놓지 않아서 이모와 어머니를 분별하는 것은 여전히 어려운 일이었다.

고백하자면 비단 잠옷 쪽이 어머니가 아닌 것을 인정할 수 없었기에 혼란스러워했던 것인지도 몰랐다. 내가 이모의 딸이었다면, 그랬다 해도 가난하고 억센 이모와 부자이면서 부드러운 어머니를 혼동하곤 했었을까. 실제로 나와 동갑인 이모의 딸은 쌍둥이 이모에 대해서 한 번도 혼란을 느껴본 적이 없다고 단호하게 말하곤 했었다. 그 애는 새침한 표정으로 늘 이렇게 말했다. 저기 니네 어머니 있다…….

니네 어머니, 아니 우리 어머니와 이모를 놓고 비교하는 일을 멈춘 때는 내가 사람들 표현대로 '심심하면' 가출을 하기 시작한 무렵과 거의 같았다. 나는 똑같은 조건 속에서 출발한 두 사람이 왜 이다지도 다른 삶을 살고 있는지 도저히 이해할 수가 없어서, 그래서, 그만 삶에 대한 다른 호기심까지도 다 거두어버렸다. 이런 것이 운명이라면, 그것을 내가 어찌 되돌릴 수 있으랴. 인생은 탐구하는 것이 아니라 받아들여야만 하는 것, 이것이 사춘기의 내가 삶에 대해 내린 결론이었다. 어머니의 경험이 나에게서 멋진 삶을 살아보고자 하는 동기 유발을 앗아가 버린 것이었다.

참 이상한 일이다. 이렇게 정리를 해놓고 보니 너무 무겁다. 풀씨가 바람에 날리듯, 마음속에서 막연히 부유하던 생각들도 정색을 하고 정리를 해보면 깜짝 놀랄 만큼 심각해지는 것이 정말 이상하다.

내 삶이 이토록 지리멸렬해진 것을 모두 다 어머니에게 떠넘기고 싶은 생각은 추호도 없다. 어떤 사건이 일어나면 원인을 분석한다고 때로는 문제가 있는 가정에, 혹은 사회에, 아니면 제도에 책임이 있다고 말하는 사람들을 나는 별로 신뢰하지 않는다. 가끔 그런 분석들을 명분으로 내세우고 자신의 방종을 정당화하려는 젊은 애들을 만나는데 그럴 때마다 나는 그들의 교활함을 참을 수 없어한다. 특히 열대여섯 되는 어린애들이 텅 빈 머리로 앵무새처럼 그런 핑계를 대고 있으면 뺨이라도 한 대 올려붙이고 싶은 것을 간신히 참아야 한다. 영악함만 있고 자존심은 없는 인간들.

그래서 나는 불행한 어머니에 대해, 행복한 이모에 대해 할 수 있는 한 한껏 담담하게 말하고자 한다. 그런 일이 있었지만, 내 윗대의 상황이 좀 미묘하긴 했지만, 내 삶이 그것에 완전히 빚져 있었던 것은 아니라고.

그러나, 그러나, 이런 말은 어떤가.

우리들은 남이 행복하지 않은 것은 당연하게 생각하고, 자기 자신이 행복하지 않은 것에 대해서는 언제나 납득할 수 없어한다.

얼마 전 어떤 책을 읽다가 우연히 발견한 구절인데, 내게는 아주 훌륭한 충고가 되어준 말이었다. 내 삶을 변명하기 위해 어머니를 끌어낼 용기를 품게 한 것도 고백하자면 바로 이 구절 때문이었다. 인생은 바로 이런 것이었다. 나의 인생에 있어 '나'는 당연히 행복해야 할 존재였다. 나라는 개체는 이다지도 나에게 소중한 것이었다. 내가 나를 사랑하고 있다고 해서 꼭 부끄러워할 일만은 아니라는 깨달음, 나는 정신이 번쩍 드는 기분이었다.

그랬다. 이렇게 살아서는 안 되는 것이었다. 내가 내 삶에 대해 졸렬했다는 것, 나는 이제 인정한다. 지금부터라도 나는 내 생을 유심히 관찰하면서 살아갈 것이다. 되어 가는 대로 놓아두지 않고 적절한 순간, 내 삶의 방향키를 과감하게 돌릴 것이다. 인생은 그냥 받아들이는 것이 아니라 전 생애를 걸고라도 탐구하면서 살아야 하는 무엇이다.

그것이 인생이다…….

2. 거짓말들

가난한 삶이란

말하자면 우리들 생활에

절박한 포즈 외엔

어떤 것도 허락하지 않는

삶이란 뜻이다.

...

유달리도 버스가 오지 않았다. 오지 않는 버스를 기다리는데 문
득 이마에 빗방울이 닿았다. 그리고 곧바로 볼에도, 콧잔등에도,
일 초 간격으로 빗방울이 떨어졌다. 뒤를 돌아보니 처마를 길게
뺀 상점들이 있었다. 망설이지 않고 처마 밑으로 비를 피했다. 느
닷없는 비를 만난 다른 사람들도 다 그렇게 했다. 그때까지 내가
잘못한 일은 하나도 없었다.

그러나 내게 처마를 빌려준 가게가 바로 꽃집이었다. 게다가 내
주머니에는 한 시간 전에 사장에게서 받은 약소한 월급이 들어있
었다. 장미꽃쯤이야, 라고 나는 생각했다. 오늘이 그 유명한 4월
1일, 만우절이라는 사실을 상기하고 한 일은 아니었다. 월급을 받
은 날, 장미꽃 한 다발쯤 산다고 해서 세상이 잘못될 일은 하나도
없었다. 그래서 나는 꽃을 샀다. 하필이면 그 유명한 4월 1일 만우
절, 오후 일곱시 십오분에.

그 다음에도 내 잘못은 없었다. 역촌동 집으로 가는 버스는 언
제 올지 알 수가 없었고, 빗줄기는 점점 기세를 더해가는데, 손님
없는 택시 한 대가 얄궂게도 내 앞에서 멎더니, 택시 기사가 내려
가게에서 총총 담배 한 갑을 사고 다시 차에 올랐다. 볼일을 마친
택시가 바로 떠나주었더라도 아무 일이 없었을 것을, 기사는 아주

느린 동작으로 담뱃갑의 금색 띠를 풀고, 역시 아주 느린 동작으로 윗부분 은박지를 느릿느릿 개봉하고, 다음엔 아주 천천히 담배 한 개비를 꺼냈다. 그러고도 라이터를 찾는 데 일 분, 불을 붙이고 창문을 여는 데 일 분, 나는 기어이 그 택시의 뒷문을 열고 올라타 버렸다. 내 주머니에는 아직도 약소한 월급이 아주 많이 남아있었다.

"청담동."

그랬다. 나는 '역촌동'이라고 말하지 않고 '청담동'이라고 말했다. 아무도 이유를 묻지 않았지만 나는 스스로에게 그 까닭을 말하지 않고는 못 견디는 사람이었으므로 이렇게 자신에게 해명했다. 강북의 역촌동까지 택시로 가는 일은 낭비였고 기본요금으로 해결할 수 있는 청담동을 가는 것은 순리에 맞는 일이었다고. 우중에 빨간 장미 꽃다발을 들고 헤매는 것은 장미꽃에 대한 예의가 아니라고.

4월 1일 만우절 저녁에 내가 취한 행동은 이제까지 자세히 설명한 것처럼 모든 일이 다 우연이었다. 나는 가만히 있었는데 우연이 자꾸 나를 그렇게 몰아갔다. 버스가 그랬고, 비가 그랬고, 장미꽃이 그랬으며, 마지막에는 택시 기사가 그 우연을 완성시켰다. 자로 잰 듯이 빈틈없는 우연. 거짓말이 아니다. 만우절이긴 했지만. 아니, 만우절이니까 더욱…….

"아이구, 그런 거짓말이 어딨어요."

오십여 년 전 오늘, 나의 외할아버지가 산부인과 의사에게 던진 그 말씀은, 야단스럽게 손사래까지 쳐가면서 거의 외치듯이 던진 그 말씀은 아주 오랫동안 집안사람들에게 우스갯소리로 전해졌다. 외할아버지는 그것으로도 모자라 거기다 한 말씀 더 보탰다.

"만우절이라고 의사들까지 거짓말하면 됩니까?"

딸 쌍둥이가 나왔다는 의사의 점잖은 전갈을 대뜸 거짓말로 몰아붙인 외할아버지는 한꺼번에 둘씩이나 생긴 딸자식을 실물로 보고도 한참 동안 믿기지 않는다는 표정이었다. 외할아버지는 하필 그날이 만우절이라는 사실을 못내 석연찮아했었다.

그럴 만도 했다. 외할머니는 결혼 후 오 년 동안이나 아이를 못 낳고 있다가 겨우 임신을 했는데, 열 달 내내 아주 빈약한 배를 내밀고 다녀서 외할아버지로 하여금 진정 임신인가, 하는 의심까지 하게 만들었다는 것이었다. 그런 뱃속에 딸자식이 하나도 아니고 둘씩이나 들어앉아 있었다니, 만우절의 싱거운 장난도 아니라면 그러면 이것은 횡재인가, 횡액인가.

그리고 이십오 년 뒤의 4월 1일, 딸 쌍둥이를 한날한시에 혼인시키는 결혼식장에서 외할아버지는 이렇게 말씀하셨다고 했다.

"한꺼번에 주신 자식이니까 보낼 때도 한꺼번에 보내야지요. 거짓말처럼 오늘 깨끗하게 치워버리기로 했습니다."

이로써 외할아버지는 쌍둥이 딸들 일생의 가장 중요한 두 기념일을 4월 1일 하나의 날로 묶어버리는 아주 특별한 일을 해치우신 분으로 후손에 영원히 기억되었다.

그리고 오늘, 또 하나의 4월 1일.

나는 엉뚱하게도 청담동 이모 집 대문 앞에 서 있다. 주홍빛 외등이 화사하게 대문 앞을 밝히고 있는 여기, 나는 잠시 망설인다. 평소에 나는 이런 식으로 아무 이유나 붙여서 이모 집을 스스럼 없이 드나드는 만만한 조카가 아니었다. 나를 좋아하는 이모가 몇 번씩 전화를 하면 마지못한 듯이 달려오기는 했지만 이처럼 엉뚱하게는 결코 아니었다.

게다가 오늘 같은 날은 더욱 여기에 올 일이 아니었다. 오늘은 이모에게 아주 특별한 날이었다. 생일과 결혼기념일이 겹친 날. 이모에게 특별한 날이면 나의 어머니에게도 똑같이 특별한 날일 수밖에 없었다. 그것이 두 사람의 겹친 운명이었으니까.

그런데 나는 집에 있지 않고 여기에 있는 것이었다. 할 수 없는 일이었다. 어차피 여기에 와 있고, 더더욱이 장미꽃을 들고 어머니에게 간다는 것은 말이 안 되는 일이었다. 우리 집에선 그랬다. 그런 일은 있어서도 안 되고 있을 수도 없는 일이었다. 장미꽃을 주고받는 식의, 삶의 화려한 포즈는 우리에게는 전혀 익숙하지 않았다. 가난한 삶이란 말하자면 우리들 생활에 절박한 포즈 외엔 어떤 것도 허락하지 않는 삶이란 뜻이었다.

이모는 집에 있었다. 그러나 완벽한 외출 채비가 오 분 뒤 이모가 대문 밖으로 나갈 것이라는 사실을 확실하게 밝혀주고 있었다.

"세상에. 너한테 오늘 같은 날 이처럼 아름다운 꽃다발을 받다니. 이 꽃, 먼지가 되어 스러질 때까지, 나, 영원히 간직할 거야. 정말이다. 두고 봐라."

이모는 그런 사람이었다. 무엇이든 확실하게 표현해서 나처럼 모호한 잡념에 휘말려있는 인간의 머리조차 불현듯 선명하게 헹구어주는 이모. 이모가 영원 혹은 간직이라는 단어를 스스럼없이 사용하는 쪽이라면 엄마는 이익 혹은 계산이라는 말을 하루에도 수십 번씩 거침없이 해대는 쪽이었다. 그렇지만 이익이 많아 계산할 것이 평생 넘치는 쪽은 단연 이모였다. 그런 이모가 꽃다발을 벽난로 위에 얹어둔 다음 급히 내 손을 끌었다.

"자, 가자. 심심한 이모부랑 심심한 외식을 하기로 했는데, 진진이가 왔으니 흥미진진한 저녁만찬이 되겠구나. 갈 거지? 그렇지?"

이모 말대로 이모부는 몹시 심심한 사람이었다. 이모도 그런 뜻으로 말했겠지만 심심하다는 것은 사람이 싱겁다는 뜻이 아니라 모든 일에 예외가 없어서 언제라도 예측이 가능하다는 의미였다. 결혼기념일이 오면 단 한 번도 잊지 않고 외식과 선물을 준비하는 남편, 견고하고 성실하게 가족과 집을 지키는 남편, 이모부는 그런 일들이 너무나 당연한 것이어서 아내에게 생색을 낼 필요조차 못 느끼는 남자였다. 그러므로 내가 결혼기념일과 아내 생일이 겹친 이날의 특별한 외식에 끼어든다고 해서 감정을 다칠 이모부도 아니었다. 나는 어쩐지 이모의 청을 거절할 수 없었다. 나는 이모가 원하는 대로 하기로 했다.

이모가 운전하는 차를 타보는 것은 정말 오랜만이었다. 어려서는 자주 이모의 차에 담겨서 이모 집으로 옮겨지곤 했다. 다급할 때 어머니가 할 수 있는 유일한 구조 요청은 이모에게 전화를 하는 것이었다. 이모는 언제라도 불평하지 않고 달려와 나와 어린 동생을 자기 집으로 피신시켰다. 아버지의 술주정이 시작되면 어머니는 전화부터 했고 우리는 곧장 대문간에 나와 서서 이모가 도착하기를 기다리곤 했었는데. 그때의 일들을 이모는 기억하고 있을까?

"그러엄. 사실은 말야, 내 운전 실력이 바로 너희들 때문에 부쩍부쩍 늘었다는 것 아니니. 속도위반, 신호위반하는 것도 다 그때 배웠단다. 너희 집 아니면 내가 무에 그리 급하게 달려갈 일이 있었겠니? 그때는 말야, 삐오삐오 하는 구급등 있잖아? 그걸 하나 살까도 생각했었는데 너희 이모부가 반대해서 못 샀지. 그걸 자동차 지붕 위에 얹고 달려보면 되게 재미있을 것 같았는데 말야."

이모는 아직도 구급등을 얹어놓고 달려보지 못한 것이 못내 섭섭하다는 표정이다. 어머니나 나에게는 수치스러운 기억이 이모에게는 재미있는 추억으로 남아있다는 것, 그러나 그것만이 다였을까. 그걸 모를 이모가 아니었다.

"진진이 너, 그런 일은 그냥 잊어버려. 아니면 나처럼 재미있었던 모험담 정도로만 생각하거나. 안 그래도 지루한 세상, 그땐 무지 아슬아슬했었는데, 하면서 말야."

이모는 지금 지루한가. 나는 문득 이모의 옆얼굴을 들여다본다. 엄마보다 적어도 열 살은 젊어 보이는 이모, 그렇게나 똑같아서 부모도 다 자랄 때까지 구별하기 어려웠다는 두 사람은 이젠 따로 설명이 있지 않는 한 쌍둥이인 줄 알기가 어렵다. 그저 많이 닮은 언니거나 동생이라고들 생각한다. 물론 어머니 쪽이 언니다. 가난한 세월은 이모보다 겨우 십 분 먼저 나온 어머니를 이제는 이모보다 족히 십 년은 먼저 태어난 언니로 만들어놓았다.

외식을 하기로 한 장소는 이모네 수준에 맞게 호텔의 정통 프랑스식당이었다. 딱히 먹고 싶은 것도 없어서 어디로 갈까 많이 망설이다 정한 곳이라는 이모의 부연 설명이 있었다. 우리 집에서의 외식은, 물론 그것마저 일 년에 몇 차례 불과한 일이지만, 망설임 한번 없이 단호하게 돼지갈비집이었다. 고기 타는 연기가 식당 바깥까지 자욱하고, 맛 좋기로 소문났다는 어머니의 자랑처럼 방마다 사람들이 가득 찬 그곳에서는 먹는 일도 노동이었다. 쉴 새 없이 고기를 뒤적이고, 연기를 피해 이리저리 자리를 옮기고, 볼이 미어지게 싸 넣은 상추쌈으로 격렬한 입 운동이 불가피한 거기. 남동생과 나와 어머니는 전쟁터 속의 병사들처럼 묵묵히, 그러나 죽을 힘을 다해 돼지고기와 싸우다 거의 지쳐서 식당을 나오곤 했었다.

하지만 여기 이모네 외식은 달라도 한참 달랐다. 예약석으로 자리를 안내하는 웨이터의 몸에서는 달착지근한 향수 냄새가 풍겼고, 어딘가에서 직접 연주하는 듯한 잔잔한 피아노음은 우아한 선남선녀들이 앉은 테이블 사이를 나지막하게 흐르고 있다. 티끌 하나 묻지 않은 식탁보랄지 꽃처럼 접혀진 냅킨 같은, 세련된 테이블 세팅에 대해서는 더 이상 말하고 싶지 않다. 약속시간에 정확히 도착한 이모부가 익숙하게 주문하고 마침맞게 하나씩 나오던 그림 같은 요리에 대해서도 더 이상 말하지 않을 참이다. 그런 것들에 대해서 주눅 들어 하던 나이는 이미 지났다. 내 주머니 속에 아직도 많이 남아있는 약소한 월급으로도 얼마든지 이 식탁을 책임질 수 있으니까. 다만 그렇게 하지 않을 뿐이니까.

대신 이모부에 대해서는, 아니 이모와 이모부가 빚어내는 풍경에 대해서는 할 말이 좀 있었다. 술은 와인 한두 잔 정도, 담배는 건강에 해로운 것이므로 당연히 피지 않고, 아침마다 운동 한 시간은 중년 남성에게는 필수니까 어지간해서는 빠뜨리지 않고 실시, 매사가 이토록이나 반듯한 이모부는 역시 이모부답게 결혼기념일과 생일선물로 작은 보석상자 하나를 마련해 왔다.

"이런 색깔을 내는 흑진주는 세계적으로 귀하대요. 세트로 하려다가 내년을 위해서 반지만 샀어요. 마음에 들면 좋겠네."

이모부의 다정다감한 말씀.

"고마워요. 물론 마음에 들지요. 당신이 고른 건데."

거의 연극 대사처럼 술술 흘러나오는 이모의 답변.

"애들 없이 맞는 결혼기념일이 벌써 몇 년째지?"

아내의 와인잔에 살짝 자기 잔을 부딪치며 묻는 이모부. 유학 보낸 주리와 주혁이 이야기다.

"거의 십 년이 되어 가지요. 그 대신 오늘은 우리 진진이가 참석했잖아요."

아까부터 이모부보다 나에게 더 신경을 쓰고 있는 이모가 대화 속에 나를 끌어넣는다.

"그렇군. 회사는 잘 다니고 있지?"

간신히 나에게 관심을 돌리는 이모부.

"네. 덕분에 좋은 직장을 구했다고 엄마가 늘 고마워하세요."

자기 마누라하고 자기 자식밖에 모르는 사람이 웬일이냐고, 이모부가 구해준 내 취직자리에 대해서 시큰둥해하던 어머니를 왜곡시키고 있는 나.

"이 와인, 당신을 위해 아까 예약할 때 특별히 주문한 거야. 한 잔 더 하지 그래."

다시 관심을 이모에게로 돌려버리는 이모부.

"진진이가 장미꽃을 들고 왔어요. 얘가 그래도 속이 깊어요. 자식들 멀리 떨구어놓고 지 이모 외롭겠다 생각한 거지요."

화제가 내게서 벗어난 것을 만회해 보려는 이모의 안간힘.

"고맙군."

의례적인 인사를 가장 의례적으로 할 줄 아는 이모부의 저 전통적인 매너. 그때 나는 이모가 와인잔 속에 입술을 숨기며 나지막하게 한숨을 쉬는 것을 발견했다. 아직도 요리는 전반부, 이모의 말대로 나는 정말 심심해진다. 이모도 심심하다는 얼굴이다. 심심하지 않은 사람은 심심한 이모부뿐이다.

이모부는 꽤 유명한 건축사 사무소를 열고 있는 건축가다. 주로 업무용 빌딩들을 설계하고 있는데, 경제적이고 실리적인 공간을 추구하고 형상화시키는 데 탁월한 솜씨를 발휘해서 설계주문이 끊이지 않는다고 했다. 일감이 밀린다 해도 이모부가 가족을 등한시하면서까지 일을 해야 할 이유는 없었다. 이모 말에 의하면 이모부는 고객과 상담하고 설계의 윤곽만 잡아주면 나머지는 열 명이나 되는 직원들이 다 알아서 한다고 했다. 말끔한 양복차림으로 출근해서 오후가 되면 정확한 시각에 퇴근하는 하얀 얼굴의 이모부를 생각하면 명함에 찍힌 '건축가'라는 호칭은 아무래도 낯설었다. 이모부한테서 나는 한 번도 먼지와 고함과 철근과 콘크리트의 흔적을 찾지 못했다. 그래도 이모부는 틀림없는 건축가다. 다소 심심한.

나는 지루하게 계속되는 식사 도중 틈틈이 주변의 테이블들을 돌아보았다. 그 많은 테이블마다 어쩌면 그리도 한결같은 평화만이 존재하는지 의견이 엇갈려 쥐고 있던 술잔을, 하다못해 무릎 위의 냅킨이라도 집어던지며 목소리를 높이는 손님은 한 사람도 없다. 나지막한 피아노음, 나지막한 대화, 나지막한 음성으로 손님을 응대하는 웨이터들, 나는 잠시 잘 관리되고 있는 대형 수족관 속에 들어앉아 있는 기분에 씹고 있는 고기 맛을 잃을 정도였다.

돼지갈비집의 그 어수선한 분위기, 반드시 한 패의 손님 정도는 술병을 내던지고 접시를 뒤집어쓰는 싸움판을 연출하던 거기, 고기를 더 시키려면 있는 대로 고함을 질러야 함이 너무도 당연하던 거기에서는 비록 전쟁터 같긴 했어도 지루하지는 않았다. 하긴 포탄이 터지고 총알이 쉭쉭 나는 전쟁터에서는 누구라도, 결코, 지루할 수 없는 법이다.

"여기 아이스크림은 정말 맛있어. 당신도 그렇다고 생각하지요?"

이모부는 후식으로 나온 아이스크림을 정말 맛있게 먹는다. 동네 구멍가게의 아이스크림에 익숙해 있는 내 입맛에는 썩 내키지 않는 맛이었지만 이모부가 동의를 구한 쪽은 이모였기에 나는 가만히 있는다.

"그래요. 아주 맛있어요."

이모는 언제라도 이모부의 질문에 기다렸다는 듯이 즉각 대답을 해준다. 그것도 이모부가 원하는 정답만을.

"아이스크림 하나 더 부탁할까요?"

이모의 제안에 이모부 역시도 얼른 정답을 말한다.

"됐어요. 하나 이상은 건강에 좋지 않아."

이모부의 대답에 이모의 표정이 잠깐 흔들린다. 이모는 이런 식의 정답을 좋아하지 않는다. 나는 그것을 알고 있다. 아이스크림이 담긴 접시에 스푼을 내려놓으며 이모는 또 한숨을 삼키는 것처럼 보였다.

문득 초등학교 5학년 때의 일이 생각났다. 문제아로 취급받기 시작한 것은 중학생이 되고부터였지 초등학교 시절의 나는 그럭저럭 모범생 흉내는 낼 정도였다. 5학년이던 그해 5월, 스승의 날을 앞두고 나는 고민에 빠졌다. 선생님께서 스승의 날 행사 중 하나인 학부모 일일교사 수업을 나의 어머니에게 부탁한 것이었다. 가정환경 조사서에 어머니의 직업을 사업, 이라고 쓴 것이 화근이었다. 사업이라니, 당시 어머니는 시장 바닥에서 싸구려 양말을 팔고 있었다.

일일교사를 맡을 학부모는 한 학급에 두 명씩이었다. 내 어머니 말고 또 한 사람의 일일교사를 맡을 친구의 아버지는 일류대학의 유명한 교수였다. 이건 아무리 생각해도 말이 안 되는 일이었다. 교무실에 쫓아가 몇 가지 궁색한 이유를 대보았지만, 선생님은 마땅한 학부모가 없다고 자신이 직접 어머니에게 전화를 해보겠다고 하는 것이었다. 어머니에게 선생님이 전화를? 어린 나는 화들짝 놀라며 급히 외쳤다.

"아녜요. 걱정 마세요. 꼭 오시라고 할게요! 꼭요!"

그해 5월의 스승의 날, 5학년 3반 학부모 특별수업을 맡은 일일교사 중의 한 사람은 나, 안진진의 어머니였다. 날렵한 비둘기색 투피스, 세련된 화장과 머리스타일, 환한 웃음을 머금고 교실에 나타난 어머니를 보고 아이들은 일제히 소리 질렀다.

"와-."

그 고함은 어여쁜 처녀 교생선생님이나 나타나야 발생하는 일종의 탄성이었다. 그만큼 나, 안진진의 어머니는 히트였다.

아직도 그 애들은 모르는 일이지만, 그해 5월, 히트한 엄마는 어머니가 아니고 이모였다. 어린 나는 머리를 쥐어짜다 쌍둥이 이모를 떠올렸고, 이모는 하루 동안 안진진의 엄마 노릇을 하는 일에 대해 무지무지하게 재밌어했다. 그날, 이모가 학교에서 안진진의 어머니로 일일교사를 하고 있는 동안에도 어머니는 아무것도 모른 채 시장에서 양말을 팔고 있었다. 전날 저녁 스승의 날 선물이라면서 나와 동생의 담임선생님 몫으로 양말 두 켤레씩을 포장해서 내놓은 것이 학부모로서 어머니가 할 수 있는 최선이었다. 그리고 한 가지 더 고백하자면 나는 그 양말조차 선생님에게 가져다주지 않았었다. 그 대신 이모가 멋진 크리스털 화병을 선생님에게 드렸다. 그때 이모가 했던 말을 나는 아직도 기억하고 있다.

"보라색 라일락을 한 무더기 꽂으면 예쁠 것 같아서 사봤어요. 받아주세요."

어쩌면 저렇게 말할 수 있을까. 어머니라면 비싼 크리스털 화병을 사지도 않겠지만, 샀다 하더라도 저런 말을 할 줄은 모를 것이라고 나는 생각했다. 그해 5월, 이모는 멋들어지게 안진진의 체면을 세워주고 돌아갔다. 다음날부터 내 어깨에 잔뜩 힘이 들어갔을 것임은 더 말할 나위도 없는 일이었다.

이모가 그때 일을 기억하고 있는지 나는 알 수 없다. 그 후 우리는 그 일에 관해서 한 번도 이야기를 나누어본 적이 없었다. 나는 이모가 그해의 일을 하루속히 잊어버릴 수 있도록 그 뒤 가급적 이모와의 만남을 피하곤 했었다. 그것에 대해 어머니가 알게 될까 봐 나는 두려웠다. 어머니가 받을 상처를 염려했다기보다 내가 한 일에 대해 변명할 수 있는 말을 찾아내지 못해서였다. 잘못했다고, 내가 정말 나빴다고, 흑흑 흐느껴 울면서, 엄마가 내 엄마인 것이 부끄러웠다고 비수 같은 진실을 토로하는 어리석음은 결코 범하고 싶지 않았다.

내가 그해 5월의 일을 생각하고 있는 사이에 이모부는 디저트로 나온 아이스크림 접시를 말끔하게 비우고 냅킨으로 입술을 닦고 있었다. 이모는 여전히 고개를 숙인 채 이미 녹아가는 아이스크림을 장난처럼 먹고 있었다. 누가 그랬다. 결혼은 디저트보다 수프 쪽이 더 맛있는 정찬이라고. 나는 이십칠 년 전의 결혼을 기념하는 부부 옆에서 실없이 그런 생각이나 하고 있었다.

바로 그때, 나는 입구의 계산대 옆에 서 있는 한 남자를 보았다. 선남선녀들만 모였다고 생각했는데 헐렁한 스웨터 차림에, 흐트러진 긴 머리에, 모양이야 세련되었어도 구김살만은 숨길 수 없는 면바지를 입은 남자도 이런 곳에서 밥을 먹었어, 까지 머릿속 사념이 흘러가다 나는 그만 앗, 소리를 내뱉을 만큼 깜짝 놀라고 말았다.

앞머리를 쓸어넘기며 무심코 이쪽으로 돌린 그 얼굴, 세상에, 틀림없는 김장우였다. 그리고 나와 동시에 그도 내가 바로 안진진 이라는 사실을 확인한 모양이었다. 눈을 한 번 크게 뜨더니, 활짝 웃으며, 언제나의 버릇처럼 오른손을 번쩍 치켜드는 김장우. 내가 갈까, 아니면 네가 잠시 올래, 하는 신호로 치켜든 오른손을 가슴 팍에 대었다 떼는 김장우. 시간이 없었다. 당장이라도 성큼성큼 그 가 이 자리로 올 수도 있었다.

"잠깐만요."

나는 냅킨이 바닥에 떨어진 줄도 모르고 급히 그에게로 갔다.

"웬일이에요?"

"웬일이야?"

우리는 거의 동시에 서로가 서로에게 물었다. 왜 그랬을까. 왜 화려한 호텔의 프랑스식당에서 만난 것을 두고 그리도 절박하게

"웬일이에요?"라고 물어야 했을까.

"그러게 말야. 긴급 투입된 임시가이드라고나 할까. 장호 형 호출 받고 나 이제 막 왔어. 자기 대신 용산 어디에 저 손님 좀 모시라고. 엊그제 파리에서 이십 년 만에 귀국했대."

김장우는 저만큼 앞에서 기다리고 있는 중년의 신사를 눈짓으로 가리켰다. 회색 바바리코트가 이방인다웠다. 조그만 여행사를 꾸려가는 형을 위해 김장우는 이런 식으로 가끔씩 급한 일손을 거들고 있었다. 그렇다면 이제는 나를 설명해야 할 차례였다. 그가 물었다.

"저기, 저분, 어머니 맞지? 나는 안진진 엄마예요, 하고 아주 쓰여 있는걸 뭐."

아니, 이모예요, 라고 말하고 있는 줄 알았더니, 맹세코 내 입술이 그렇게 말하고 있는 줄 알았는데, 소리가 되어 나온 내 대답은 다음과 같은 것이었다. 그것도 전혀 거침없이 아주 자연스럽게.

"우리 어머니하고 이모부. 이모부에게 식사 대접할 일이 있어서요. 참, 얼른 가봐요. 손님이 기다리고 있어요."

"그래, 인사는 나중에 정식으로 하기로 하고, 전화할게. 안녕."

그는 멀리 있는 이모를 의미심장한 눈길로 한 번 더 바라보다 회색 바바리에게로 떠났다. 영문을 모르는 이모는 허리를 꼿꼿이 세우고 우리 쪽을 뚫어지게 바라보고 있었다. 이모가 뚫어지게 바라보고 있었던 스웨터 차림의 남자는, 그는, 내가 결혼을 생각하고 있는 두 명의 남자 중 한 사람이었다.

그리고 나는, 초등학교 5학년 때와 똑같은 거짓말을 어쩌면 결혼할지도 모를 남자에게 느닷없이, 자신도 모르는 사이에 던져버리고 말았다. 그 유명한 4월 1일, 만우절, 밤 아홉시 이십분에.

이 거짓말……

3. 사람이 있는 풍경

아버지의 삶은

아버지의 것이고

어머니의 삶은

어머니의 것이다.

나는 한 번도 어머니에게

왜 이렇게 사느냐고 묻지 않았다.

그것은 아무리 어머니라 해도

예의에 벗어나는

질문임에 틀림없으니까.

...

5월의 밤은 아름답다. 어제 내린 비로 밤하늘은 모처럼 총총 빛나는 별들을 보여주고, 먼 곳에서 흘러오는 라일락 향기는 너무 진하지도 너무 연하지도 않아 이 밤의 그윽함을 더해준다.

다닥다닥 붙어있는 작은 평수의 집들. 당연히 마당이라고 해야 손바닥만한 넓이가 고작인 우리 동네 담장에는 이상하게도 라일락 나무가 많다. 볼품없는 맨가지로 서 있을 때는 눈에도 띄지 않다가 늦봄이 되어 레이스 같은 보랏빛 꽃송이들이 매달리기 시작하면 향기와 함께 누추한 골목길을 환하게 만들어주는 라일락. 그러나 우리 집 마당에는 한 그루도 없는 라일락.

크리스털 화병을 내밀면서 라일락을 말하던 이모 집 정원에도 라일락이 없다. 이모 집만이 아니고 그 동네 담장 위로 확인할 수 있는 잘사는 집 정원의 수종(樹種)에는 특별한 경우가 아니고는 라일락이 포함되지 않는다. 라일락은, 그 화사한 자태와 향기와 멋들어진 이름에도 불구하고 부잣집 정원에 선택되지 않고 초라한 마당의 한 뼘 땅에서 더 많이 존재한다. 초등학교 5학년 이후, 나는 봄이 오면 늘 라일락을 주목했다. 내가 나무라면 나는 라일락이고 싶다고 생각하기도 했다. 그런데, 거듭 말하지만 우리 집에는 한 그루의 라일락도 없다.

그렇게 말하면 누군가 물을 수도 있겠다. 그럼 어떤 나무가 있냐고. 나무는 없다. 아니, 나무가 없는 것이 아니라 마당이 없는 것이다. 대지 27평, 건평 18평인 우리 집은 이 동네에서도 가장 작은 집이다. 우리 가족은 십 년 이상 이 동네에서 전세로 맴돌다가 마침내 석 달 전에 이 집으로 이사를 오게 되었다. 결혼 이십칠 년 만에 처음으로 가져보는 어머니의 집이었다.

"그러니까 엄마는 일 년에 꼭 땅 한 평씩 장만한 셈이네. 더도 말고 덜도 말고 꼭 일 년에 땅 한 평씩만."

결혼 27년과 대지 27평을 비교하여 이런 공식을 계산해낸 것은 진모였다. 어머니는 기쁨에 겨워 아들의 비웃음도 아랑곳하지 않았다. 오히려 통쾌하게 그 공식을 이렇게 발전시켰다.

"그럼 가만있어도 십 년 후에는 열 평이 더 늘어날 테고, 이십 년 후에는 스무 평이 더 늘어날 텐데, 이제 고생 끝났다."

인생이란 더하기만 있는 것이 아니라 까먹기도 있다는 사실을 어머니는 아마도 그렇게 표현했을 것이었다. 어머니만큼 뺄셈에 능숙한 사람이 어디 있으랴. 양말을 팔고, 메리야스를 팔고, 나중에는 세수수건까지 다 팔았지만, 남는 돈이 온전하게 어머니의 주머니로 들어가는 경우는 거의 없었다. 남편이 빼 가고, 아들이 빼 가고, 하다못해 야속한 세상까지도 어머니의 돈을 빼앗아 갔다. 물론 나도 빼앗아 갔다…….

몹시도 작은 집이지만, 이 집으로 이사를 온 후 나와 진모는 비로소 방다운 방 하나씩을 차지할 수 있었다. 대문을 들어서면 오른쪽부터 진모 방, 진진이 방, 그리고 어머니 방이 있다. 진모 방과 내 방 사이에는 욕실이, 내 방과 어머니 방 사이에는 부엌이 있다. 뒤곁에 내단 기다란 창고, 앞마당에는 시원스럽게 물을 쓸 수 있는 수돗간도 있으니 이만하면 라일락 말고는 없는 것이 없는 집이었다.

만약 누군가 지금 대문을 들어서서 방 쪽을 쳐다본다면 아마 이런 그림이 보일 것이다. 환하고 어둡고, 다시 환하고 어둡고, 다시 환한 빛의 그림. 두 번의 어둠은 욕실과 부엌이 자아내는 것이고 세 번의 환한 빛은 세 명의 가족이 각각 하나씩 만들고 있는 것이다. 우리 가족은 언젠가부터 늘 이랬다. 두 개의 방을 비우고 하나의 방에 모여서 단란한 풍경을 만들 수도 있다는 사실을 까맣게 모르는 사람들처럼 늘 이랬다.

그래도 어머니는 요즘 무척 행복할 터였다. 진모가 무슨 생각인지 매일 저녁 늦지 않게 돌아와서 자기 방에 불을 밝히는 것만으로도 어머니 표정은 저절로 환해졌다. 냉장고 속에 진모가 좋아하는 갈치토막이 빠지지 않는 것도 다 그 탓일 것이었다. 나는 절대 갈치를 좋아하지 않았다. 어머니도 그럴 것이라고 나는 믿고 있었다. 왜냐하면 갈치는 아버지가 몹시 탐하는 생선이었고 그래서 진모가 그 습성을 물려받은 것이므로.

갈치라니, 나는 갑자기 기분이 나빠진다. 라일락 향기에 갈치 비린내가 마구 섞이고 있다. 나는 참을 수 없어서 창문을 있는 대로 활짝 열어젖힌다. 있는 대로 활짝이라고 해봤자 내 방은 가운

데에 끼여 있어서 뒤꼍으로 뚫린 구멍 수준의 창 하나가 고작이다. 오직 하나뿐인 창문에 턱을 괴고 뒷담장을 물끄러미 쳐다보고 있는데, 진모 방의 열린 창문으로 한껏 낮게 깔고 있는 그 애의 목소리가 들린다.

"그래. 음. 음…그쪽에서? 좋아. 그럼 애들 철수시켜…필요 없어. 다 보내라고…음."

정말이지 아무리 참으려고 해도 저런 식의 진모 말투를 듣고 있으면 나도 모르게 쿡, 웃음이 터져 나오려고 한다. 지금 진모는 아랫배에 있는 대로 힘을 잔뜩 준 채, 가능한 한 목소리 톤을 깔기 위해 턱을 목에까지 찰싹 붙이고 있을 것이다. 무게 있는 목소리와 표정이야말로 조직의 보스가 갖추어야 할 가장 필수적인 조건이라고 진모는 죽어라고 믿고 있다. 언젠가 열려있는 창문으로 나는 보았었다. 혼자 거울을 들여다보며, 심각한 얼굴로, 저런 식의 묵직하게 좌악 깔리는 말투를 맹렬히 연습하고 있는 진모를.

"이런 때일수록 조용히 엎드려 있어야 한다고 내가 그랬지…절대 실수는 용납 못한다…음…그래. 애들 단속이나 철저히 해…알았어. 끊어!"

수화기 내려놓는 소리. 이어서 들려오는 것은 꽉 눌린 목소리를 다듬고 있는 진모의 헛기침 소리. 일 분 정도의 목소리 다듬기가 끝나고 진모는 다시 띠, 띠, 띠, 전화번호를 누르기 시작한다. 나는 터져 나오는 웃음을 참으려 애쓰며 귀를 기울인다. 다시 목소리를 까는 진모.

"음, 나야…그래. 오늘 못 나가서 미안해…그럴 일이 있었어. 그래. 다시 연락할 테니 기다려…잘 자. 알았어. 나도 그래. 잘 자."

여전히 음산할 정도로 목소리를 깔고 있지만 그 속에 배어있는 숨길 수 없는 감미로움이 이번 통화 상대는 여자라는 것을 단번에 알게 한다. 여자라, 나는 진모의 예전 여자들을 생각한다. 입대하기 전까지 진모의 여자 문제로 골머리를 앓은 적이 한두 번이 아니었다. 하기야 코밑에 수염이 나기 시작하던 고등학교 1학년 때 이미 여학생하고 사단을 일으켜 퇴학을 당할 만큼 시작부터 화려했던 진모였다. 그 뒤로 군대에 가기 전까지, 여자애 어머니가 달려와 포악을 떨며 집안을 뒤집은 일이 두 번, 오빠라는 사람이 찾아와 밥 먹던 진모를 냅다 쓰러눕힌 적이 한 번, 들어와서 며느리로 살게 해달라고 시장까지 쫓아가 어머니를 괴롭힌 덜떨어진 여자애가 걸린 적이 한 번, 우선 떠오르는 큰 사건만 해도 다섯이었다.

그 많은 여성들을 다 물리치고 군대에 갔던 진모는 제대 후 지금까지 일 년이 가깝도록 고요했다. 군대에 다녀온 이후 진모가 몰두하고 있는 일은 오로지 조직의 재건과 정비, 그리고 관리였다. 날이면 날마다 밖으로 나돌면서 집에다는 빨랫감이나 내놓는 것이 고작인 진모에게 어느 날 뭐가 그리 바쁘냐고 물었더니 한다는 대답이 이랬다.

"위아래도 없어. 나 없는 새 엉망이 되었더라고. 손 좀 봐줘야 할 놈들이 한둘이 아냐. 조직의 보스 노릇, 아무나 하는 건 줄 알아?"

세상에, 조직이라고? 아니, 조직의 보스라고?

어머니 말대로 군대 갔다 오면 정신 좀 차리려나 했더니 아예 '조직적'으로 '조직'에 매달려서 밤낮을 못 가리는 것이었다. 군대 가기 전까지도 제 또래 건달들 몇 명하고 몰려다니면서 술판에 싸움판, 심심하면 파출소 유치장 신세까지, 충분하고도 넘칠 만큼 진모는 엄마의 애물단지였다. 그런데 3년이란 시간이 흐른 뒤에도 전혀 달라지지 않은 것이었다.

하긴 아주 똑같은 것은 아니었다. 목소리를 깔기 시작한 것이 주요한 변화 중의 하나였다. 말하자면 이제 진모는 동네 건달에서 조직의 보스로 신분 상승을 하겠다고 단단히 결심하고 있는 듯했다. 생각하면, 그 나이에도 동네 똘마니로 남아있는 것보다는 훨씬 발전한 것일 수도 있었다. 한 번 더 긍정적으로 검토해 보면, 하나밖에 없는 내 동생이 보스 밑의 졸개 노릇에나 만족하고 밤거리를 뛰어다니는 것보다는 백 번 괜찮은 일일 수도 있었다.

그런데 문제는 내가 보기에 그 '조직'이라는 것이 참으로 엉성하기 짝이 없다는 데 있었다. 가끔 집에 드나드는 그 조직원들이라는 면면들을 보면 고등학교에서 퇴학당한 여드름쟁이 서너 명에, 애당초 주먹질하곤 거리가 먼 허약체질의 심약한 성격의 졸개 몇을 놓고 노상 조직, 조직 해대니 내 보기에 그 조직이 심히 같잖을 수밖에.

그럼에도 불구하고 진모의 보스노릇은 엄청 요란한 것이었다. 복장이 우선 그랬다. 새까만 정장에 구김살 하나 없는 와이셔츠와 넥타이, 반들반들 윤이 나는 구두, 그리고 한 시간 정도는 투자해서 무스 발라 올백으로 넘긴 머리. 아무것도 모르는 보스의 어머니는 밤마다 와이셔츠와 바지를 다리느라 한 시간 이상은 품을 팔아야만 했다.

보스가 되기 위한 노력은 그것으로 끝이 아니었다. 여기에도 공부가 필요한 법이었다. 진모의 공부는 비디오테이프를 통해서 이루어졌다. 밤마다 줄담배를 피우며 눈이 빠지게 보고 있는 말론 브랜도의 「대부」와 최민수의 「모래시계」, 이 두 편의 비디오테이프는 진모의 교과서이자 보스 세계의 모든 것이었다. 말론 브랜도와 최민수가 목소리를 깔지 않았더라면, 그랬다면 어머니도 밤마다 허리 아프게 아들의 와이셔츠와 바지를 다리지 않아도 되었을 것이었다.

그런데, 여자라……

나는 다시 진모의 새 여자에 대해 관심을 쏟아보기로 한다. 거의 틀림없는 일이겠지만, 그것도 보스로서의 구색 맞추기 일환이라고 나는 판단한다. 한동안 조직의 정비와 보스의 위상에만 매진하던 진모에게 여자가 생겼다면 그 여자는 그냥 '여자'가 아니다. 그녀는 '보스의 여자'인 것이다. 예전에 진모가 아무렇게나 만나고 헤어지던 그런 여자가 아니라는 뜻이었다.

아니야, 아니다.

문득 나는 고개를 흔들었다. 보스가 먼저인 것이 아니라 여자가 시작일 수도 있었다. 말하자면 나는 일의 순서를 잘못 이해하고 있는지도 모를 일이었다. 먼저 여자가 있었고, 그 여자를 위해서 진모는 보스가 되고자 했다. 진모라면 충분히 그럴 수 있는 인간이었다. 말론 브랜도와 최민수는 여자 때문에 피치 못해서, 구색을 맞추기 위해서 등장한 것이었다. 자, 그렇다면 그 여자는 어떤 여자일까.

예전 같으면 내 생각은 여기서 멈추었을 것이었다. 어찌 되었든 그것은 진모의 인생이었다. 어떻게 살아야 옳은 삶인지 그것에 대해서 모르는 사람은 아무도 없다. 인생을 올바르게 살아가는 법에 대해서라면 초등학교에 들어가면서부터 귀에 못이 박이도록 읽고 배운다. 학교를 다니지 않더라도 좋은 말씀들을 들을 기회는 사방천지에 차고 넘쳤다. 신문이나 잡지나 책, 그리고 라디오나 텔레비전에서는 오늘도 수많은 유명 인사들이 등장하여 가슴이 뻐근하도록 일일이 옳은 말씀만 하고 계신다. 모른다고 하면 거짓말이다.

그러므로 모든 것은 진모의 책임이었다. 내가 간섭하고 나설 일이 전혀 아니었다. 어려서 물불을 가리지 못할 때라면 누나로서 마땅히 챙기고 도와줘야 할 부분이 있었다. 그 몫이라면 나는 정말 성실하게 수행했다고 자부한다. 아버지는 살림을 때려 부수고, 어머니는 부서진 살림 장만하기 위해 새벽부터 일터로 뛰어나가야 했던 집이 바로 우리 가정이었다. 어머니가 진모를 위해 우윳값을 대었다면 나는 그 애를 위해 아낌없이 내 등짝을 제공했었다. 심지어는 그 애를 업고 학교에 간 적도 있었다. 50년대도 아니면서 나는 내 유년을 그렇게 보냈다.

진모가 나 못지않은, 아니, 나를 훨씬 능가하는 문제아로 청소년기를 보내는 동안에도 나는 그 애의 삶에 참견하지 않았다. 진모의 삶은 진모의 것이었고 진진이의 삶은 진진이의 것이었다.

이 얼마나 단순하면서도 명료한 삶의 공식인가 말이다. 마찬가지로 아버지의 삶은 아버지의 것이었고 어머니의 삶은 어머니의 것이었다. 나는 한 번도 어머니에게 왜 이렇게 사느냐고 묻지 않았다. 그것은 아무리 어머니라 해도 예의에 벗어나는 질문이었다. 누군가 내게 그런 실례의 발언을 하는 것도 결코 용납하지 않았다. 나는 그런 사람과는 두 번 다시 얼굴을 마주하지 않았다. 상처받은 내 자존심이 용서를 허락하지 않았기 때문에.

가족이 이러할진대 타인에 대해서는 더 이상 말할 나위도 없었다. 내 친구들에게 한번 물어보면 당장 확인될 일이지만, 친구들 사이에서도 나는 절대 충고라는 이름의 지당한 말씀은 하지 않는 위인으로 소문이 나 있었다. 내가 가장 싫어하는 인간은 누구나 다 알고 있는 말을 누구나 다 할 수 있는 표현으로 길게 하는 사람이다. 내가 원하는 것은 아주 특별한 말이었다. 그런 말을 준비하지 못한 사람은 조용히 입을 다물고 있으면 그만이었다.

그러나, 이제 와서 생각하면, 나의 그러한 주장들은 오류가 많은 것이었다. 아니, 꼭 그렇다는 것이 아니라 어쩌면 그럴지도 모른다는 생각이 든다. 내 인생은 나의 것이지만, 그러나 진모에게는 누나의 인생이기도 하고 어머니에게는 딸의 인생이기도 한 것이다. 그런 식으로 말하자면 진모의 인생은 나의 남동생의 인생이다. 주체를 나로 놓고 보면, 그러면, 중요도가 확 달라진다. 조용히 입 다물고 구경만 할 수는 없다. 내 인생을 탐구하기 위해서는 나의 남동생의 인생도 가끔씩 들여다볼 필요가 있는 것이다. 그런다고 크게 달라지지는 않겠지만.

그래서 나는 진모의 여자, 다시 말해서 보스의 여자에 대한 궁금증을 풀기 위해 진모의 방을 노크했다. 아니나 다를까 진모는 등에 베개를 괴고 벽에 기대 하염없이 진지한 표정으로 공부에 몰두하고 있었다. 오늘의 교과서는, 힐끗 확인한바 「대부」였다.

"무슨 일?"

진모가 점잖게 물었다. 집에서까지 보스의 말투를 사용하지는 않았었는데 이제는 아주 습관이 되었다. 그렇지 않다면 지금까지 보고 있던 영화 속의 말론 브랜도와 알 파치노의 영향이든가.

"너, 또 여자 생겼니?"

이런. 나는 말을 하는 순간 후회를 한다. 이렇게 앞뒤 수식 빼고 대뜸 본론만 들이대는 것이야 안진진의 보통 화법이니 괜찮다 쳐도 거기에 '또'를 붙인 것은 명백히 실수였다. 이번에는 보스의 여자인데.

역시나 진모는 살짝 미간을 찌푸렸다. 올백으로 넘기는 헤어스타일을 하고 있을 때는 이마가 중요한 포인트가 된다. 모든 표정이 이마에서 나온다는 뜻이다. 진모는 한참 동안 양 눈썹에 힘을 주고 있다가 이윽고 담배를 한 대 꺼냈다. 역시 힐끗 쳐다본 화면

속에서 말론 브랜도도 입에 시가를 물고 미간을 찌푸린 채 멀리 창밖을 응시하고 있다.

"생겼어."

그러나 대답은 뜻밖에 순순하다. 이렇게 한 박자 감정을 건너 뛰면서 이성적인 대답을 하는 방법도「대부」를 분석하면 금방 확인된다.

"좋은 애야."

담배 연기를 공중에 날리며 짧게 덧붙이는 진모.

"이번엔 긴장하지 않아도 되니?"

지나간 과거들이 웅변해 주듯이 네가 여자를 만난다면 나와 엄마는 공포를 느끼지 않을 수 없다, 그러므로 이번에도 또 긴장하며 사건의 추이를 지켜봐야 하는 것이냐, 라는 내용의 말을 압축해서 던지는 나, 안진진.

"여전하군, 누나는."

진모는 픽 웃으며 비디오의 정지 버튼을 누른다. 아버지 앞에 굳은 표정으로 서 있던 알 파치노가 어둠 속으로 사라져버리고 진모는 한동안 말없이 담배만 태운다. 그리고 묻는다.

"누나는 연애를 해봤어?"

연애? 사랑이라 말하지 않고 연애라고 말하는 사람들을 나는 천박하다고 생각하는 쪽이다. 하지만 진모의 말에 일일이 반응을 할 수는 없다. 그것은 마치 까마귀보고 너는 왜 까마귀냐고 묻는 일보다 더 어리석다. 그리고 사실, 진모가 나에게 설령 "누나는 사랑을 해봤어?"라고 물었다 해도 느글느글함 때문에 훨씬 더 괴로 웠을 것이다. 어떤 경우에는 천박함이 무명천처럼 고슬고슬할 때 도 있는 법이었다.

"네 이야기나 해봐. 건방지게 굴지 말고."

나는 사뭇 냉정하게 진모의 말을 잘라버린다. 상대가 철없는 남 동생이 아니더라도 나는 누구와 마주 앉아 연애니 사랑이니 하는 말들을 천연덕스럽게 나누는 성격이 못 된다.

"술 한잔, 어때?"

점점. 진모는 책상 밑에서 술병 하나를 꺼낸다. 가만히 보자니 소주가 아니다. 위스키다. 진모는 병째로 꿀꺽 한 모금을 마시고 이마를 찡그리며 입술을 닦는다. 제법 오랜 시간 연습한 꼴이 난 다. 그러는 사이 나도 병째 한 모금을 털어 넣는다. 물론 진모처럼 폼을 잡지는 않았다.

"향기가 좋지? 좋은 술을 마시고 있으면, 그러면 나는 좋은 여 자가 생각나더라."

역시 진모는 진모다. 좋은 술을 마시고 있으면 좋은 '여자'가 아 니라 좋은 '사람'이 생각난다고 말할 줄 알면 진모가 아니다. 보스 보다 여자가 먼저일 것이라는 추측은 거의 확실한 듯이 보였다. 나는 한 모금 더 마시고 술병을 진모에게 건네주었다. 이번에는 양이 좀 많았다. 후르르, 목구멍에 불이 붙더니 금세 뱃속이 찌르 르해졌다. 조금 더 마시면 온몸이 따끈해지면서 기분이 좋아지리 라. 이런 느낌 때문에 나는 독주를 좋아한다. 술을 잘한다고는 말하고 싶지 않지만, 술이 주는 즐거움을 누릴 줄은 알고 있다. 진모와 내가 공통적으로 받은 유전자가 있다면 바로 이것, 알코올에 친화력이 있다는 것이다.

"군댓밥 삼 년 먹으면서 말야, 누나. 나는 한 가지 결심을 한 게 있어. 안진모라는 놈의 질을 높이자. 사회에 나가면 이제 하나를 가져도 제대로 된 것을 가지자. 그렇게 결심을 했지. 증말 더럽더라구. 머리 박박 깎아놓고 헐렁한 군복 입혀놓으면 아무것도 아닌 놈들이 왜 그리 가진 것이 많아? 자식들 말야, 서울대 다닌다고 영어책 줄줄 읽어대질 않나, 지 애비가 수십억 부자라고 눈 한번 꿈쩍하지 않고 말하는 놈이 있질 않나. 하다못해 찾아오는 애인들을 봐도 이건 전부 탤런트 뺨치는 거야. 어디서 그렇게 괜찮은 기집애들만 쏙쏙 골랐는지 이 안진모, 세상 헛살았다 싶은 거야. 그래서,"

그래서, 라고 말하다 말고 술병을 기울여 꿀꺽꿀꺽 들이붓는 진모.

"그래서, 이번에는 아주 괜찮은 여자를 골랐니?"

"애는 썼는데……."

올백 머리를 손바닥으로 쓸어넘기며 진모는 씨익 웃는다. 흡족하다는 표정이다. 그러던 진모가 갑자기 정색을 하고 "귀 좀 빌려줘." 한다. 유치했지만, 동생이라서, 아니 술기운에 참기로 하고 녀석에게 귀를 빌려줬더니 이름 하나를 또박또박 귓속에 불어넣는다. 그리곤 내 얼굴을 들여다보며 확인을 한다.

"알아?"

알고말고다. 그러나 진모의 입에서 그 이름이 흘러나올 까닭이 무엇인지 알 수 없는 나는 고개를 흔들었다. 내가 아는 그 이름의 주인은 누구나 이름만 대면 다 아는 유명기업의 재벌 회장이다. 하지만 세상에 동명이인은 얼마든지 있는 법, 나는 결코 호들갑스럽게 놀라지 않는다. 그런데도 진모는 저 혼자 흥분해서 나에게 말한다.

"놀라지 마. 바로 그 사람이야. 바로 그 사람이라구!"

"그 사람이 어쨌다는 거야?"

이거 장난이 아니잖아, 라는 느낌에 조금 솔깃하긴 했지만, 그러나 한편으로는 여전히 진모라는 위인에 대한 의심을 아주 많이 간직한 채 나는 심드렁하게 물어본다.

"나도 처음엔 놀랐어. 엄청 착하거든. 비둘기, 그래, 꼭 비둘기 같았어. 아냐. 그것만으로는 부족해. 찬비를 맞고 떨고 있는 비둘기라고나 할까. 그런 애는 이제까지 한 번도 본 적이 없었지."

일부러 대답을 늦추고 있는 진모.

"그 비둘기가 재벌의 딸이었어?"

말장난을 싫어하는 안진진은 기다리지 않는다.

"비슷한 거야."

"비슷하다고?"

"누나만 알고 있어. 우리 조직원들도 모르는 사실이야. 그 애, 그 재벌하고 아주 가까운 집안이야."

그러면 그렇지. 나는 조금 실망했고, 실망하는 스스로 때문에 조금 더 많이 실망했다. 진모는 그래도 의기양양했다.

"그 재벌이 외삼촌이래. 놀라운 일이잖아? 어떻게 그럴 수가 있어? 처음에는 거짓말인가 해서 애들 시켜 뒷조사를 해봤지. 틀림없었어. 명절마다 그 재벌 집에 모이는 친척 명단에 그 애 아버지 이름도 올라있거든."

"웃기는 놈. 명절에 모이는 친척 명단? 정말 대단하다. 엄청 대단해."

비웃기는 했지만 나는 문득 쓸쓸했다. 명절에 모이는 친척 명단, 이라고 내 입으로 한 번 더 발음하는 순간 말할 수 없는 쓸쓸함이 나를 쓸쓸하게 만들어버렸다. 바로 이런 기분 때문에 남의 삶에 참견하지 않으려 애쓰며 살아왔던 내가 아니었던가. 그러나 이미 늦어버렸다. 나는 내친김에 한마디 마저 해버리기로 했다. 사실, 바로 이것을 물어 보려고 이 밤 진모의 방을 노크한 것이기도 했다.

"그럼 이번에는 네 여자 문제로 엄마나 내가 시달릴 일은 없겠구나. 아무렴, 그렇겠지. 착한 비둘기 같은 애를, 아니, 재벌 친척 명단에 올라있는 아가씨를 우리 진모가 함부로 버리겠니?"

진모, 불현듯 진지한 표정으로 바뀌면서 나를 한참 바라보다가, 그런 다음 허공을 향해 헛웃음을 날린다. 이 일련의 동작들은 정확하게 최민수를 표절하고 있다. 이젠 거의 자유자재다. 연습이란 정말 무서운 것이라고, 나는 또 쓸데없는 생각을 하고 있는데 진모, 점잖게 입을 열었다.

"사랑이란…사랑이란 말이야. 사랑에 빠지지 않겠다고 조심 또 조심을 해도 그렇게 되지 않는 것처럼, 영원무궁토록 사랑하겠다고 아무리 굳은 결심을 해도 내 마음대로 되지가 않는 것이야. 사랑이란 그런 것이라고. 알아?"

지극히 머리를 쓴 발언이었다. 이 말은 재벌 친척이어서가 아니라 마음이 그렇게 원하기 때문에 사랑하기로 했다는 것을 알아달라는, 그러나 시간이 흐른 뒤에 어떤 결과가 나올지에 대해서는 책임을 묻지 말아달라는, 한꺼번에 두 가지를 강조하되 그지없이 심오하고 멋있게 포장까지 해서 내놓은 수준작이었다. 하긴 이제까지의 그 잡다한 여성편력이 어디 완전한 무위로만 그쳤겠는가. 이 정도의 말씀이야 여자들에게 들인 진모의 공력에 비하면 사실 별로 대단할 것도 없었다.

이만하면 알고 싶은 것은 다 안 셈이었다. 알고 싶은 것을 다 알았다고 해도 진모의 여자 문제가 달라질 것은 눈곱만큼도 없는 일이었다. 나는 진모를, 진모는 나를 한 번 더 확인한 것이 소득이라면 소득일까. 아니다. 하나 더 있다. 라일락 향기 아련한 봄밤에 남매끼리 마주 앉아 나누었던 한잔의 술, 그 아름다움.

내가 그만 나가보겠다는 움직임을 보이자 진모는 리모컨을 들고 재생버튼을 눌렀다. 어둠 속으로 사라졌던 알 파치노가 다시 나타났고, 어딘가에서 요란한 총성이 울렸다. 방문을 닫고 나가다 말고 나는 불현듯 돌아섰다.

"네 연인이 연약한 비둘기 같다는 말, 어쩐지 이상하다. 좋아하는 남자에게 저런 영화나 되풀이 보게 하고 말야."

두 번쯤 눈을 껌벅거리다 이윽고 내 말을 이해한 진모, 우와, 어떻게 알았어, 하는 표정을 감추지 못하고 얼결에 씨익 웃는다. 잠깐 방심하고 있는 이런 때는 최민수나 알 파치노를 밀쳐내고 진모의 원판 표정이 숨김없이 드러나 버린다. 술이 깬 후, 어지럽게 나뒹굴고 있는 세간들을 보며 짓던 아버지의 멍한 그 얼굴과 아주 흡사한.

"으음, 좀 그래. 강심장 비둘기라고나 할까. 이 세상에서 가장 멋있게 보이는 남자가 조폭의 보스라더군. 하기야 요즘 여자들 다 그래. 그런 이야기라면 다들 깜빡 죽는다니까. 요새 히트치는 영화들 보라구. 다 조폭 이야기야. 조폭이 우상이라니까."

조폭, 조폭, 할 때의 진모는 사뭇 들떠있다. '조폭'이 조직 폭력배의 줄임말이라는 것이야 나도 알고 있지만, 비둘기 한 마리가 홀로 그러는 것이 아니라 세상 전체가 진모에게 조폭을 추천하고 있는 줄은 진정 몰랐다. 언제 그렇게 돼버렸지? 슬금슬금, 나도 모르는 사이에, 세상이⋯⋯.

조폭에 관한 정보라면 얼마든지 시간을 할애할 수 있다는 표정의 진모를 그냥 버려두고 내 방으로 돌아오는데, 이건 또 웬일일까. 나도 모르게 전염되어 머릿속에서 자꾸 조폭, 조폭, 조폭, 하고 들끓는가 했더니 가만 귀 기울여 보니 캄캄한 부엌에서 실제로 무언가가 폭, 폭, 폭 끓어 넘치고 있는 것이었다.

끓고 있는 것은 닭이었다. 어머니 방에 불이 꺼지지 않은 것으로 보아 그 닭은 조만간 어머니 손길로 마무리될 것이라고 믿어도 좋을 것 같았다. 그랬지만, 나는 내친김에 어머니 방까지 들여다보기로 작정을 했다. 닭이 다 삶아질 때까지 어머니와 같이 있어주는 것도 나쁘지 않다. 어머니가 나의 방문을 달가워하는지 그것은 알 수 없지만.

밖에서 나지막하게 엄마, 하고 불렀지만 기척이 없었다. 방문을 열어보니 어머니는 이불도 덮지 않고 팔베개를 한 채로 잠들어있다. 머리맡에 놓인 장부책. 아마도 어머니는 오늘 하루 몇 장의 팬티와 런닝을 팔았는지, 몇 켤레의 양말을 손님 손에 넘겼는지, 그래서 얼마의 이익이 남고, 앞으로 얼마를 더 팔아야 곗돈을 부을 수 있는지까지 계산을 다 마친 다음에야 아픈 허리를 방바닥에 붙여봤을 것이다. 그리고 저 닭은?

나는 어머니의 머리 밑에 베개나 괴어주고, 바람 일으키지 않게 살살 이불을 덮어준 다음, 조용히 그 방을 나올 생각이었다. 솥을 달구고 있는 가스의 푸른 불꽃이야 내 손으로도 얼마든지 사라지게 해줄 수 있었다. 열 살이 넘으면서부터 내 손으로 곧잘 밥을 지어먹곤 했다. 착한 마음이 불 일듯 일어나는 날에는 된장찌개도 끓이고 나물도 무쳐서 밥상을 차려놓고 시장에서 돌아오는 어머니를 기다렸다. 그러나 열다섯 살이 넘은 후로는 그렇게 착한 마음이 생기는 날이 참 드물었다. 이상한 일이었다. 철이 들면 더욱 착하게 굴어야 할 텐데, 나는 그렇지가 못했다. 나이가 들면서 가만히 주위를 살펴보니, 내가 아는 착한 애들은 모두 바보였다. 그

당시 나는 단지 바보가 되고 싶지 않았을 뿐이었다.

이불을 덮어줄 때까지는 괜찮았다. 그러나 베개를 고여주려고 머리에 손을 대자마자 어머니는 거짓말처럼 벌떡 일어나며 외쳤다.

"왜 그래! 무슨 일이야!"

어머니는 창백하게 질린 얼굴로 방 안을 두리번거렸다. 하긴, 언제나 어머니는 이런 식이었다. 초저녁이고 한밤중이고 새벽을 가릴 것 없이 자신의 의지에 의해서 눈을 뜨는 순간이 아니면 항상 그렇게 부르짖었다. 왜 그래! 무슨 일이야!

"제발 그렇게 놀라지 좀 말아요! 나야, 진진이라구."

그제서야 어머니는 평상심으로 돌아왔다. 부석부석한 얼굴을 손으로 쓰다듬으며 어머니는 얼른 시계부터 보았다.

"웬 닭을 삶는다고 그래요?"

이런 어머니를 보면 어쩔 수 없이 짜증부터 나는 안진진.

"불 껐니?"

"이제 끓는 모양인데 뭘. 그런데 웬 닭이냐구?"

"웬 닭은, 진모나 먹일까 하고 아까 얹었는데, 그새 잠이 들었네."

평상심으로 돌아온 어머니는 언제 그랬냐는 듯 원래대로 생생해진다. 이불을 걷어치우고 베개를 밀어붙이고, 어머니는 지금부터 한판 붙어도 끄떡없다는 투다. 이 놀라운 재주, 그것은 마치 태엽이 다 풀려 늘어져 있던 장난감 강아지에게 있는 대로 태엽 밥을 먹인 후의 돌변보다 더 돌연한 것이어서 언제나 나를 기막히게 만든다. 지칠 대로 지쳐서 지푸라기처럼 늘어져 있는 어머니를 대할 때는 짜증이, 태엽이 감긴 후의 생생한 어머니를 대할 때는 적의가 치솟는 어머니에 대한 나의 대응법 또한 그 못지않게 변환이 신속한 것이긴 하지만.

"가서 네 할 일이나 해. 이젠 안 잔다."

장부책 밑에서 책 한 권을 꺼내는 어머니.

"그건 또 뭐?"

냉정해지려는 마음을 다스리며 어머니의 일에 간신히 관심을 표해본다. 어머니는 책 표지를 손으로 가리며 얼른 나가라고 눈으로 재촉했다.

"무슨 책인데?"

갑자기 궁금증이 솟는다. 어머니가 책을 읽기 시작하면 우리 집에 아주 중요한 일이 일어나고 있다는 뜻이다. 책의 내용은 일어나는 혹은 일어난 일의 아주 중요한 단서가 된다. 자주 있는 일은 아니지만, 어머니는 자신의 힘만으로 상대하기 버거운 문제와 직면하면 마지막 수단으로 동네서점에 달려가 해결법이 들어있을 것 같은 책을 고르곤 했다. 마치 어려운 수학 문제와 한참 씨름하다 문득 뒤페이지의 해답 편을 반짝 떠올리는 수험생처럼.

내가 기억하기로 어머니에게 난해한 문제를 가장 많이 제공한 사람은 아버지였다. 어머니는 아버지 때문에 두꺼운 책을 여러 권 읽었다. 그러나 어머니가 알아낸 것은 책 속에는 해답이 없다는 것이었다. 그 뒤로 어머니는 거의 책을 읽지 않았다. 성공한 여자 사업가의 자서전 한 권과 대학교수가 재미있게 풀어 쓴 문제 아이 다루는 교육론, 누군가한테서 미꾸라지 양식이 돈이 된다는 소리 를 듣고 『미꾸라지 양식법』을 읽었던 것이 아마 전부였을 것이다. 쏟아지는 잠을 물리치고 독파해낸 책들도 어머니 인생에 크게 도 움은 되지 않았다. 성공한 여자사업가도 되지 않았고, 진모나 내 가 훌륭한 자녀로 성장하지도 않았으며, 미꾸라지 양식은 자본금 때문에 시작도 못 해봤으니까.

이모도 책을 좋아했다. 하지만 어머니가 읽은 책을 이모가 읽은 적이 없고, 이모가 읽은 책을 어머니가 읽어본 적은 거의 없었다. 지난번 만났을 때 이모는 물었다. 진진이 너, 다리를 찍는 사진사 이야기 아니? 아, 그 소설, 하면서 제목을 말했더니 한참 동안 독 후감을 쏟아놓던 이모. 그리고 또 뭐랬지? 아, 그랬어. 요샌 양희 은이 부르는 '사랑, 그 쓸쓸함에 대하여'라는 노래를 배우고 있다 고 했다. 그 노래를 피아노 반주로 부르고 또 부르다가 딸기잼 한 냄비를 다 태웠다던가.

"엄마도 소설책 읽어요?"

이모가 그럴 수 있다면 어머니라고 못할 것이 없다. 나이가 들 면서 내 어머니도 달라질 수 있는 것이다. 나는 어머니가 들고 있 는 책을 거의 빼앗다시피 한다. 어머니가 눈을 흘기는 것도 아랑 곳하지 않고.

"이게 뭐야? 일, 본, 어, 첫, 걸, 음? 100만 부를 돌파한 일어회화의 영원한 베스트셀러?"

"오냐. 니네 엄마, 일본어 좀 배워보려고 그런다. 왜?"

역시 이번에도 아니었다. 어머니는 어머니였다.

"속옷가게, 이문 없어서 이젠 집어칠란다. 요새 우리 시장에 일본 사람들이 하도 많이 오길래, 그래서 일본 사람 좋아하는 걸로 팔아볼까 연구 중이야. 빤쓰 아무리 팔아야 남는 게 있어야지. 요샌 내가 파는 속옷은 시골 사람이나 입지 젊은 애들은 거들떠도 안 봐, 빤쓰도 패션이라는 데야 원, 할 말이 있어야지."

"일본 사람들이 뭘 좋아하는데?"

"인삼, 김, 김치, 장아찌, 그런 것들을 엄청 찾거든. 박스떼기로 사가는데 아예 일본 사람만 상대하는 그런 가게가 요새 제일 경기가 좋단다. 그런데 일본말을 할 줄 알아야지. 우선 이 책이나 떼어보고 뭘 하든지 말든지. 까짓것, 하면 하는 거지."

어머니는 자신 있다는 듯 하하, 웃었다. 어머니의 웃음은 나날이 힘차진다. 어머니에 대해 연구할 것이 있다면 아마도 이것, 불가사의한 활력일 것이었다. 전혀 그럴 만한 이유가 없는데도 어머니는 끊임없이 자신의 활력을 재생산해서 삶에 투자한다. 나이가 들수록 어머니의 재생산 기능은 더욱 활발해지고 있다. 젊어서는 그렇게도 넘치던 한숨과 탄식이 어느 순간 사라지고 그 자리에 남은 것은 이해할 수 없는 삶에의 모진 집착뿐이다. 내 어머니는 날마다 쓰러지고 날마다 새로 태어난다.

어머니의 불가사의한 활력, 이것도 앞으로 내가 유심히 살펴야 할 생의 비밀이다. 어머니를 탐구하면, 탐구해서 분석하면, 혹시 어머니의 그치지 않는 활력을 표현할 적확한 말을 찾아낼 수 있을지도 모른다.

『일본어 첫걸음』을 들고 하하, 웃는 쉰둘의 어머니. '사랑, 그 쓸쓸함에 대하여'를 배운다고 진지하게 말하던 쉰둘의 이모. 겹쳐지는 두 영상을 앞에 두고 나는 처음으로 두 사람이 쌍둥이라는 것을 떠올린다. 닮았다. 그러나 전혀 닮지 않은 것도 사실이다. 어디가 닮았고 어디가 닮지 않았을까…….

"얼른 가서 자. 나는 요놈의 히라가나 마저 외워버리고 잘테니까. 참, 가는 길에 가스불 끄고. 어지간히 삶아졌겠다. 내일 아침에 진모 좀 챙겨 먹여라. 일요일이라고 내처 자지 말고, 알았니?"

어머니는 자기 할 말만 다 마친 뒤 곧장 훌훌 겉옷을 벗어던졌다. 그러자 어머니의 잠옷이 나타났다. 이모가 즐겨 입는 비단 잠옷 대신, 치수가 너무 커서 팔리지 않은 춘추 내복. 그것도 오래 입어 팔꿈치나 무릎은 늘어질 대로 늘어진 희미한 분홍 내복 차림으로 요 위에 엎드려 어머니는 일본어 회화책을 펼쳤다.

일요일 아침.

진모는 그새 나가고 없었다. 일요일이라고 내처 잔 것도 아닌데, 어머니의 부탁대로 진모에게 닭고기를 먹이기엔 아직 이르다고 생각한 아침 아홉시 이십분에 들여다본 진모의 방은 텅 비어 있었다. 이런, 새벽부터 비둘기에게서 소식이 날아든 것일까. 아니면 그 허약한 조직원들이 또 무슨 사고를 친 것일까.

나는 텅 빈 집에서 홀로 물에 만 밥을 먹는다. 건평 18평짜리 집도 혼자 있으면 휘적휘적하다. 그래도 나쁘진 않다. 나는 알고 있었다. 적어도 한 시간 이내에 나를 찾는 전화벨이 울릴 것이었다. 물론 두 남자 중의 한 사람일 터이지만 누가 될지는 나도 알 수 없는 일이었다. 나는 두 사람 모두에게 미리 일러두었다. 어제 토요일은 야근, 만날 생각이 있으면 일요일 오전에 연락하자고.

그렇게밖에 할 수가 없었다. 나는 아직 내가 누구를 원하는지 잘 모르고 있었다. 그렇다고 두 사람 모두를 상대해서 사랑의 대활약을 펼칠 만큼 뻔뻔한 여자도 못 되는 사람이 나였다. 하지만 이것은 아주 중요한 일이었다. 지난 어느 날, 그리도 간절하게 스스로를 향해 다짐했던 대로 나는 이제 되는 대로 세상을 살아가는 안진진이 아니었다. 나는 내 인생에 나의 온 생애를 걸기로 이미 결심을 한 사람이었다.

그날 이후, 나는 아주 생각이 깊어졌다. 무슨 일이든 한 발자국 뒤로 물러서서 주의 깊게 관찰하는 습관도 제법 익숙해졌다. 남자 문제도 마찬가지였다. 나는 내가 누구를 원하는지 알 수 있을 때까지 한 걸음만 뒤로 물러나기로 했었다. 당분간은 관망, 이것이 내가 두 남자에게 정한 법칙이었다. 그러므로 누구 한 사람을 선택해서 미리 주말 약속을 할 수는 없는 노릇이었다. 이런 경우에는, 비상 대책이긴 하지만, 운명이 어떻게 개입하는지 두고 보는 것도 괜찮을 것이라고 나는 생각했다. 내가 결정할 수 없으면, 그러면, 잠시 다른 힘을 빌려보는 것이었다.

물 만 밥을 다 먹고, 간단한 설거지를 마친 다음, 전화기를 욕실 앞에 가져다 놓고 머리를 감을 때까지도 전화벨은 울리지 않았다. 그렇다면. 나는 오늘의 행동수칙을 변경했다. 머리를 말린 다음 간단한 화장과 외출 채비를 평소처럼 신속하게 처리한다. 그 일을 다 마칠 때까지 걸릴 시간은 대략 이십 분, 지금부터 이십 분 동안에 전화가 오지 않으면 그것으로 그만이다. 전화가 올 때까지 집에서 머뭇거리는 것도 게임의 법칙에 위반이니까. 이십 분 안에 전화가 오지 않는다면 오늘의 내 운세는 홀로 영화관에 가고 홀로 책방에 가라는 뜻이니까.

지정해 놓은 이십 분에서 오 분을 남겨놓고 마침내 전화벨이 울렸다. 전화벨이 울릴 때 나는 이미 대문 열쇠를 손에 들고 마악 구두를 신으려 하는 찰나였다. 나는 전화벨이 다섯 번 울리기를 기다려 수화기를 들었다.

"여보세요."

게임은 혼자 해도 아슬아슬하다. 나는 두 사람 중 과연 누구의 목소리가 흘러나올지 너무나 궁금해서 목소리가 다 갈라질 지경이었다.

"아, 진진씨. 접니다. 안녕하셨어요?"

제한시간 오 분을 남겨놓고 전화를 걸어온 남자는 김장우가 아니라 또 한 사람, 나영규였다. 김장우 같았으면 진진씨, 라는 호칭 대신 안진진, 하고 불렀을 것이었다. 나는 나도 모르게 한숨을 쉬면서 오른손으로 쥐었던 전화기를 왼손으로 바꾸어 쥐었다. 그리고 오른손에게는 걸레를 집어 먼지가 묻은 구두코 닦는 일을 시켰다. 그리고 나는 나영규에게 대답했다. 낭랑한 음성으로 이렇게.

"네, 영규씨!"

"지금 나오실 수 있지요? 빨리 나오세요. 날씨가 기가 막혀요."

과연 그랬다. 날씨는 더할 나위 없이 쾌청했고 나영규는 언제나 그렇듯이 튀는 물고기처럼 싱싱했다.

"이렇게 합시다. 지금부터 이십 분 후에 진진씨 동네 지하철역 앞에서 기다려요. 거기, 주차하기가 마땅치 않으니까, 미안하지만 진진씨가 먼저 나와서 내 차를 기다려줘요. 알았죠? 나는 지금 바로 출발합니다!"

나는 지금 바로 출발합니다, 라는 소리를 마지막으로 나영규는 전화기 속에서 사라져버리고 말았다. 이십 분 후라는 시간을 맞출 수 있는지, 정확히 지하철 입구 어디에 서 있어야 하는지, 등등의 자상한 설명은 나영규라는 남자한테는 어울리지 않는다. 김장우라면 그렇게 하지 않았겠지만.

나는 잠시 망설인다. 집에서 지하철역까지는 천천히 걸어도 십오 분이면 충분하다. 지금 나가서 기다려줄 수도 있지만, 그러나 나는 뭔가 많이 찜찜하다. 나는 괜히 수화기를 들었다 놓아본다. 다 닦은 구두코를 열심히 들여다보기도 한다. 핸드백을 열고 콤팩트를 꺼내 이마며 볼을 탁탁 두들겨보기도 한다. 마지막에는 정말 할 일이 없어서 냉장고의 찬물을 한 컵 가득 부어 마시기도 했다.

그리고, 정말 거짓말처럼, 전화벨이 울렸다. 수화기 위에 손을 올려놓고 나는 훅 숨을 들이마셨다. 그리고 세었다. 둘, 셋, 넷, 다섯.

"여보세요?"

"안진진! 있었구나, 안진진."

김장우였다. 운명은 두 사람한테 오 분 간의 시차를 두었다. 나는 이 운명을 확인하기 위해 지하철역으로 달려가지 않았다.

"있었지요."

"그럼, 기다릴래? 내가 지금부터 준비해서 나가면 한 시간 후쯤 진진이 동네에 도착할 수 있을 거야. 어디든 가고 싶은 곳이 있으면 생각해서 나한테 말해줘."

"안 돼요."

"그럼 두 시간 후에 만날까?"

아무것도 모르는 김장우는 단지 시간 때문이라고 생각한다. 나는 마음속으로 끙, 한숨을 쉰다.

"그게 아니구요. 지금 막 약속이 있어서 나가려던 참이었거든요. 전화를 좀 빨리 하지……."

나도 모르게 마음속의 말이 나와버리고 말았다. 김장우는 잠시 낙망하는 기색이 역력하다. 김장우의 낙망에 가슴이 찌르르 아프다고 느끼는 순간 나는 스스로에 대해 놀란다. 아니, 이러면 안 돼. 이럴 것 같았으면 운명에 맡기지 말았어야지. 나는 얼른 고개를 흔든다. 어쩌면, 아니 틀림없이, 김장우와 먼저 약속을 정한 뒤 나영규한테 전화가 왔더라도 이런 기분일 것이다. 그러므로 이런 감정은 전혀 주목할 것이 못 되었다.

"그랬어…그럼 오후에 만날까? 기다릴 테니 진진이가 전화해."

"어려울 거예요. 기다리지 마세요. 우리, 다음에 만나요."

"그래…그럼, 어서 나가봐. 친구가 기다리겠다. 안녕, 안진진."

친구라고? 아무 의심 없이 친구라고 말하는 김장우. 나는 전화를 끊은 뒤 한참 동안 전화기를 바라보았다. 그리고 단호히, 집을 나와 지하철역을 향해 천천히 걸었다. 생각했던 것보다, 상상했던 것보다, 두 남자를 놓고 저울질하는 이런 게임은 훨씬 어려워…….

나는 늦었다. 나영규는 십 분 기다렸다고 했다. 나는 아무런 변명도 하지 않았다. 나영규의 시야에 잡힐 수 있다고 생각되는 지점에서부터 나는 열심히 달렸다. 나영규는 분명 뛰는 내 모습을 보았을 것이다. 그러면 된 것이었다. 여자 나이 스물다섯쯤 되면 아무리 머리가 나빠도 이 정도 트릭은 부릴 수 있는 법이다.

"자, 우선 교외로 나가서 봄날을 즐겨 봅시다. 그런 다음에 분위기 좋은 곳에서 맛있는 점심을 먹고, 돌아다니다 멋진 곳 나오면 차도 한잔 마신 다음, 종로로 가서 영화를 보는 겁니다. 점심은 좀 늦게 먹어도 되겠지요? 일요일에는 아침식사가 늦으니까 괜찮을 겁니다."

나는 대답하지 않는다. 아침밥을 늦게 먹어 괜찮은 사람이 자기인지 나인지 알 수가 없다. 나영규는 나의 궁금증은 아랑곳하지 않고 운전하랴, 스케줄 발표하랴 여념이 없다. 만사에 준비가 철저한 나영규답게 오늘의 계획도 하염없이 세밀하다. 내 의견이 필요한 자리는 식당의 메뉴판 앞이나 될 것이다. 하기야 그것 역시도 예전의 경험으로 미루어 낙관할 수 없는 일이다. 이 집은 스테이크가, 이 집은 곰탕이, 이 집은 냉면이, 등등의 추천요리 형식을 거치지 않은 적이 거의 없었으니까.

"영화는 6시 40분 시작입니다. 표는 어제 구해놨지요. 때문에 저녁은 9시입니다. 종로에 아주 맛있게 하는 집을 알고 있으니 그건 걱정 마시구요. 오늘 드라이브는 문산에서 임진강으로, 그런 다음 장흥으로 해서 돌아오는 것입니다. 차 한잔의 대화는 아마도 장흥쯤이 되리라고 예상하고 있습니다만."

스케줄 발표를 마친 나영규는 그제서야 내 얼굴을 돌아다보며 활짝 웃는다. 자신의 발표가 너무나 흡족해서 견딜 수 없다는 웃음이다. 나영규라는 사람의 웃음은 전염성이 아주 강하다. 지금도 그렇다. 마음속으로는 나영규라는 남자의 일방통행에 불만을 품고 있었으면서도 나는 자신도 모르는 사이 그 웃음을 따라 화들짝 웃어버린다. 웃지 않고는 배길 수 없는 무엇이 이 남자에게 있다. 동그란 눈, 아마 저 동그란 눈 때문인지도 모른다. 장난기 같기도 하고 초롱초롱 총명기 같기도 한 반짝이는 눈빛, 동그란 쌍꺼풀을 따라 낙천적으로 그려지고 있는 둥그런 곡선. 그 밑의 조붓한 코도 전혀 세상살이에 시달린 흔적 없이 또렷하고 맑다. 푸르스름한 면도 자국만 아니라면 거기 수염이 있다고 짐작할 수 없을 만큼 이 남자의 입술선 또한 깨끗하다.

"거기 뒷좌석 보세요. 약간의 간식과 음료수를 준비했습니다. 드세요. 오늘 아침, 나 정말 바빴어요. 진진씨 모시려고 세차도 했지요, 진진씨한테 잘 보이려고 목욕탕에도 갔다 왔지요. 여기 봐요, 기름도 만땅이잖아요? 시골에서 주유소 찾기 어려울까봐 기름도 가득 넣었어요. 그 모든 준비를 마친 다음에 진진씨한테 전화한 거예요. 진진씨, 내 얼굴 한 번 보세요. 나 좀 괜찮게 보여요?"

일부러 내 쪽으로 얼굴을 갖다 대는 나영규.

"멋있는데요?"

이런 짓은 아무래도 유치하다고 여기면서도 상황에 적합한 대사를 내놓는 나, 안진진.

"여자들의 감각기관이 확실히 남자들보다 발달한 것 같아요. 오늘 아침에 동생이 내 팔뚝을 꽉 잡더니, 오빠, 요새 연애하지? 누구야? 나한테 소개해주지 않으면 재미없을걸? 이러는 거예요. 와, 아주 족집게예요."

"그래서 뭐랬어요?"

"족집게 도사한테 당할 수 있나요. 맞습니다, 맞아요, 하고 술술 다 불었지요. 지금쯤은 아마 엄마도 알고 있을걸요. 고것이 가만히 입 다물고 있을 리가 없어요."

나는 이 발언에 대해서는 좀 더 신중하게 대처하자고 마음을 먹는다. 주위 사람을 동원해서 나는 이미 마음을 정했다는 것을 암시하는 이런 대화의 기술도 어김없이 내가 정한 유치함의 범위에 속해있는 것이었다. 하지만 지금은 유치함이 문제가 아니다. 그는 마음을 정했을지 몰라도 나는 아직 아닌 것이다. 긍정적인 태도를 보이는 것은 경솔한 일이다. 그래서 나는 이렇게 대꾸한다.

"여동생들은 오빠한테 늘 그렇게 말하는 게 아닌가요? 나한테 오빠가 있었다고 해도 나 역시 매주 일요일마다 그런 말을 했을 걸요."

"예? 아, 예……."

내 말을 얼른 이해하지 못해서 잠시 곤혹해하는 나영규. 모르는 척 짐짓 바깥에 한눈을 파는 안진진. 운전에 열심인 척하면서 내가 한 말을 곰곰 따져보는 나영규. 잠시 후 어떤 해석을 내릴지 몹시 궁금하다고 생각하는 안진진. 그사이 자동차는 구파발을 지나고 있었다.

"그렇군요. 진진씨한테는 오빠가 없군요. 걱정 마세요. 내가 오빠 하면 되잖아요? 그렇죠?"

마침내 엉뚱한 해석을 내리고 활짝 웃는 나영규. 나도 그만 그 웃음에 전염되고 말기로 작정을 한다. 그러다 문득, 운전하는 남자의 자신만만한 옆얼굴을 보면서 나는 마음속으로 고개를 흔든다. 엉뚱한 답변이 아니었다. 아주 적절한 수비가 아닌가 말이다. 흠, 절대 만만치가 않아. 조심해야지.

5월의 화창한 어느 일요일, 나는 몸을 사리고 한 남자와 본격적으로 데이트를 하기 시작한다. 동그란 눈을 가진 남자는 운전을 하는 틈틈이 테이프박스를 뒤져서 열심히 음악을 공급했고, 스쳐 가는 풍경들에 대해 일일이 촌평을 하는 수고로움을 마다하지 않았다.

사실을 말하면 나라고 해서 화창한 5월의 어느 휴일에 초록의 향연이 아주 근사한 야외를 자동차로 달리는 일이 좋지 않을 까닭이 없었다. 게다가 이미 여러 가지 경로로 자신의 사랑을 표현하고 있는 남자와 함께하는 시간들이었다. 보통의 사람들이 얻고자 하는 사랑이란 그다지 까다로운 요구 조건을 가지고 있는 것이 아니어서 만약 김장우가 없었다면 내가 나영규와 더불어 사랑으로까지 가버리는 일은 아주 쉬운 듯이 여겨졌다. 그에게 도저히 묵과할 수 없는 치명적인 결함이 없는 한은.

나영규에게 치명적인 결함은 없었다. 그것이 문제였다. 그래서 나는 단정한 옆얼굴을 보이며 구불구불한 신작로를 운전하는 일에 열중해있는 그의 모습에 슬그머니 미소를 짓기도 했었다. 경치 좋은 곳을 기분 좋게 달리다가 우연인 듯 발견한 통나무집에서의 점심도 맛있었다. 분위기 좋은 음식점을 찾기 위해 미리 『서울 근교의 맛있는 집, 멋있는 집』 같은 책으로 철저히 연구를 해둔 나영규의 치밀함 덕분이었다.

"진진씨 배가 고플 즈음, 아주 자연스럽게 이 통나무집을 지나기 위해서 드라이브코스 짜느라 머리 좀 썼어요. 나는 이런 계획 짜는 일이 정말 재미있어요. 시간이 내 계획대로 흘러간다고 생각하면 시간을 장악한다는 느낌도 괜찮고요."

마찬가지로, 지나는 길에 자연스럽게 찾아낸, 그러나 사실은 그 또한 연구가 끝나 서울 출발 때부터 이미 나영규에게 선택당했던,

멋진 카페에서 마시는 차 한 잔도 성공이었다. 약간의 흠이 있다면 이 모든 선택이 얼마나 멋들어지게 맞아떨어지고 있는가를 거듭 강조하는 나영규의 무궁한 활력이었다.

"좋지요? 이 집을 선택한 것은 경치도 경치지만 '그날 오후'라는 찻집 이름이 짱이었어요. 먼 훗날, 진진 씨와 내가 앉아서 그날 오후, 우리가 그곳에서 차를 마셨었지, 하고 회상할 수 있는 추억을 만들기에 안성맞춤이었거든요."

추억까지 미리 디자인하고 있는 남자, 현재를 능히 감당하고도 남음이 있어 먼 훗날의 회상 목록까지 계산하고자 하는 그의 도도한 힘이 나에게는 조금 성가셨다. 하지만 나는, 추억이란 계산에 의해서 만들어지는 것이 아니라 가슴으로 만들어진다는 둥, 별로 대단할 것도 없는 일에 그렇게 머리를 쓰고 살자면 피곤하겠다는 둥의 분위기 깨는 말은 결코 하지 않았다. 하지 않아도 될 말들을 부득불 해가면서 살아갈 필요가 어디 있겠는가. 아껴서 좋은 것은 돈만이 아니었다. 어쩌면 돈보다 더 아껴야 할 것은 우리가 아무 생각 없이 내뱉는 말들이었다.

어쨌든 둥근 눈을 가진 남자의 활력은 대단했다. 그가 가진 활력의 양은 무궁무진해서 조금도 아낄 필요가 없는 모양이었다. 하지만 나는 차를 마시고 몇 군데 시골길을 둘러 시내에 진입할 무렵부터 피곤을 느끼기 시작했다. 자동차를 너무 많이 타서 느끼는 멀미는 결코 아니었다. 자동차에 실려 어딘가를 달리는 일은 내가 좋아하는 일 중의 하나였다. 오늘의 일정이 벅차서 체력의 한

계를 느끼는 것도 아니었다. 내가 한 일은 옆자리에 앉아서 몇 마디 말을 나누거나, 웃거나, 내려서 조금 걷거나 했던 것이 전부였다. 스물다섯의 나이에 그 정도를 가지고 벅차다고 말할 여자는 아무도 없을 터였다.

그럼에도 나는 피곤했다. 앞으로 영화에 저녁식사까지 적어도 네 시간 이상을 이 남자와 더 지내야 한다고 생각하니 갑자기 아무 데서나 내려 집으로 돌아가고 싶어졌다. 이 남자와 같이 지낼 앞으로의 네 시간에 대해 아무런 궁금증이 없다는 사실이 어쩌면 가장 견디기 어려운 것인지도 몰랐다.

영화를 볼 수도 있고 보지 않을 수도 있다면 훨씬 흥미로울 것이었다. 설령 영화를 보았다 하더라도 그 다음의 시간들이 백지 상태로 놓여 있다면 그만큼 더 흥미가 발생할지도 몰랐다. 그러나 나 영규라면 절대로 시간을 그런 식으로 방기할 사람이 아니었다. 그는 정해진 시간에 정해진 영화를 보아야 하는 사람이고, 마음에 정해둔 음식점에서 정해진 메뉴대로 식사를 해야 할 사람이며, 역시 마음에 계획한 도로를 달려서 나를 집에 데려다주는 것으로 오늘의 일과를 끝내는 것이 너무나 당연하다고 생각하는 사람이었다.

그렇지만 사람에 대해 그렇게 함부로 단언하는 것은 옳지 않을지도 몰랐다. 그에게도 기회를 주어야 한다고 나는 생각했다. 그래서 나는 조심스레 물었다.

"영화를 꼭 봐야 하나요?"

"그럼요. 이 표 예매하느라고 어제 무려 두 시간이나 투자했는걸요."

나영규의 대답이 나오는 데는 일 초도 걸리지 않았다. 나는 또 물었다.

"지금 가면 너무 빠르지 않나요? 극장은 저기 있는데, 시간은 삼십 분이나 남았는걸요."

"아녜요. 정확해요. 주차하는 데 적어도 10분은 소요되고, 약간 걸어서 극장 도착하는 데 5분, 매점에서 마실 것 사고 화장실 다 녀오면 또 5분, 좌석 찾아 앉는데 2분, 도합 22분, 8분 정도 숨 돌리고 나면 편안하게 영화를 볼 수 있어요. 빠르지도 늦지도 않아요. 딱 좋아요."

머릿속에 계산기를 넣고 다니는 남자. 이 남자 나영규와 앉아 있으면 일목요연하게 정리된 현실이 보인다. 너무나 일목요연해서 어디 제멋대로인 꿈이나 상상 같은 것은 전혀 끼어들 자리가 보이지 않는다. 알고 있는 사람은 다 아는 것이지만, 먼지 한 톨 없이 깨끗하고 잘 정리된 남의 집보다 적당히 너저분한 남의 집이 묵어가기에는 훨씬 편한 법이다.

"자, 보세요. 영화 시작 6분 전이에요. 내가 계산했던 시간과 2분 오차가 났네요."

영화관. 예약된 좌석에 앉자마자 오차 시간 2분을 확인하는 나영규.

"어때요. 이 집 샤브샤브, 맛있지요? 종로에서 외식하려면 십중팔구 실패하기 십상이에요. 하지만 염려 없어요. 이런 수준의 집을 너댓 개 알고 있으니까."

음식점, 한 끼 외식쯤 실패한다고 해서 세상이 뒤집어지기라도 하나, 하는 반문을 숨긴 채 고개만 끄덕이는 나.

"이젠 집으로 모셔다 드리겠습니다. 어머님한테 전화를 하세요. 앞으로 삼십 분 후에 도착한다구요."

자동차 안. 핸드폰을 내미는 남자에게 "됐어요. 금방 갈 텐데요." 하고 말하는 나.

"즐거웠어요. 진진씨도 즐거웠다면 좋을 텐데."

집 가까운 도로, 멈춘 자동차 안. 손을 내밀며 악수를 청하는 나영규. 거리의 불빛에 비친 그의 얼굴은 여전히 웃음꽃이 만개.

"저도 즐거웠어요. 조심해서 돌아가세요."

남자의 내민 손에 손을 포개며 즐거웠다고 말하는 나. 사실 즐거운 시간들도 적지 않았으니까.

그리고 나영규는 차를 돌려 떠났다. 나 또한 미련 없이 집으로 들어가는 골목길을 향해 걸음을 옮겼다. 골목 입구의 구멍가게에 하늘색 공중전화가 놓여있다는 생각은 하필 그 순간에 왜 떠올랐는지 모를 일이었다. 나는 가방을 뒤져 동전을 찾았다. 누군가와 밤이 새도록 통화를 해도 남을 만큼 동전은 넘치도록 많았다. 하늘색 공중전화기도 얌전하게 입을 다물고 자신의 몸을 눌러줄 누군가를 기다리고 있다. 나 또한 수첩을 보지 않고도 거침없이 누를 수 있는 일곱 개의 숫자를 하나 알고 있었다.

동전이 떨어진 것은 신호음이 두 번 울린 다음이었다. 그는 집에 있었던 것이다. 나는 한 박자쯤 쉰 후에 "여보세요." 하고 말할 참이었다. 그런데, 나의 "여보세요." 소리를 기다리지도 않고 기계음이 흘러나왔다.

"김장웁니다. 지금은 남도로 여행 중입니다. 전하실 말씀을 남겨주세요…삐이……."

삐이…신호음이 울렸지만 나는 아무것도 남길 말이 없었다. 김장우의 선량한 음성만 귓전에 맴돌았다. 언제라도 가방만 둘러메고 떠나는 데 익숙한 김장우였다. 그는 전문적으로 야생화만 촬영하는 사진작가였다. 하지만 오늘 남도로 촬영여행을 떠난다는 말은 들어본 적이 없었다.

그래서 나는 그 말을 이렇게 해석해보았다. 김장웁니다. 안진진과 일요일을 함께 보내고 싶었으나 여의치 않아서 쓸쓸하게 남도로 떠납니다. 쓸쓸함이 가시면 돌아오겠습니다…….

내 마음대로 해석한 김장우의 전화 메시지 때문에 나는 쉽게 하늘색 전화기 앞을 떠날 수 없었다. 동전은 넘치도록 많은데, 뒤에서 빨리 끊어달라고 재촉하는 사람도 없는데, 조용조용 꽃가지를 흔들고 있는 라일락은 저리도 아름다운데, 밤공기 속에 흩어지는 이 라일락 향기는 참을 수 없을 만큼 은은하기만 한데…….

4. 슬픈 일몰의 아버지

해질 녘에는

절대 낯선 길에서 헤매면 안 돼.

그러다 하늘 저켠에서부터

푸른색으로 어둠이 내리기 시작하면

말로 설명할 수 없을 만큼

가슴이 아프거든…….

…

　이제 아버지를 말할 차례다.

　아버지를 말하는 일은 나에겐 언제나 어려운 일이었다. 어머니는 물론이고 아버지를 알고 있는 많은 사람들이 그렇게 단칼에 아버지를 해석해버리는 것이 나에겐 늘 의문이었다. 아버지는 단순한 사람이 아니었다. 아마 아버지 스스로도 사람들이 자신을 그런 식으로 쉽게 판단하고 생각을 그쳐버리는 것을 못마땅하게 여겼을 것이다. 나라도 그랬을 것이다. 아무에게나 간단히 설명될 수 있는 사람으로 여겨지는 것은 누구에게나 치욕이었다.

　특히 아버지처럼 하지 않아도 좋을 생각까지 하느라 인생살이가 고달팠던 사람에게는 두말할 나위도 없는 일이었다. 그럼에도 불구하고 내가 알고 있는 한 아버지는 타인에 의해 한 번도 정확히 읽혀지지 않은 텍스트였다. 그것은 아버지에 대한 모독이었고 또한 아버지의 불행이었다.

　그렇다면 이렇게 말할 수도 있겠다. 아버지는 치욕에 예민했고, 자신에 대한 모독을 가장 못 견뎌한 사람이었다고. 이 진술만큼은 오류가 없을 것이라고 나는 확신한다. 여기까지는 진실이다, 라고 나 스스로를 격려하고 나면 아버지에 대해서 조금은 말할 수 있을 것 같다. 누구는 술꾼이라 불렀고, 누구는 또 건달이라고 칭하였으며 혹자는 가끔 성격파탄자로 규정하였던 아버지에 대해. 그리고 지금은 주민등록 등본에 '행방불명'으로 기록되어 있는 아버지에 대해.

아버지는 술꾼 맞았다. 나와 진모에게서 공통적으로 발견되는 아버지의 유전자만 분석해도 그것은 명백한 사실이었다. 진모가 자주 하는 표현대로 그 애는 '소주 너댓 병을 마셔도 심장 박동수에 전혀 변화가 없는' 천부적인 술꾼이었다. 나, 안진진을 그런 식으로 설명하자면 '소주 너댓 병을 마셔도 심장만 조금 발딱거리는', 여자로서는 거의 희귀한 술꾼이라고나 할까. 우리 남매가 이처럼 희대의 술꾼으로 발전할 수 있는 소양을 풍부하게 지니고 있으면서도 그렇게 되지 않은 것은 모두 다 아버지가 남긴 교훈 때문이었다. 아버지가 보여준 술꾼의 생애는 감당할 수 없을 만큼 거칠고 척박했다. 우리는 결코 그렇게 살고 싶지 않았다.

어머니에 의하면 아버지의 술은 결혼 직후부터 재앙을 예고하는 숨은 불씨였다고 했다. 아버지의 끔찍한 술주정을 처음 본 것이 결혼 후 처음 맞는 아버지의 생일이었다고 하니 그렇다면 신혼살림을 차리고 불과 두 달 만의 일이었다. 어머니와 아버지는 만우절날 결혼했고 아버지는 양력 유월 출생이었으니 이 계산은 정확한 것이었다.

그날 어머니는 두 팀의 손님을 치르고 있었다. 안방에는 아버지의 회사 동료들이, 건넌방에는 아버지의 친구들이 모여 있었다.

아버지는 두 방을 들락거리며 아주 많은 술을 마셨다. 그렇게 많은 술을 마셨으면서도 아버지는 두 방의 손님들을 거두느라 분주한 어머니를 위해 국대접도 나르고, 안주접시도 날라주는 배려를 조금도 아끼지 않았다. 어머니는 두 방의 손님들이 다 돌아갈 때까지도 아버지가 그렇게나 많이 취해 있었다는 것을 감쪽같이 몰랐다. 눈동자가 조금 희미했고, 안색이 불콰했다는 것 말고는 과음의 흔적이 전혀 없었으니까.

손님들이 다 돌아간 후 아버지는 어머니를 도와 뒷설거지까지 거들었다. 딱히 아버지의 도움을 원해서가 아니라, 들어가 그만 쉬라고 말할 수도 있었는데, 어머니는 정말 아무 생각 없이 술병들을 치우고 있는 남편에게 이렇게 말했다.

"안방 상에서 접시들 좀 가져와요. 거기 쟁반 있지요. 포개지 말고 잘 가져오세요."

그렇게 시켜놓고 어머니는 돌아서서 설거지를 계속했다. 그 순간 뭔가 퍽, 터지는 소리가 났지만 세게 틀어놓은 수돗물 소리 때문에 어머니는 상황의 심각성을 눈치채지 못했다. 잠시 후 안방에서 들려오는 심상찮은 파열음에 놀라 달려갔을 때 어머니는 자기 눈을 의심하지 않을 수 없었다. 세상에, 아버지는 부엌으로 가져왔어야 할 접시들을 미친 듯이 벽에다 내던지고 있었다.

음식물 찌꺼기로 도배를 해버린 벽, 접시 파편들로 난장판이 되어버린 방, 어머니는 너무 놀라 방문 앞에 주저앉고 말았다. 그 순간 정확히 어머니를 겨냥하며 날아오는 잡채 접시.

아슬아슬하게 잡채 접시를 피한 어머니는 비명도 지르지 못하고 그대로 현관문을 빠져나가 죽을 듯이 달려 거리로 나섰다. 앞치마를 입은 채로, 신발도 신지 못한 채로.

물론 어머니가 도착한 곳은 외갓집이었다. 어머니는 처녀시절 자기가 쓰던 방에서 6월 한 달을 다 보냈다. 매일같이 아버지가 찾아와 용서를 빌었고, 외할머니와 외할아버지, 심지어는 이모까지 욕설은커녕 뺨 한 대도 맞지 않았는데, 단지 날아오는 잡채 접시를 보았다고 해서 이렇게까지 할 것이 무에냐고 나무라는 바람에 어머니는 겨우 아버지를 용서하기로 마음을 먹었다. 집으로 돌아오면서 어머니는 수도 없이 자신을 향해 혼잣말을 했다. 그래, 나는 날아다니는 잡채 접시를 보았을 뿐이야. 그것밖에는 아무것도 본 것이 없어…….

돌아온 어머니에게 아버지는 흑흑 흐느껴 울면서 말했다.

"당신이 접시를 가져오라고, 그것도 쟁반에 담아오라고 말했을 때, 갑자기 무언가가 내 몸을 쇠사슬로 칭칭 동여매는 것 같았어. 정말이야. 참을 수가 없더라구. 안방 벽들이 나를 가두는 감옥 같았고, 달려온 당신은 나를 가두는 간수 같았어. 당신은 몰라. 그 절망이 얼마나 무서웠는지……."

자신의 미래가 어떻게 헝클어질 것인지 감히 짐작조차 못 하고 있었던 어머니는 흐느껴 울며 회개하는 남편이 가여워서 이렇게 위로했다.

"당신도 참, 앞치마 두르고 설치는 간수도 있어요?"

그때까지만 해도 어머니는 이모와 닮은 데가 많았던 모양이었다. 그런 대사는 전형적인 이모의 것이었으니까.

그때, 아버지가 '앞치마 두른 간수에 휘둘리는 삶'에 자신이 얼마나 많은 공포를 가지고 있는지 어머니에게 정확히 말해주지 않은 것은 돌이킬 수 없는 아버지의 실수였다. 만약 그랬다면 그리 둔하지 않은 어머니는 아주 쉽게 그 결혼을 포기할 수 있었을 터였다. 그때는 나라는 생명도 존재하지 않았을 때니까 더욱 쉽게.

끝내 그 말을 숨기고 있었던 아버지는 술에 취하지 않았을 때는 부드럽고 생각이 깊은 사람으로, 술에 취하면 실패한 탈옥수의 저항을 유감없이 보여주며 사는 길을 선택했다. 아버지는 그해 유월 이후로 거침없이 접시를 날렸고, 나중에는 텔레비전같이 무거운 물건도 날아다니게 만들었다. 그러다 술이 깨면 새 접시를 사기 위해 어머니를 달래서 백화점으로 달려갔으며, 박살이 난 19인치 텔레비전 대신 다시는 날아다닐 수 없는 묵직한 대형 텔레비전을 들여놓았다. 들지는 못하지만 브라운관을 깨버리는 방법도 있다는 것을 모르지 않았을 아버지면서. 그리고 아버지는 몇 달 후 베란다의 화분으로 새 텔레비전의 브라운관을 깨뜨렸다.

술꾼이었던 아버지가 다음 단계로 건달이 되는 것은 아주 당연한 수순이었다. 자의 반 타의 반으로 회사를 그만두게 되어 완벽한 건달의 조건을 갖추었을 때 나는 다섯 살, 진모는 세 살이었다. 어린 자식들과 세상 물정 모르는 젊은 마누라가 불쌍하다는 이유로 실직 초기에는 아버지의 재기를 돕기 위해서 그럴 만한 친구와 일가친척들이 모두 동원되었다. 건달들이 흔히 그러하듯이 아버지는 동원된 친지들의 호의를 단 몇 년 사이에 분노와 배신으로 바꾸어놓고 말았다. 소개해준 직장 때려치기, 빌려준 돈은 술과 도박으로 탕진하기, 걸핏하면 술 냄새 풍기며 찾아와 푼돈 요구하기, 안 주면 깽판치기…….

더 이상 누구의 도움도 불가능하다는 것을 깨달은 어머니가 시장에 좌판을 벌이고 양말을 팔기 시작하면서 아버지의 건달 생활은 아주 안정적으로 무르익어갔다. 내 기억으로, 비록 푼돈이긴 하지만 마음 놓고 강탈할 수 있는 돈줄이 생긴 것을 아버지는 아주 행복하게 여기는 듯했다. 어머니가 심혈을 기울여 베갯속이나 찬장의 양념단지 안에 숨겨둔 돈을 각고의 노력 끝에 찾아냈을 때 기뻐 날뛰던 아버지의 모습을 지금도 나는 선명하게 기억하고 있다. 하긴, 어린 나도 돈이 나타나는 그 순간만은 아버지 못지않게 환호작약하며 함께 기뻐했으니 우리 부녀는 다 같이 천진난만했다고나 할까.

아버지는 노획물을 혼자 차지하고 시치미 떼는 나쁜 사람이 아니었다. 반드시 어린 딸에게 일정 부분을 나누어주는 신사도가 있었다. 내 손에 돈을 쥐어주며 아버지가 했던 말들은 또 얼마나 신비로웠던가.

"안진진. 우린 지금 비밀을 나눈 거야. 너 반쪽, 나 반쪽. 아주 많은 시간이 흐른 후에 네 것과 내 것을 서로 맞춰봐야 하니까 잘 간직해야 돼. 두 개가 딱 맞아야 우리는 서로를 알아볼 수 있어. 안 맞으면 우리는 영원히 아빠와 딸 사이인지 모르고 슬프게 사는 거야."

"그럼, 이 돈을 반쪽으로 찢어야 하는 거예요?"

나는 종이돈을 흔들며 그렇게 물었다.

"아니야, 돈은 찢는 게 아니라 쓰는 거야. 그건 네 마음대로 쓰면 돼."

"그럼, 뭘로 맞춰봐요?"

"여기 있잖아? 언제나 잊어버리지 않고 지니고 다니는 것. 바로 이 손!"

아버지는 자기 손과 내 손을 활짝 펴게 해서 서로의 손바닥을 맞닿게 했다. 여덟 살 어린 계집애의 작은 손과 서른여덟 살 아버지의 큰 손은 잘 맞춰지지 않았다. 아버지는 말했다.

"지금은 안 맞지만, 안 맞아서 슬프지만, 나중에는 자로 잰 듯이 딱 맞는 날이 올 거야. 알았지? 그 때까지 반쪽의 비밀을 잘 간직하는 안진진이 될 거지?"

이미 아버지의 말에 홀려버린 나는 열심히 고개를 끄덕였었다. 그리고 나는 지금까지 누구에게도 아버지와 내가 반쪽씩의 비밀을 나누어 가졌으며 훗날 그 비밀을 맞춰보기로 약속했다는 말을 해본 적이 없었다. 그러나 아버지가 나누어준 돈은 콩나물값에 보태거나 진모의 사탕값을 대주거나 해서 어떤 식으로든 어머니에게 돌려줄 수 있도록 애를 썼다. 시장 바닥에서 어머니가 어떻게 돈을 벌고 있는지 어린 나도 잘 알고 있었으므로.

이상한 일이지만, 아버지가 저지르는 그 많은 악덕에도 불구하고 나는 아버지를 미워하지는 않았던 것 같다. 어머니를 때리거나, 밥상을 뒤엎거나, 파출소에서 전화가 와 집안을 발칵 뒤집어놓을 때는, 그래서 이모가 달려와 우리를 데리고 이모 집으로 갈 때는 자존심이 상해 입술을 악물며 아버지를 원망하긴 했어도 잠시였다.

훗날 생각해보면 아버지는 어머니를 때리거나 밥상을 뒤엎을 때도 확실히 다른 집의 망나니 술꾼과는 달랐다. 이런 표현이 적절하지 않다는 것은 잘 알고 있으나, 그래도 굳이 써본다면 아버지의 그 망나니짓에는 일종의 '품위'가 있었다.

그랬다. 범접할 수 없는 어떤 기운이 아버지에게 있었다. 아버지는 상스러운 욕설을 하더라도 입술을 깨물며, 이마에 푸른 힘줄을 돋우면서, 온 힘을 다해 자신도 지금 죽을 듯이 괴롭다는 것을 상대방에게 알려주었다. 오죽했으면 나와 진모는 물론이고 맞고 있던 어머니까지도 저토록 괴로운 일을 해야 하는 아버지에 대해 순간순간 동정심을 품지 않을 수 없도록 만들었을까. 어쩌면 어머니가 순순히 당하고만 있었던 것도 그 때문이었는지 몰랐다. 어머니에게 직접 확인해본 적은 없지만.

아버지가 건달의 삶을 지나 서서히 부랑의 길로 빠져들었던 것은 어머니의 양말 장사가 이제는 어엿한 생계 수단으로 자리 잡던 시기와 일치했다. 어머니의 좌판은 날로 넓어졌고, 어머니가 파는 양말은 나날이 가짓수가 늘어갔다. 아버지는 몇 장의 지폐를 훔쳐 집을 나갔다가 돈이 떨어지면 돌아오는 생활을 계속하였다. 훔칠 수 있는 지폐가 제법 양이 많아지면서 아버지가 집에 없는 날들도 덩달아 많아졌다. 어쩌다 집에 돌아오는 날에는 아무도 뭐라 하지 않았는데 아버지 혼자 쉴 새 없이 정색을 하고 같은 말을 되풀이하였다.

"누구나 다 똑같이 살 필요는 없어, 그렇지? 여보, 내 말이 맞지?"

나를 보고도 아버지는 그렇게 말했다.

"누구나 다 똑같이 살 필요는 없는 거야. 그것은 바보들이 하는 짓이야. 알겠니? 안진진, 내 말 알겠지?"

아버지는 우리들이 자기의 말을 긍정해줄 때까지 끊임없이 묻고 또 물었다. 대답은 어머니가 가장 시원스러웠다. 시장에서 인생 공부를 많이 한 탓이었다.

"그럼요, 당신 한 사람이라도 다르게 살아보는 것도 괜찮지 뭘."

어머니의 대답이 떨어지기 무섭게 아버지는 금방 얼굴색이 환해지곤 했다.

"그렇지? 당신도 그렇게 생각하지? 고마워. 나는 성공한 놈이야. 당신 한 사람이라도 나를 이해해주니 더 바랄 게 없어. 정말 고마워……."

그러나 어느 날은 그 대답이 화근이 되기도 했다.

"당신, 그 말은 진심이 아냐. 당신 같은 사람이 그런 지혜를 터득했을 리가 없어. 귀찮으니까, 영영 집을 나가줬으면 싶으니까, 그런 말로 나를 혼란에 빠뜨리는 거야. 말해 봐, 뭐가 괜찮다는 것인지 한번 구체적으로 대보라구!"

그리고 다시 시작되는 난장판. 아버지처럼 순식간에 행복을 불행으로 바꾸는 사람은 아마도 없을 것이었다. 아버지는 또 죽을 듯이 괴로워하면서 어머니를 때렸고, 살림들을 쳐부수었다. 도대체, 마누라를 때리면서 지혜, 터득, 혼란, 구체적 등등의 단어를 사용하는 남편도 아버지 말고는 다시 없을 것이었다.

그랬으므로 당연히 아버지는 성격파탄자로 분류될 수밖에 없었다. 주변 사람들 사이에서 서서히 정신병원에 가두어야 한다는 의논이 돌았던 것도 그 무렵이었다. 내가 열 살 혹은 열한 살 시절의 일들이었다. 나는 생각했다. 누구나 똑같이 살 필요는 없다는 아버지의 말은 인정하지만, 그렇지만 하필 아버지처럼 살아야 할 이유가 무엇인지 참 궁금하다고. 저토록 극심한 고통을 겪어가면서까지 남하고 다르게 살아야 하는 일일랑 나는 못 할 것 같다고.

그러나 아버지 앞에서 그런 말을 하지는 못했다. 아버지는 부드러운가 하면 금방 사나웠고, 따뜻한가 하면 당장 차가웠으며, 웃고 있는가 하면 순간적으로 폭포수같이 눈물을 흘리는 사람이었다. 아버지를 미워하지는 않았어도, 또 다른 사람들이 말하는 것처럼 아버지를 정신병자라고는 한 번도 생각하지 않았지만, 어떤 때의 아버지가 진짜 안진진의 아버지인지 알 수가 없었으므로 나는 입을 다물었다. 그리고 열 살의 안진진은 마음속으로만 다짐했다. 나중에, 아주 나중에, 아버지 손바닥에 내 손바닥을 포개서 두 사람의 손가락 길이가 한 치도 어긋남 없이 딱 맞아떨어지는 날, 그때 꼭 물어보리라고.

　아버지는 이제 돈이 떨어져도 쉽게 집으로 돌아오지 않았다. 열흘 만에 혹은 보름 만에 한 번씩 들어왔다가 어느 시기부터 한 달 정도는 훌쩍 우리 곁을 떠나있기도 했다. 어머니는 끼니때 아버지 밥을 짓지 않기 시작했다.

　진모와 나는 어머니가 시장에서 돌아올 때까지 들리는 모든 문 밖의 기척들이 혹여 아버지인가 긴장하며 밤을 보냈다. 그렇지만 그런 긴장은 사실 아무 필요도 없는 것이었다. 아버지가 귀가하는 시간은 대개 일몰이 지난 후, 밤과 낮의 경계가 온통 푸르스름하기만 한 바로 그 무렵이었다. 나 또한 그때라면 밖에서 맴돌다가도 집으로 돌아오는 시간이었다. 진모를 불러 씻기고, 저녁을 차려서 어린 남매가 함께 텔레비전 앞에서 거친 끼니를 때워야 할 책임이 나에게 있었기 때문이었다.

　어느 날은 부엌문 앞에 서서 망연히 나를 바라보고 있는 아버지를 발견하는 적도 있었다. 한 달 만에 귀가하는 아버지라고는 생각할 수 없게 기척도 없이 나타나서 그렇게 나를 바라보기만 했었다. 또 어떤 날은 나보다 먼저 빈집에 들어와 툇마루에 물끄러미 앉아있는 아버지와 상봉하는 경우도 있었다. 청회색 옅은 어둠 속에 웅크리고 있는 사람이 아버지라는 것을 잘 알면서도 그런 아버지를 보면 나는 언제나 심장이 쾅쾅 울리곤 했었다. 예측할 수 없는 아버지, 지금은 저렇게 가여워 보이지만 몇 분 후에는 야수가 될 수도 있는 아버지. 어린 나는 무섭고도 그리운 아버지 앞에 서서 어찌할 바를 모르곤 했다.

그럴 때, 먼저 입을 여는 사람은 늘 아버지였다. 아버지는 내 이름에 성을 붙여 부르기를 좋아했다.

"여, 안진진. 오랜만이다."

아버지는 자식이 아니라 모처럼 만난 친구에게 하듯 그렇게 말했다. 이제 생각하면 아버지는 그런 식의 말투를 즐겨 사용했었다. 나는 아버지의 그런 말투가 좋았다. 어머니라면 절대로 그렇게 말하지 않았을 것이었다. 아버지가 여, 안진진, 하고 부르면 그제서야 나는 아버지 옆에 가만히 앉아보곤 했었다. 어느 날, 아버지는 내 어깨에 팔을 두르며 자신이 일몰에 돌아오는 이유를 설명해준 적이 있었다. 그때의 아버지 말은 또 얼마나 아름다웠던가.

"해질 녘에는 절대 낯선 길에서 헤매면 안 돼. 그러다 하늘이 저쪽부터 푸른색으로 어둠이 내리기 시작하면 말로 설명할 수 없을 만큼 가슴이 아프거든. 가슴만 아픈 게 아냐. 왜 그렇게 눈물이 쏟아지는지 몰라. 안진진, 환한 낮이 가고 어둔 밤이 오는 그 중간 시간에 하늘을 떠도는 쌉싸름한 냄새를 혹시 맡아본 적 있니? 낮도 아니고 밤도 아닌 그 시간, 주위는 푸른 어둠에 물들고, 쌉싸름한 집 냄새는 어디선가 풍겨 오고. 그러면 그만 견딜 수 없을 만큼 돌아오고 싶어지거든. 거기가 어디든 달리고 달려서 마구 돌아오고 싶어지거든. 나는 끝내 지고 마는 거야……."

그렇게 돌아온 아버지는 사흘을 못 견디고 다시 어머니의 돈을 빼앗아서 집을 나가버리곤 했다. 아무 상관도 하지 않을 테니 그저 집에서 당신 하고 싶은 대로 하며 살라고 어머니가 붙잡으면 아버지는 희미하게 웃으면서 나지막하게 내뱉었다.

"그 말이 나 같은 사람한테 얼마나 심한 모독인 줄 당신이 알기나 하겠어. 그러니 나갈 수밖에."

아버지는 어머니의 말에 심한 모독을 느끼고, 어머니는 아버지의 말에 심한 모욕을 느꼈다. 어머니가 입을 꾹 다문 채 아버지가 적당히 어렵게 찾아낼 장소에 적당한 돈을 숨겨놓고 시장으로 나가버리면, 아버지는 그 돈을 찾아내 집을 나가는 일이 되풀이되었다.

모든 되풀이되는 일에는 내성이 생기는 법이었다. 나와 진모는, 모욕감을 느낀 어머니조차도 아버지 없는 생활에 하등의 불편을 느끼지 않게 되었다. 어머니는 차라리 더욱 씩씩해지고 점차 이모와 아주 다른 사람이 되어 갔다. 아버지는, 아버지라고 다를 까닭이 없었다. 아버지는 봄 여름 가을 겨울로 한 번씩 집에 들어오다가, 나와 진모가 중학생이 되었을 때는 아예 일 년에 한 번 정도, 우리가 고등학생이 되었을 때는 이 년에 한 번 정도 집에 들렀다. 그러다 내가 스무 살이 되던 해, 며칠 묵어 간 아버지는 그 이후 지금까지 단 한 번도 우리 앞에 나타나지 않았다. 아마도 아버지는 슬픈 일몰에조차 꿈쩍하지 않을 내성을 갖게 된 모양이었다.

아버지가 집을 나가 무슨 일을 하고 다니는지 우리 중에 아는 사람은 아무도 없다. 심지어 우리는 아버지가 살아있는지 죽었는지 눈치챌 수 있는 아무런 단서도 가지고 있지 않다. 우리는 다만, 행방불명되기 직전의 아버지가 상당히 건강했다는 것과, 부랑의 생활도 이십여 년을 계속하다 보면 한목숨 지탱할만한 도는 터득할 수 있다는 논리에 근거해서 아버지의 '행불'이 삶의 다른 형태라고만 이해하고 있을 뿐이었다.

아버지는 살아 있다.

어머니와 진모가 어떻게 생각하고 있는지는 알 수 없지만, 나는 한 번도 아버지의 죽음을 떠올려본 적이 없었다. 낯선 길에서 슬픈 일몰을 맞더라도 집에 돌아오지 않고 견딜 수 있을 만큼 강해진 아버지였다. 그리고 나는 알고 있었다. 아버지가 영원히는 아니더라도 한번쯤은 돌아올 날이 임박했다는 것을. 그 명백한 증거가 내 손이었다. 아버지와 나는 마침내 서로의 손바닥을 포개고 비밀을 맞춰볼 적당한 시기에 이른 것이었다.

5. 희미한 사랑의 그림자

나는 왜 갑자기,
어딘가에서 그 남자의 냄새나는 양말을
깨끗이 빨아놓고 잠들 수도 있다고,
그럴 수도 있다고 생각했을까⋯⋯.

...

　사랑을 시작한 사람들에게 한 달은 모자란 시간 때문에 한없이 짧다. 또한, 사랑을 시작한 사람들에게 한 달은 무엇이든 다 이룰 수 있을 만큼 한없이 넉넉한 시간이기도 하다. 그 한 달 동안 사랑을 완성할 수도 있고 또한 사랑을 완전히 부숴버릴 수도 있다.

　6월이 지나고 7월이 되었을 때, 나는 그것을 알았다. 지나간 한 달이 나와 김장우의 사이를, 그리고 나와 나영규와의 사이를 깜짝 놀랄 만큼 발전시켜 버렸다는 것을.

　이렇게 말해버리면 사람들은 분명 비웃음을 참지 못하고 반드시 되물을 것이다. 너 안진진은 지금 동시에 두 남자를 사랑하게 되었다는 유행 지난 고백을 하고 있는 것인가…….

　아니다. 그것은 결코 아니다. 나는 사랑을 말할 때 양념처럼 끼어드는 철없는 신파, 이루어질 수 없는 사랑에 대한 그릇된 숭배를 몹시 견딜 수 없다고 생각하며 여지껏 살아왔다.

　아니다. 아니다. 이 모든 진술은 다 허망한 것들이다. 지금 사랑에 대해 말하고 있지만 그것은 순서에 어긋나도 한참 어긋나는 것이다. 나와 김장우, 혹은 나와 나영규 사이에 지난 한 달 동안 큰 발전이 있었던 것은 사실이지만 내 입장에서 본다면 그것은 감정의 발전이지 사랑의 발전은 아니다. 나는 아직 사랑이라는 것에는 입문도 하지 않았다고 생각한다.

내가 누군가에게 정색을 하고 사랑한다고 말할 수 있는 날이 올 것인지 그것조차 나는 알 수가 없다. 아마도 내겐 사랑에 꼭 필요한 맹목(盲目)이란 것이 없는지도 모른다. 그럼에도 불구하고 지금 막 맹목적이지 못한 사랑이 하나 시작되려 하고 있다. 그러나 탐색은 여전히 계속될 것이며, 선택은 마지막 순간까지 어려울 것이다. 그것이 맹목적이지 못한 사랑의 대가일 것이므로.

일요일 아침에 텔레비전을 보게 되면 미혼 남녀들을 짝짓기해 주는 프로그램 하나를 만날 수 있다. 느닷없는 이야기지만, 그 프로그램을 보는 나만의 즐거운 비법이 하나 있다. 나는 처음부터 끝까지 다 보지 않는다. 그것보다 훨씬 재밌는 것은 처음과 끝만 보는 것이다. 남자 여자 출연자들이 각자 자신을 소개하는 첫 부분을 볼 때는 좀 골똘하게 생각을 해봐야 한다. 나는 그들이 수백 번 연습하고 다듬어서 마침내 발표하는 자기소개에 유의하며 머릿속으로 빠르게 남녀를 연결시키고 다른 채널로 돌려버린다. 그리고 마지막, 누가 누구를 찍었는지 화살표가 등장하는 순간에 다시 프로그램으로 복귀한다. 그리고 긴장한다. 내가 마음속으로 만들어놓은 화살표와 화면에서 그려지는 화살표를 맞춰보는 재미는 각별하다.

처음에는 거의 대부분 나의 예상이 어긋났다. 이상한 일이었다. 전혀 어울리지 않는다고 생각하는 커플들이 천장에서 쏟아지는 색종이 세례를 받으며 웃고 있을 때는 배신감마저 느꼈다. 그러다 점점 확률이 높아져서 지금은 적어도 반타작 정도는 반드시 건지게 되기에 이르렀다. 나는 알게 되었던 것이다. 화살표가 어긋날 것을 두려워하는 출연자들이 최선책보다 차선책을 더 많이 선택한다는 것을. 그게 아니라면 대개의 출연자들은 자신과 비슷한 수준의 이성을 선호한다는 것을. 그래서 천하의 매력남이나 매력녀는 의외로 불발이 많다. 바로 그렇기 때문에 아무리 별 볼 일 없이 생긴 출연자라 해도 화살표를 받는 일에 큰 애로는 없다.

그렇게 텔레비전을 보는 일은 재미있지만, 그것 때문에 나는 요즘 곤혹스럽다. 나는 두 남자를 놓고 종종 화살표 긋기를 해본다. 먼저 조심스럽게 나영규한테 화살표를 보내본다. 그러다 움찔 놀라 화살표를 북북 지워버린다. 김장우 대신 차선책인가…그래서 이번에는 김장우를 향해 화살표를 주욱 긋는다. 그렇다면 김장우와 내가 비슷한 수준의 인생들이란 말인가…이럴 수도 저럴 수도 없다. 나는 스스로가 놓은 덫에 걸려버린 것이었다.

내가 이러고 있을 때 이미 갈등 한 번 없이 직진으로 내게 화살표를 보낸 사람은 나영규였다. 지나간 한 달이 내게 의미심장했던 것도 사실은 그 때문이었다. 그는 이미 확고하게 마음을 정했다고 했다. 처음부터 그랬다고 했다. 망설임 끝에 희미하게 화살이 날아왔다는 자국만 남기고 있는 쪽은 김장우였다. 김장우라는 사람, 원래 처음부터 그런 사람이었다.

희미한 선.

김장우를 설명하기 위해서는 우선 희미한 선부터 말해야 할 것이다. 이 말을 자칫 김장우라는 인물의 뚜렷하지 못한 성격이나 별다른 특징 없는 외모를 지칭하는 것으로 해석하면 곤란하다. 오히려 김장우의 사람됨은 그 반대쪽에 있다. 김장우는 의외로 강한 성격이며, 군중 속에 섞여 있어도 곧 눈에 뜨일 만큼 호리호리하고 뚜렷한 이목구비를 가지고 있었다. 특히 그의 선량한 미소와 눈빛을 사람들은 아주 인상적으로 기억하는 편이었다.

희미한 존재에게로 가는 사랑.

이렇게 말하면 보다 정확해질지도 모르겠다. 강함보다 약함을 편애하고, 뚜렷한 것보다 희미한 것을 먼저 보며, 진한 향기보다 연한 향기를 선호하는, 세상의 모든 희미한 존재들을 사랑하는 문제는 김장우가 가지고 있는 삶의 화두다. 나는 그렇게 느낀다. 그래서 그는 세상을 향해 직진으로 강한 화살을 쏘지 못한다. 마음으로 사랑이 넘쳐 감당하기 어려우면 한참 후에나 희미한 선 하나를 긋는 남자.

지난 5월의 남도 여행에서 열흘 만에 돌아온 김장우는 처음으로 자신이 찍어온 야생화 사진 몇 장을 내게 선물로 주었다. 거기, 희미한 것들을 사랑하고 애달파하는 그의 집착이 여실히 드러나 있었다.

"이거, 실풀꽃이야. 실처럼 가늘고 눈처럼 흰 꽃이 하늘을 향해 총총 피어있는 모습이 너무 예쁘지. 이런 몸을 하고 바위틈에서 자란다면 믿겠니?"

실풀꽃. 한줌 입김에도 꽃잎들은 눈가루 날리듯 떨어지고 말 듯

하다. 그 넓고 넓은 산 속에서 이런 희미한 꽃을 찾아내는 사람.

"자, 이건 흰젖제비꽃. 만나기 정말 힘든 꽃인데 운 좋게 찍을 수 있었어. 이름처럼 너무나 소박해서 좋아."

인화된 흰젖제비꽃은 무성한 타원형 잎들 속에 숨죽인 모습으로 다섯 송이쯤 피어있다.

"이건 큰들별꽃. 다음 장소로 이동하느라고 계곡을 건너다가 기슭에서 이 꽃을 발견했는데……."

김장우는 잠시 말을 잇지 못했다. 놀라 쳐다보니 눈에 눈물이 글썽글썽했다.

"푸른 잎사귀 속에 숨어서, 저토록 아련한 큰들별꽃들이, 깜박깜박 조용히 빛나고 있는 거야. 안진진. 나, 그냥 울어버렸다. 너무 작아서…아니, 저 홀로 숨어서 이렇게 아름답게 살아도 되는가 싶으니까 무지 눈물이 나대……."

이건 큰들별꽃의 아름다움을 반도 담아오지 못한 거야, 라고 덧붙이면서 김장우는 자신의 눈물을 계면쩍어했다.

김장우는 흰 꽃을 좋아한다. 산과 들에 피는 야생화들을 다 사랑하지만 그래도 자기를 가장 압도하는 꽃은 흰색이라고 했다. 그는 이번에도 봄에 피는 야생화 중에서 흰 꽃만을 찍어봤다고 했다. 큰들별꽃을 찍느라고 필름을 다섯 통도 더 썼다면서 김장우는 그 사진을 계속 만지작거렸다. 나는 김장우의 마음을 눈치챘다.

"큰들별꽃 사진, 나 주세요."

"안진진한테도 이 꽃이 감동을 주었나?"

"아직 눈물이 글썽거려질 정도는 아니지만."

"좋아. 가져."

"실꽃풀하고 흰젖제비꽃도 주세요."

"이것도?"

"안진진한테 주려고 가져온 것 다 알아요. 작품사진 들고 온 것, 이번이 처음이잖아요."

"좋아하면 줄까 해서 들고 왔지······."

김장우는 사진을 봉투 안에 정성스럽게 담아 내 쪽으로 밀어놓았다. 그리곤 괜히 민망해서 시선을 이리저리 황망하게 돌렸다. 김장우와 만나면 나는 이렇게 선명해진다. 그는 희미한 것들을 사랑하고 나는 가끔 그것들을 못 견뎌한다.

큰들별꽃 사진은 그날로 내 방 벽의 가장 중심에 걸렸다. 그 좌우로 실꽃풀과 흰젖제비꽃도 걸었다. 한결같이 흰 꽃을 피우고, 한결같이 가냘프고 가냘퍼서 센 바람이라도 불면 날아가 버릴 듯 존재가 애매한 저 꽃들을 필름에 담기 위해 열흘씩이나 산과 들을 헤매는 사람, 김장우.

큰들별꽃이 내 방의 중심에 걸린 이후, 우리는 부쩍 자주 만났다. 하지만 곰곰 생각하면 그 만남의 대부분은 나의 공로였다.

"토요일인데, 오늘도 야근하는 거야?"

전화를 걸어놓고 묻는 김장우의 말. 나영규라면 대뜸 "진진씨, 토요일인데 나와요. 내가 맛있는 점심 사주지요."라고 말했을 것이다.

"글쎄, 어디서 만날까? 어디가 좋을까. 갑자기 생각이 안 나네."

내가 먼저 만나도 좋다고 말하면 이번에는 약속 장소를 생각한다고 침묵. 전화기 저편에선 생각에 잠겨있는 김장우의 희미한 숨소리만 들리고. 나영규라면 당장 "한 시간 후에 뉴욕제과"라고 명쾌하게 결정했을 일들이다.

"뭐 먹을까? 안진진 좋을 대로 먹지 뭐."

나영규라면 뉴욕제과 주변의 맛있는 집, 멋있는 집을 샅샅이 파악하고 있을 텐데 김장우와 만나면 모든 먹거리들이 다 신통찮아진다.

"자, 이젠 어디로 가지? 영화나 한 편 볼까? 가만있자, 이 근처 어디 가까운 극장 없나?"

점심 먹고 헤매다 가까스로 '영화나 한 편'에 합의하고, 다시 한참을 헤매서 극장을 찾아내면 어김없이 만나게 되는 매진 사례.

"볼 만한 영화는 전부 매진이야. 할 수 없지 뭐. 우리 슬슬 걷자. 걷다가 다리 아프면 커피나 한잔 마시고."

나영규라는 사람은 전날에 이미 예매를 해두지 않고서는 절대로 나를 극장 앞으로 데려가지 않는다고 말해버릴 수는 없으므로, 그리고 김장우와 보려다 표를 구하지 못한 영화 중에는 나영규와 본 영화도 가끔은 있으므로, 나는 암표를 구할 생각 같은 것은 추호도 하지 못하는 김장우에게 불평을 하지는 않는다. 아니, 그가 즐겨 인용하는 선배의 사진 철학에 빗대서 불편한 속마음을 은유

해본 적은 있었다.

'언제나 최고의 셔터 찬스는 한 번뿐, 두 번 다시는 오지 않는다. 좋다고 느껴지면 망설이지 말고 무조건 셔터를 누르는 습관을 길러야 한다. 훌륭한 순간 포착, 그곳에 사진의 진가가 존재한다.'

김장우는 여러 번 내 앞에서 이 문장을 암송했다. 자기가 좋아하는, 감동적인 인물 사진을 주로 발표하는 작가의 메시지였다. 나는 그것에 빗대보는 것이었다.

"사진은 그렇게 잘 찍으면서 다른 일은 왜 그게 안 되지요? 인생의 모든 기회가 다 마찬가지 아닌가요? 훌륭한 순간 포착, 거기에 진짜 인생이 존재한다……."

그러면 김장우는 이렇게 변명했다.

"안진진. 인생은 한 장의 사진이 아냐. 잘못 찍었다 싶으면 인화하지 않고 버리면 되는 사진하고는 달라. 그럴 수는 없어."

하긴 그랬다. 사진은 정지된 하나의 순간이고, 인생은 끝없이 흘러가는 순간순간들의 집합체인 것을. 멈춰놓고 들여다볼 수 있는 게 아닌 것을…….

그래서 우리의 데이트는 거의 대부분 시끄럽고 복잡한 거리에서 이루어졌다. 걷다 다리가 아프면 커피 한 잔 마시고 헤어지는 만남. 커피를 마시고 나면 더 이상 함께 해야 할 일이 없어 허둥지둥해야 하는 만남. 그렇게 5월이 가고 6월이 갔다. 그랬어도 우리의 마음은 상당히 짙어져 있었다. 내가 놀랄 정도로.

그리고 오늘.

우리는 다시 시내의 한 커피 전문점에 앉아있다. 본격적인 7월의 날씨를 보여주는 일요일이었다. 다음 주 중에 다시 여름에 피는 야생화들을 찍기 위해 산으로 떠난다는 김장우와 오늘을 함께 보내려고 나는 약간의 편법을 썼다. 먼저 약속을 신청하는 주인공과 만난다는 내 원칙을 고수하다가는 김장우와의 만남은 거의 불가능이었으므로. 그리고, 항상 먼저 약속을 신청하는 사람은 예외 없이 나영규였으므로.

그래서 나는 오늘 아침 걸려온 나영규의 전화에 대고 전에 하지 않던 수선을 부렸다. 나는 그가 오늘의 주도면밀한 데이트를 위해 바쳤을 며칠간의 준비 기간을 천연덕스럽게 뭉개버릴 수 있을 만큼 야비한 사람은 못 되었다.

"미안해요. 갑자기 일이 생겼어요. 오늘 약속은 지킬 수 없지만 내일은 만날 수 있어요. 내일 퇴근시간에 맞춰서 영규씨 회사 앞으로 나갈게요. 어떡하지요? 정말 어떡하지요?"

나영규는 내 수선을 기꺼이 받아주었다.

"괜찮아요. 그럴 수도 있지요. 좋아요. 내일은 밤 열한시까지 나랑 함께 있어준다고 약속해요."

"얼마든지요. 열한시 반까지 함께 있어도 좋아요."

하하하. 나영규의 커다란 웃음소리가 김장우와 앉아있는 지금까지도 귓가에서 맴돌고 있다. 아까부터 다 마신 커피잔을 만지작거리며 우두커니 앉아있는 저 남자를 만나기 위해 내일 저녁 시간을 송두리째 담보 잡히고 여기에 나온 나, 안진진.

"나가요."

"어딜?"

깜짝 놀라 쳐다보는 김장우.

"멋진 곳을 알고 있어요. 자동차, 가지고 왔지요?"

"귀찮아서 버스 타고 왔는데⋯하도 고물이라서 시내에 들고 오기가 미안해. 환경미화에 거슬리거든."

태평스럽게 웃고 있는 김장우를 끌고 나와 나는 택시를 잡았다.

"어딜 가려구."

두 번째 어딜 가냐고 묻는 김장우.

"우선 장우씨 집부터 가요. 그런 다음 그 고물차 끌고 나랑 교외로 드라이브해요. 시내는 답답하잖아요."

"그러지, 뭐."

김장우는 아무래도 괜찮다는 듯이 또 씩 웃는다. 저 웃음. 그는 모든 말과 말 사이를, 모든 행동과 행동 사이를 언제나 웃음으로 연결 짓는다. 마치 수채화 붓으로 연푸른 선 하나를 짧게 긋듯이 씨익⋯⋯.

김장우의 오래된 국산 지프는 완전 폐품 덩어리였다. 처음부터 중고차를 산 데다 지난 몇 년간 험한 산길로만 끌고 다녔으니 성할 리가 없었다. 겉은 그렇다 해도 자동차 내부까지 쓰레기더미인 것에 대해서는 아무리 김장우라 해도 쩔쩔맬 만큼 미안한 모양이었다.

"안진진을 태우고 달릴 줄 알았으면 어젯밤을 꼬박 새워서라도 깨끗이 청소를 했을 텐데. 이걸 어쩌지? 이런 차 타도 괜찮은 거야?"

여기저기 긁히고 우그러진 지프차에 높이 올라타서, 발에 채이고 손에 걸리는 먼지와 쓰레기들을 물리치며 달리는 것까지는 괜찮았을지 몰라도 승차감은커녕 얼굴 근육이 일그러지도록 심하게 덜덜 떨리는 것만은 사실 괜찮지 않았다. 그것뿐인가. 에어컨은 작년 여름에 이미 고장이 났지만 기계가 만들어내는 찬바람이 싫어서 고치지 않고 있다는 게 아닌가. 무더위를 해결하기 위해서는 거리의 후텁지근한 바람이라도 얻어야 했고 그러려면 싫어도 왁자한 거리의 온갖 소음까지 다 받아들여야만 했다. 이건 결코 내가 예상했던 드라이브가 아니었다. 우선 대화가 안 되는 것이었다.

"어-느-방-향-으-로?"

김장우가 힘들여 핸들을 조작하며 거의 외치듯이 물으면,

"문-산-방-향! 임진강 보러가요."

나 역시 이렇게 손나팔을 만들어 그에게 대답을 한다.

"어-디-라-고?"

다시 되묻는 김장우. 먼지가 부옇게 앉은 앞 유리창에 손가락으로 '문산', '임진강'이라고 써주는 나.

나는 지금 지난번 나영규와 같이 갔던 드라이브 코스를 김장우와 함께 고스란히 다시 달려보자는 것이었다. 그때 나쁘지 않았던 것도 이유였을 테고, 이런 아이디어라도 내지 않고서는 저녁 시

간까지 김장우와 더불어 길게 버틸 수 있는 방법이 전혀 없었다.

시내에 있다 하더라도 사정은 마찬가지였다. 나영규가 자신만 만하게 나를 데리고 갔던 음식점에 일주일 정도 시차를 두고 나는 김장우를 데리고 가는 것이었다. 나영규가 치밀하게 조사해서 발굴해놓은 멋진 찻집도 천연덕스럽게 김장우에게 소개했다. 나영규가 아니었다면, 그랬다면 김장우와 나는 도무지 어떻게 시간을 보내야 하는지 알 수 없어서 더욱 쩔쩔맸을 것이었다.

이런 사정을 알 까닭이 없는 김장우의 옆얼굴은 행복해보였다. 시끄러운 거리의 소음도, 벌써부터 등짝을 축축하게 적셔놓은 더위도 그에게는 아무런 문제가 되지 않는 것 같았다. 시내를 벗어나 한적한 자유로를 달리면서부터는 나 역시 그런 것쯤 아무래도 좋았다. 목소리를 높여야 하고 높인 목소리마저 덜덜 떨려서 내용 파악이 쉽지 않은 탓에 우리는 말은 생략한 채 앞만 보고 달리는 중이었다.

그것도 나쁘진 않았다. 말이 사라진 자리에는 대신 편안한 고요가 깃들었다. 가끔 운전석 쪽을 돌아보면 김장우는 눈을 크게 뜨는 시늉으로 할 말이 있으면 해보라는 표시를 하곤 했다. 내가 고개를 흔들면 그는 수채화 붓으로 긋듯이 씨익 한번 웃고는 다시 전방을 주시했다. 나영규의 활짝 웃음이 옆 사람까지도 웃게 만드는 전염성 강한 것이라면 김장우의 수채화 웃음은 여운이 길어 웃음이 끝난 뒤에도 계속 생각나게 만드는 묘한 웃음이다.

우리는 점심을 하기에는 많이 늦은 시간에 통나무집에 도착했다. 길이 어긋나지 않아야 숨겨놓은 보물처럼 통나무집이 나타날 텐데, 걱정을 조금 했지만 털털거리면서도 김장우의 지프는 내가 손가락으로 지시하는 대로 잘 따라와 주었다.

"근사한데. 안진진 덕분에 이런 별천지도 다 구경해 보고, 고맙다."

김장우는 절대 누구와 이런 곳을 와보았는지 묻지 않는다. 만약 나라면, 아마 물었을 것이다. 세상 돌아가는 이치에 조금이라도 관심이 있는 사람이라면 당연스럽게 거기에 생각이 미칠 터였다. 김장우는 세상 돌아가는 이치에는 아무런 관심도 흥미도 없는 사람이었다. 그렇다면 그의 관심을 끄는 것이 무엇인지도 나는 잘 몰랐다. 나영규라면 그가 지금 무슨 생각을 하고 있는지 충분히 짐작할 수 있다고 나는 자신한다. 하지만 김장우라면, 아무 때나 씨익, 수채화 붓질하듯이 한 번 웃고는 얼른 입을 다무는 저 남자의 머릿속에 무슨 생각이 들어있는지 유추하기란 몹시 어렵다.

지난번 그랬듯이 창가 자리에 앉아서, 역시 지난번 그랬듯이 나는 스테이크를, 야채수프를, 빵을, 한 잔의 와인을, 순서대로 주문했다. 이런 나를 보고 있던 김장우는 종업원이 미처 묻기도 전에 짧게 주문을 마쳐버렸다.

"안진진이 것하고 똑같이!"

푸하, 나는 웃었고 김장우도 긴 머리를 쓸어올리며 낯을 붉혔다. 우리가 처음 만나던 때도 꼭 이랬었다. 그는 일 년 전이나 지금이나 똑같았다.

내가 이모부의 주선으로 사무원이란 직업을 얻기 전에 전전했던 여러 가지 아르바이트 중에서 단연 압도적이었던 것은 서비스업이었다. 원하기만 하면 커피집이나 레스토랑, 호프집까지 여대생 서빙을 구하는 업소는 부지기수였다. 김장우를 만난 것은 강남의 한 레스토랑에서 밤 시간만 일하던 작년 늦봄이었다.

그는 두 명의 여자와 함께 내가 일하는 레스토랑에 들어왔다. 텁수룩한 머리에 우중충한 사파리를 입은 남자 하나와 화사하게 차려입은 젊은 여자 둘을 테이블에 안내하고 돌아온 여주인은 입을 비죽하게 내밀었다. 자신이 경영하는 이 업소가 상당한 고급 음식점임을 늘 자랑으로 내세우는 여주인이 입을 비죽 내민 이유는 간단했다. 사파리를 입은 남자가 불이 너무 어둡다고, 너무 어두워서 음식이 입으로 들어갈지 코로 들어갈지 모르겠다고 불평을 하더라는 것이었다.

"간접조명도 모르는 무식한 인간이 이런 곳은 왜 와. 형광등 환하게 켜놓고 장사하는 설렁탕집이나 가지."

그래서 주문은 내가 받으러 갔다. 두 여자는 각자 다른 메뉴를 선택했다. 각자의 메뉴에 따른 세부 사항들까지 일일이 묻고 답하다 보니 자연 여자들을 상대하는 시간이 길었다. 마침내 사파리 쪽으로 돌아서서 정중하게 고개를 숙이는데 남자는 메뉴판은 보지도 않고 이렇게 말하는 것이었다.

"손 실장 것하고 똑같이!"

"네?"

처음에는 손 실장, 이란 말을 확실히 알아듣지 못했었다. 그래서 머뭇거리고 있는데, 이 남자 다시 말씀하시기를,

"그럼 이 부장 것으로!"

이러는 것이었다.

알고 보니 동행한 젊은 여자들은 그의 사진을 사주는 어린이책 전문 출판사의 실장과 부장이었다. 그런데, 더 난처한 일은 식사 후에 일어났다. 잊어버리지도 않지만, 음식값은 모두 12만 4천 원이었다. 젊은 여자 중의 하나가 이런 데 많이 다닌 척하느라고 시킨 비싼 와인만 아니었다면 그가 가지고 있는 돈으로 얼추 맞았을지도 몰랐다. 그는 만 원짜리 여덟 장과 천 원짜리 다섯 장 위에 주민등록증을 얹어 내밀면서 얼굴을 붉혔다. 들여다보니, 김장우라는 이름이었다.

"이거면 충분할 줄 알았지요. 내일 바로 가져다 드리겠습니다."

여자들은 이미 나가고 없었으며, 여주인은 친구가 와서 손님테이블에 앉아있었다. 사파리 주머니에 손을 푹 찌르고 내 처분만 바라고 있는 덩치 큰 남자, 나는 한순간도 망설이지 않고 주민등록증을 돌려주었다.

"내 이름은 안진진. 돈 갚을 때는 조용히 안진진을 찾으세요. 아셨죠?"

남자는 가만히 내 얼굴을 들여다보다가 고맙다는 말도 하지 않고 휘적휘적 나가버렸다. 나는 즉시 내 지갑을 찾아 사파리가 채우지 못한 나머지 돈만큼을 손금고에 집어넣었다. 아무도 모르게

일어난 일이었다.

사파리의 남자는 다음날 저녁 어김없이 나머지 돈을 돌려주었다. 이번에는 씨익 웃으며 고맙다고 인사도 했다. 그런데 돈을 돌려주고 난 다음날에도 그는 다시 나타났다.

"밥을 먹을까 해서요……."

남자는 나를 보고 또 씨익 웃었다. 웃음이 맑아서 다시 찾아온 그가 밉지 않았다. 나는 이 집에서 가장 싼 요리가 무엇인지 메뉴판에서 정확히 짚어주었다. 그는 내가 말해준 음식을 먹었다.

사흘 후, 남자는 다시 나타났다. 이제는 그가 왜 여기에 오는지 의심할 여지가 없었다. 그가 자신이 먹고 있는 음식에 아무런 관심이 없다는 것은 확실했다. 내가 지난번과 다른 요리를 가져다주어도 아무 말이 없었으니까. 그는 접시에는 거의 시선을 주지 않고 홀 안을 오가는 내 모습만을 뒤쫓고 있었으니까.

"그때, 내가 왜 좋았어요?"

그때가 언제를 말하는지 너무 잘 알고 있는 김장우는 앞이마를 가리는 머리칼을 쓸어올리며 잠시 생각에 잠긴다. 나라면 유치하다고 여길 질문에 김장우는 정성을 다한다.

"내 이름은 안진진, 할 때, 그리고 조용히 안진진을 찾으세요, 라고 말할 때 갑자기 그런 예감이 들었지. 아, 앞으로 아주 오랫동안 조용히 이 안진진이라는 이름을 부르겠구나, 하는 예감. 나한테 그런 느낌을 준 여자는 처음이었거든. 착하고 착한 우리 안진진······.”

나는 마음속으로 조금 움찔한다. 착하고 착한 우리 안진진, 이라고 말하는 남자 앞에서는 더욱 착해지고 싶은 것이다. 또, 그런 남자를 배신해서는 안 된다고 다짐하게 되는 것이다. 김장우가 나한테 거는 주문은 이것이다. 착하고 착한 안진진······.

나는 착한 인간이 아니었다. 통나무집에서의 식사를 마친 후 다시 '그날 오후'라는 카페를 찾아 장흥으로 넘어가는 시골길을 택하는 것만 보아도 나의 교활함은 여실히 증명되는 것이었다. 통나무집에서 김장우가 다시 밥값이 모자라는 난처한 경우를 당할까봐 내가 먼저 계산을 하는데도 어, 하는 표정을 짓다 말고 휘적휘적 나가버리는 그에게 잠시 화가 났던 것만 보아도 나는 착하지 않았다.

그렇지만 차를 세워둔 주차장 화단에서 부더기로 피어있는 보라색 비비추를 발견하고 환호성을 지르는 김장우를 오래 미워할 수는 없는 노릇이었다.

“안진진! 이리와 봐. 여기 비비추가 있다. 벌써 비비추들이 다 피어버렸구나. 벌써 피었어!”

김장우는 얼른 차로 달려가 카메라 가방을 꺼내왔다.

“좋은 걸 건질지도 모르겠는 걸. 이거, 일월비비추야. 꽃망울이 촘촘하게 붙은 걸 보면 틀림없어. 조금만 기다려줄래. 너무 활짝 핀 비비추는 시들해서 밉거든. 볕에 탄 이파리가 하나도 없는 걸로 봐서는 누군가 각별히 가꾸는 모양이다. 그게 누굴까······.”

비비추 무더기의 이곳저곳에 렌즈를 들이대면서 김장우는 어쩔 줄을 모른다. 나는 그늘에 서서 그가 일하는 모습을 구경한다. 처음이었다. 깊은 산 숲 속에서도 제 흥에 겨워 저렇게 혼잣말을 하며 사진을 찍을까. 숨어있는 야생화들을 찾아 온종일 걷다가 어느 순간 큰들별꽃 같은 작고 소박한 꽃을 만나면 눈물이 나기도 하겠지. 아무도 없이 너 홀로 이렇게 아름다워도 되느냐고 꽃을 쓰다듬으며 울 수도 있겠지…….

비비추 때문에 우리가 '그날 오후'에 도착한 시각은 서산으로 해가 기울 무렵이었다. 바람은 서늘했고, 노을은 아름다웠다. 가장 아름다운 오후 시간에 우리는 제대로 '그날 오후'에 도착한 것이었다. 몇 시 몇 분까지 시내로 들어가 몇 시 몇 분에 시작하는 영화를 봐야 하고 몇 시에 저녁을 먹어야 하는 시간표를 상비하고 다니는 사람들한테는 찾아오기 어려운 우연이었다.

외진 곳이었는데도 카페 안은 젊은 연인들로 가득하였다. 창가 자리에 앉는 행운을 누린 연인들은 유리창에 코를 박고 넘어가는 여름 해의 주홍빛 흔적에 정신을 팔고 있었다. 실내를 떠도는 음악은 누군가의 바이올린 연주가 빚어내는 에드워드 엘가의 '사랑의 인사'였다. 여기저기 속삭임은 감미로웠고 나지막한 웃음소리들은 물방울 터지는 소리 같았다. 아주 오랜 시간이 흐른 후에 저들은 추억할지도 모른다. 그날 오후, 우리는 그곳에서 사랑의 인사를 나누었다고. 그날 오후는 정말 아름다웠다고.

덜덜거리는 고물차와 찌는 더위를 이기고 여기까지 온 보람이

과연 있었다는 생각에 나는 아주 기분이 좋아졌다. 시원한 맥주를 연거푸 두 병 마시고 나니 거의 행복할 지경이었다. 나는 푹신한 의자에 파묻힐 듯이 앉아서 눈을 감았다. 남자와 앉아서 이토록이나 편안한 기분인 것은 아마 처음이었다. 어쩌면 이런 것이 사랑이 아닐까, 하는 생각도 잠시 해보았다.

"산이 있어 편안한 거야. 도시가 아니라서 그런 거야."

그는 마치 내 마음속을 들여다보는 것처럼 말한다.

"산에서 몇 밤을 지내고 서울로 돌아오면 며칠 동안 적응이 안 돼. 돌아가고 싶어지지. 산새 소리, 풀잎 눕는 소리, 계곡물에 바람 스치는 소리, 두고 온 그런 것들 생각 때문에 오래 마음이 심란해지지. 도시는 나를 불안하게 해. 어디에 있어도 내 자리가 아니어서 불편해."

김장우가 맥주를 마시느라 잠시 말을 멈춘다. 이제 두 병째, 저 정도라면 한 시간쯤 후에는 말짱해져서 운전대에 앉을 수 있겠다고 나는 생각한다.

"그래도 나한테는 도시로 돌아와야 할 몇 가지 이유가 있지. 이제까지 그 이유 중 가장 큰 존재가 형이었어. 형을 혼자 두고 싶지 않으니까. 그런데 요즘은 안진진 네가 가장 중요한 이유가 되었다. 우습지? 너 때문에 나는 도시로 돌아와. 너를 생각하면 빨리 돌아오고 싶어."

지금 김장우가 무슨 말을 하고 있는지 나는 안다. 그는 지금 조심스레 나를 향해 화살표를 보내는 것이었다. 나영규처럼 비유 없이 확실하게 보내버리는 화살표는 아니지만, 그래도 예전의 화살표들에 비하면 많이 짙어진 것이었다. 공교롭게도 바로 그 순간, 들어올 때 흘러나왔던 '사랑의 인사'가 한 바퀴 빙 돌아 다시 바이올린 음에 실려 시작되고 있었다. 그렇다면 나도 먼먼 어느 훗날에 회상할 수 있을까. 그날 오후, 나 또한 그곳에서 조심스럽게 사랑의 인사를 나누었다고…….

'그날 오후'에서 우리는 모처럼 많은 이야기를 나누었다. 그는 지나가는 말처럼 형이 아우의 결혼 때문에 걱정을 많이 한다는 이야기도 흘렸다. 어려서 부모를 다 여읜 형제는 최근 김장우가 방을 얻어 독립해 나오기까지 서로 의지하며 함께 살았다. 형제는 서로가 서로에게 부모이고 집이며 온 세상 전부였다.

나는 김장우의 지나온 생애를 대충 들어 알고 있었다. 그는 불우했고 가난했으며 현재도 몹시 가난하다는 사실을 약간은 감추며 여자를 만나야한다는 사실조차 모르는 사람이었다. 아니면 나처럼 가능한 한 집안 이야기를 하지 않는 식으로 감추거나 거짓말을 피하는 방법도 있는데 그는 고려하지 않았다. 심지어 그는 이런 말도 했다.

"앞으로 돈을 번다해도 그 돈은 내 것이 아냐. 모두 형에게 돌려줘야 해. 형은 나 때문에 대학도 가지 못했거든. 내게 돈이 생긴다면 그건 모조리 형 것이야."

처음에는 그 말이 몹시 아름다웠지만, 언제까지 그 말의 아름다움에 감동할 수 있을지는 아무도 모를 일이었다. 하지만 이런 말은 여전히 아름다웠다.

"형이랑 같이 살 때, 난 밤마다 기다렸다가 형이 벗어둔 양말을 깨끗이 빨아서 널어놓은 뒤에야 잠을 잤지. 냄새나는 형의 양말, 나 때문에 더욱 냄새가 날 수밖에 없는 그 양말을 주물러 빨고 있으면 그렇게 마음이 편했어. 지금도 형 집에 가면 형수 몰래 가끔 형 양말을 빨아주고 돌아와."

착하고 착한 김장우. 나는 '그날 오후'에서 하염없이 술을 마신다. 하염없이 마셔도 아버지를 닮은 나는 조금도 취하지 않았다. 그래도 김장우는 계산을 마치고 나서 얼른 나를 부축했다. 그럴 필요는 조금도 없었는데, 가슴만 뜨거울 뿐 나는 얼굴색 하나 변하지 않은 채였다. 맥주라는 술 따위에 정신을 앗긴다는 것은 이 안진진에겐 치욕이었다.

우리는 다시 털털거리는 고물차를 타고 달리기 시작했다. 가로등만이 고즈넉이 정렬해있는 시골길은 지나치는 자동차도 드물었다. 창문으로 불어오는 바람에 머리칼을 날리며 김장우는 가끔씩 나를 돌아보았다.

"왜?"

"안진진이 혹시 술주정할까 해서."

씨익 웃는 김장우.

"잠깐 차 세워봐요."

나는 화급히 외친다.

"차를? 왜?"

김장우는 놀라서 길가에 차를 세우고 브레이크를 밟은 채 나를 보았다. 나는 시트에 파묻었던 몸을 일으키며 천천히 말했다.

"술주정하려구."

김장우의 눈이 둥그레졌다. 나는 그에게 다가가 먼저 둥그레진 눈에 입술을 대었다. 그의 몸이 굳어졌다. 다음에는 우뚝 솟아서 외로운 그의 코에 내 입술을 머물게 했다. 그리고 놀라 벌어진 채의 그의 입술에 내 입술을 포갰다. 맥주 냄새가 조금 났고 내 옆구리쯤에서 엉거주춤하게 멈춰있던 그의 두 팔은 놀랄 만큼 극심하게 떨고 있었다.

그 밤, 어디로 어떻게 달려서 집으로 돌아왔는지 나는 모른다. 대문 앞 외등에 비춰 본 내 손목시계는 아직 열시도 채 되지 않은 시간이었다. 사랑의 인사를 나누었던 젊은 남자와 여자가 헤어지기에는 너무도 이른 시각이어서 나는 잠시 어이가 없었다.

대문 옆 담장에 기대어 나는 피식 웃었다. 김장우는, 그 남자는, 왜 자신의 고물차에서 나를 내려놓을 장소가 여기뿐이라고 생각했을까……. 나는 왜 갑자기, 어딘가에서 그 남자의 냄새나는 양말을 깨끗이 빨아놓고 잠들 수도 있다고 생각했을까…….

6. 오래전, 그 십 분의 의미

사람들은 작은 상처는 오래 간직하고
큰 은혜는 얼른 망각해버린다.
상처는 꼭 받아야 할 빚이라고 생각하고
은혜는 꼭 돌려주지 않아도 될
빚이라고 생각하기 때문이다.
대부분의 사람들은
인생의 장부책 계산을 그렇게 한다.

...

무더웠던 7월이 지나고 8월이 되자 더위가 한고비 꺾였다. 아직 그럴 때도 아닌데 아침저녁으로는 서늘하기까지 했다. 이상저온 현상이라고 했다. 지난번 폭염도 대단했는데 그때도 기상대는 이상고온이라고 설명했다. 무엇이든 지나치면 다 이상한 것이라는 뜻일 터였다.

모오 소로소로 아끼데스네. 오덴끼가 이이데스네. (벌써 가을입니다. 날씨가 좋지요?)

9월에 일본인들을 상대하는 식품점으로 바꿀 계획인 어머니가 연습하고 있는 문장이 8월에 이미 어울리고 있었다. 날씨야 제멋대로이건 말건 어머니는 세수를 하면서도, 밥을 먹으면서도 늘 일본말을 중얼거렸다.

이랏샤이마세…호시이 모노와 민나 소로에떼 이마스……(어서 오세요…원하는 것은 다 있습니다……)

어느 날 밤, 이모한테서 걸려온 전화를 받으면서도 어머니는 "여보세요." 대신 "이랏샤이마세!" 라고 외치다가 하하, 씩씩하게 웃었다.

"일본말 좀 배운다. 왜냐구? 국제적인 사업가한테 일본어는 필수니까. 너같이 팔자 편한 마나님은 몰라도 되는 일이니 용건이나 말해. 웬일이야? 집으로 전화를 다 하고?"

전화 저편에서 이모가 뭐라 항의를 하는 모양이었다.

"내가 언제 맨날 바쁘다고 그랬니? 너야말로 꼭 양말 한 타스 사겠다는 손님 상대하고 있으면 전화를 하더라. 한 켤레도 아니고 한 타스를 산다는데 한가하게 너하고 노닥거릴 시간이 어딨어?"

어머니는 전화를 바꾸어주고도 방에서 나갈 생각을 하지 않는 나를 힐끗 쳐다보았다. 그래도 나는 꿈쩍하지 않았다. 이모와 나 사이가 다소 특별하다는 것을 어머니도 알고 있다. 이모는 나한테서, 나는 이모한테서 서로의 집안 사정이 어떻다는 정보를 얻는다. 이모와 내가 아니라면 우리 두 집안은 한층 더 소원했을 것이다. 그렇지만 지난 결혼기념일에 내가 이모에게만 장미꽃을 한 다발 사다준 것까지 어머니가 알고 있지는 않을 것이었다. 이모는 의외로 생각이 깊은 사람이다.

"이모가 내일 저녁에 집으로 초대한댄다. 며칠 전에 주리랑 주혁이 왔대. 시장 노는 날은 귀신같이 외우고 있어서 간다고 그랬다. 이모부도 없대니까 한번 가보지 뭘."

이모의 초대를 전하면서 어머니는 애써 심드렁한 척한다. 외국에 나가 있던 주리와 주혁이 돌아왔고, 시장이 노는 날이고, 게다가 이모부가 출장으로 집을 비운다는 세 가지 조건이 다 맞아떨어졌으니 아니 갈 수가 없다는 식이다. 언제나 이런 식이었다. 잘사는 이모가 가난한 어머니한테 고개를 숙이지 않으면 두 사람 사이의 내왕은 완전 불가능이다. 이모는 어머니가 변했다 하고, 어머니는 이모가 변했다고 그랬다. 내가 보기엔 두 사람 다 변했다. 그러나 나는 알고 있다. 두 사람 모두 상대의 삶에 자유롭지 못하다는 것을. 그것이 바로 쌍둥이의 숙명이라는 것을.

생각해보면 어머니가 싫어하는 사람은 이모가 아니라 이모부였다. 지금은 아니지만 얼마 전까지 적잖이 이모 도움을 받은 것 때문에 자격지심으로 그러는 것이 아니었다. 나와 진모가 어렸던 시절, 걸핏하면 한밤중에 이모가 달려와 우리 남매를 긴급 구조해서 이모 집으로 데려가곤 하던 그 무렵에 생긴 앙금이 어머니를 그렇게 만들었다. 소동이 가라앉고 나면 다음날 어머니가 와서 우리들을 다시 집으로 데려가야 했던 그 시절에 종종 보았던 이모부의 차가운 눈빛이 지금도 잊혀지지 않는다는 어머니의 술회를 그대로 옮기면 이런 것이었다.

너랑 진모, 네 이모 차에 실어 보내고 네 아버지 몸부림치는 것 온몸으로 막아내고 나면 먼동이 트곤 했었다. 그러면 나는 네 아버지 깊이 잠드는 것 기다렸다가 미친년처럼 허둥지둥 네 이모 집으로 달려가는 거야. 너, 그때 1학년이어서 새벽에 데리러가지 않으면 학교를 못 보내는데 어떡하겠니. 나라고 그 짓을 하고 싶어서 하겠니? 방 하나 부엌 하나 달랑 있는 집구석에서 애비가 그 난리를 치기 시작하면 너는 부엌으로 숨고, 어린 진모는 놀라서 경기를 해대고, 이러다 어린 것들 죽이겠다 싶어서 이모를 부르는 것인데…….

물론, 나도 생각이 있는 년인데 꼭두새벽부터 남의 집에 가서

벨 누르려면 미안해서 꼭 손모가지가 오그라드는 기분이었지. 하지만 어쩌누. 한 번 눌러, 두 번 눌러, 대답이 없으면 세 번이라도 눌러야지. 이모가 원래 새벽잠이 많아서 냉큼 문을 따주지 않으니까 시끄럽게 굴고 있는 나도 미안해 죽겠는 거야. 그런데, 그때가 아마 겨울이었을 거야. 세 번을 눌러도 기척이 없길래 한참 기다리다가 가만히 문을 두들겼지. 그 순간 문이 벌컥 열리고 이모부가 나타나더라. 낯을 들 수가 없어서 고개를 숙이고 죄인처럼 서 있는 나에게 네 이모부가 뭐랬는 줄 아니? 조용히 들어오세요. 오늘 주리 시험 치는 날이라 더 재워야 하니까 좀 조심해 주세요. 그 말을 듣고 있는데 쥐구멍이라도 있으면 그리로 콱 숨고 싶더라……

또 언제더라. 그런 말을 들었던 터라 이젠 진진이 너 지각을 하는 한이 있어도 그 인간 출근한 뒤 가야겠다 싶었는데, 좀 빨랐는지 아직 집에 있는 거야. 둥그런 식탁에 너, 진모, 주리하고 주혁이, 그리고 이모부가 밥을 먹고 있는데, 세상에, 통통한 갈치구이 접시 자기 앞에 딱 모셔놓고 가시 발라서 주리 한 번 주혁이 한 번, 또 주리 한 번 주혁이 한 번, 이번엔 먹고 싶어 저렇게 빤히 쳐다보고 있는 우리 진모 한 젓가락 떼어주려나 옆눈으로 지켜봐도 또 주리 한 번, 주혁이 한 번, 이러는 거야. 그걸 보고 있으려니 내 속에서 뜨건 불이 확확 솟구치더라. 내 새끼들, 부모 잘못 만난 죄로 이런 수모를 당하는구나 싶으니까 눈앞에 보이는 게 없더라.

어머니의 탄식을 빌리지 않더라도 갈치 사건이 있던 날의 기억은 내게도 남아있었다. 그날따라 어머니가 아직 밥도 다 먹지 않았는데 나와 진모의 손을 아프도록 꽉 쥐고 인사도 없이 이모 집을 나왔던 것도 기억하고 있다.

그러나 이모부에 대한 내 생각은 다른 것이었다. 물론 그 시절이 지난 뒤에 홀로 정리한 생각이지만, 우리가 이모부를 비난할 근거는 어디에도 없었다. 주리와 주혁이는 이모부의 자식들이었고, 나와 진모는 술주정뱅이의 자식들이었다. 이모부가 누구를 더 사랑했겠는가. 생선살 한 젓가락 우리에게 떼어주기를 아까워했던 이모부지만 아버지의 사업자금으로 갈치 백 마리, 아니 천 마리, 만 마리 살만한 돈을 빌려주었고 결국 돌려받지 못했어도 별다른 불평을 하지 않았던 것을 어머니는 왜 잊고 있는지 모를 일이었다.

그때나 지금이나 진모처럼 갈치를 탐하는 식성이 아닌 탓에 내가 이모부에게 관대한 평가를 내리고 있는 것은 아니었다. 사람들은 작은 상처는 오래 간직하고 큰 은혜는 얼른 망각해버린다. 상처는 꼭 받아야 할 빚이라고 생각하고 은혜는 꼭 돌려주지 않아도 될 빚이라고 생각하기 때문이다. 대부분의 사람들은 인생의 장부책 계산을 그렇게 한다.

거기에 비하면 이모는 자신의 언니를 참담한 불행 속에 넣은 사람임에도 언니의 남편, 즉 나의 아버지에 대해 우호적이었다. 어려서부터 나는 이모와 어머니가 만나 이야기하는 자리에 함께 끼여 있길 좋아했다. 똑같이 생긴 두 사람이 각자 다른 옷을 입고 각자 다른 머리스타일을 하고 앉아있는 모습을 보는 일은 아무리 되풀이되어도 지겹지가 않았었다.

기억하기로, 두 사람은 각자의 집에서 만났을 때보다 외갓집에서 다른 식구들과 어울려 만날 때 훨씬 정다웠다. 그럴 적의 두 사람은 어린애처럼 별것 아닌 일에도 손을 마주 잡고 웃음을 터뜨리곤 했다. 만우절날 쌍둥이 딸을 낳고 만우절날 쌍둥이 딸을 한꺼번에 결혼시킨 바 있는 외할아버지는 딸들의 친정 나들이를 몹시 좋아하여서 내가 그러는 것처럼 한시도 딸들 곁을 떠나려 하지 않았다. 아니, 나보다 더했다. 외할아버지는 자신이 만든 작품을 감상하는 조각가 같았다. 이리 보고 저리 보고, 혹여 흠집이라도 생겨있으면 난리가 났다.

또 한 사람, 쌍둥이 딸들 밑으로 간신히 얻은 외삼촌도 똑같았다. 아직 총각이었던 그때의 외삼촌은 누이들이 시키는 일이라면 무엇이든 했다. 쌍둥이 누이들이 한꺼번에 결혼을 해서 집을 떠나던 날, 사흘간이나 밥을 먹지 않고 시름에 잠겨있었다는 외삼촌이었다.

오직 외할머니만이 딸들에게 먹일 음식을 장만하느라고 부엌과 수돗간을 오가며 치맛자락에 바람이 일도록 분주했다. 그 모든 음식의 재료들은 전부 외할아버지가 손수 시장보기를 한 것이었으므로 그 중 한 가지만 빠뜨려도 외할아버지의 불호령이 터지곤 했다.

"이거, 왜 이래! 닭다리 사다준 것은 어디다 빼돌리고 닭고기는 코빼기도 안 보여? 저 애들이 닭다리 튀긴 것을 한 자리에서 열 개도 넘게 먹어치우던 생각이 안 나나? 그런 생각을 할 줄 아는 에미라면 어떻게 닭다리를 빠뜨릴 수 있냐고요."

"아이구, 그래요. 난 생각이 모자라는 에미고 당신은 생각이 넘치는 아버지구려. 다 큰 딸년들은 방에다 모셔놓고 꼼짝도 못하게 하면서, 나 혼자 이 많은 것을 한꺼번에 어떻게 해내라고 그러슈. 여기 갈비도 있겠다, 장조림도 있겠다, 닭다리 튀겨놓으면 처지기나 하지."

시집 와서 이십 년이 넘도록 외할아버지한테 말대꾸는커녕 얼굴색 한 번 바꿀 줄 몰랐다던 외할머니도 그 즈음에는 콩당콩당 하고 싶은 말을 다 하였다. 그리고 콩당콩당 하는 말씀일지언정 외할머니의 말이 다 맞았다. 친정에 다니러온 딸들 손에 물 묻히고 싶지 않은 심정은 외할머니도 매일반이고, 외할아버지가 사들인 음식 재료는 언제나 필요 이상으로 많았으므로.

그러나 어머니와 이모의 친정 나들이가 언제나 오순도순했던 것만은 아니었다. 어쩌다, 아니 필연적으로 도마에 오르게 마련인 아버지의 악덕은 외갓집의 단란한 풍경을 해치는 유일한 훼방꾼이었다. 성격이 괄괄한 외할아버지는 아버지 이야기만 나오면 "그때려죽일 놈!" 하고 부르짖었다. 그보다 더 심한 말을 할 수도 있었겠지만 언제나 빤히 쳐다보고 있는 내가 문제였다. 나는 밖으로 내쫓으려는 어른들의 온갖 감언이설에도 불구하고 꿋꿋이 자리를 지킴으로써 내 아버지가 처갓집 식구들에게 더 이상의 언어폭력을 당하지 않도록 하는 데 단단히 일조를 했다.

아버지에 대해서라면 외할머니도, 외삼촌도 모두 고개를 저었다. 아버지가 미워서 우리 집에는 한 번도 오지 않는 그들이었다. 외할아버지에 비하면 한없이 섬세하고 유약했던 외할머니와 외삼촌이었지만 아버지 이야기만 나오면 부르르 몸을 떨었다.

제 설움에 겨운 어머니도 이야기의 처음에는 맹렬히 아버지를 비난하고 나섰다. 말하자면 눈물 콧물 닦아가며 아버지가 어떤 일들을 저지르고 다니는지 설명하는 어머니의 애처로운 모습이 도화선이 되는 셈이었다. 그렇게 해서 시작된 내 아버지의 성토대회에서 가장 중립적인 입장을 유지하는 사람은 이모였다.

"본래는 얼마나 착한 사람이었어. 술이 잘못이지. 술만 잡숫지 않으면 천하에 그만한 사람이 없잖아. 형부도 괴로울 거야."

"본래 착한 사람이 마누라 팔뚝이 분질러지도록 팬다니? 술 마신다고 다 그런대? 괴로운 것 아는 사람이라면 얼른 정신을 차려야지. 지 마누라하고 새끼들 생각하는 마음이라면 혀를 깨물고라도 술을 끊어야지."

혀를 깨물고라도, 하고 말할 때의 외할머니는 정말 자신의 혀라도 깨무는 것처럼 비장한 표정이었다. 그런데 참 이상한 일이었다. 초반에 열을 내다가도 모두들 아버지를 비난하고 나서면 슬그머니 "그 정도는 아냐. 아니라니까. 그 다음날은 이불 세 채를 혼자 다 빨아줬는걸." 하면서 남편을 위한 변명을 내곤 하던 어머니도 이모가 하는 아버지 역성은 참 못 견뎌했다.

"하기 쉬운 말이라고 넌 잘도 네 형부 편든다. 네가 한번 그런

인간이랑 살아 보렴. 너라면 사흘도 못 살았을걸. 김포 아줌마가
신랑감 사진 내놓았을 때, 네가 그랬지? 십 분 먼저 태어났어도 언
니는 언니니까 네가 먼저 가라구. 흥. 바로 그 십 분 먼저가 이런
운명인 거야. 네가 십 분 먼저 태어났다면 이 운명이 네 것이라고."

　김포 아줌마란 외할머니의 먼 친척으로 이모와 어머니 두 사람
의 신랑감을 모두 중매한 운명의 매개자였다. 처음 물고 온 한 장
의 사진이 훗날 내 아버지가 되었고, 사흘쯤 뒤 다시 가져온 또 한
장의 사진이 내 이모부가 되었다. 쌍둥이 자매가 어찌나 붙어 다
니는지 연애할 겨를도 없다고 판단한 외할아버지의 전격적인 결
혼작전은 그렇게 진행되었다.

　"그런 소리 말아. 김포 아줌마가 맨 처음 형부 사진 들고 왔을
때 언니가 그랬잖아. 분위기가 좋다고. 뭐랬더라? 눈빛이 가을의
우수를 담고 있다고 했던가……."

　이모가 그 높은 소프라노로 이렇게 반박하면 어머니는 쇳소리
로 악을 쓰다시피 격렬하게 이모의 말을 부인했다.

　"가을의 우수 어쩌고 한 것은 바로 너였어. 너무 괜찮다고 방
방 뛴 게 바로 너였다구. 그렇게 나를 홀려놓고 네가 미루었지."

　그러면 착한 이모는 싸움닭처럼 덤비는 어머니를 피해 슬그머
니 항복을 했다.

　"그랬나? 생각해보니 그런 것도 같다. 맞아. 난 처음부터 형부
이미지가 좋더라. 좋았는데도 언니라서 양보한 거야. 지금도 난
형부가 밉지 않아."

이모가 순순히 항복을 하더라도 어머니는 마지막으로 모진 말 한마디를 이모 가슴에 박고서야 그 자리를 물러서곤 했었다. 이런 말.

"양보? 네가 양보한 것이 무엇인 줄 알기나 해?"

아무리 결혼 몇 년 만에 싸움닭처럼 거칠어진 어머니라 해도 차마 뒷말만은 더 이상 잇지 않았다. 너는 이 지긋지긋한 불행을 내게 양보한 대신 알짜만 가득한 행복을 넘겨받은 것이라고.

그러나 아버지에 대한 화제만 아니라면 외갓집에서의 모임은 언제나 즐거웠다. 어머니와 이모는 손 붙잡고 자리에 누워 자신들의 어린 시절 이야기에 새벽이 오는 줄도 몰랐고 그 옆에서 외할머니는 딸들의 기억을 정정하기도 하고 첨가하기도 하면서 자다 깨다 했다. 옆방에서는 외할아버지가 어린 외손주들 오줌 수발 드느라고 연신 들락거렸다.

어머니와 이모와 외할머니의 두런거리는 말소리가 아련히 멀어졌다 가까워졌다 하는 것을 느끼면서 잠 속에 빠져드는 기분은 말로 설명할 수 없을 만큼 달콤했다. 어머니가 울거나 소리치지 않고 오랜 시간 말하는 것을 들을 수 있는 거의 유일한 기회가 어린 안진진의 외갓집 나들이였다. 어렸지만 깜찍했던 나는 어머니와 진모와 함께 아예 외갓집에서 살아버리는 방법도 그때는 진지하게 연구하곤 했었다. 그렇지만 아버지의 우수에 찬 눈빛을 더 이상 보지 못한다는 것도 어린 나에게는 큰 괴로움이었으므로 그 연구는 항상 중간에 폐기되곤 했었다.

이처럼 오순도순했던 외갓집 풍경도 아버지의 패악이 굳어지면서 점점 뜸하게 연출되었다. 가족 중 누구 하나의 불행이 너무 깊어버리면 어떤 행복도 그 자리를 대체할 수 없는 법이었다. 어머니도 점차 외갓집 발길을 끊었다.

　"무소식이 희소식이에요. 그런 줄 알고 걱정 마세요."

　가끔씩 외갓집에서 전화가 걸려오면 어머니는 그 말 외엔 아는 것이 없는 사람처럼 똑같은 말만 되풀이했다. 우리 집이 무소식이 희소식이었을 때, 이모네는 소식마다 기쁜 소식이었기에 어머니는 외갓집에 대해 더욱 말을 잃어갔다.

　우연히 우리 집에 들렀다가 아버지의 패악을 목격한 외할아버지가 그 괄괄한 성격대로 한판 붙으려다 멱살도 잡아보기 전에 쓰러져버린 사건이 있은 후로는 안씨 핏줄인 나 안진진과 안진모의 외갓집 출입은 금기나 마찬가지가 돼버리고 말았다. 외할아버지는 그 후 자리에서 일어나지 못했고, 쓰러지기 전 외할아버지가 아버지를 향해 지른 대갈일성은 바로 이것이었다.

　"야 이놈아! 덤벼라, 덤벼! 나한테 한번 덤벼봐!"

　이모네 집은 큰길에서 멀리 떨어져 있어 버스를 타고 가면 십 분 정도는 걸어야만 했다. 자동차를 수족처럼 부릴 수 있는 그 동네 사람들한테는 거리의 소음과 매연, 난삽함 등에서 멀리 떨어지면 떨어질수록 좋은 집이었다.

　여름철의 낮은 지겨울 정도로 길었다. 예년의 8월처럼 푹푹 찌는 무더위는 아니어서 석양 무렵 한적한 고급 주택가를 걷는 일은 그리 나쁘지 않았다. 높은 담장과 담장 너머의 푸르른 나무들, 가끔씩 느린 속도로 옆을 스쳐 가는 검정색 승용차. 말 안 듣는 자식들을 향해 내지르는 거친 엄마들의 악다구니 하나 없이 고요한 그 길의 끝에 누군가 서 있었다. 거기서 왼쪽으로 꺾어 돌아가면 이모 집이었다.

나는 그가 누구인지 금방 알아보았다. 진모였다. 진모라면 내가 초인종을 눌러주지 않는 한 저 혼자 이모 집에 들어갈 위인이 못 되었다. 내 퇴근시간을 알고 있으니까 이제쯤 도착할 것이라는 시간 계산을 마치고 저기 서서 나를 기다리고 있는 것이었다. 길의 끝에 서 있는 진모를 향해 마주 걸어가면서 나는 콧날이 찡해지려는 것을 애써 참았다. 낯선 곳에서 낯설게 만나는 혈육은 언제라도 늘 안쓰럽게 보이는 법이었다.

"난 안 가. 아니 난 못 가."

내가 다가가자 진모는 앞뒤도 없이 불쑥 말했다. 평소에도 거침없이 표절하던 최민수 식의 그 좌악 까는 음성이 아니었다.

"왜? 여기까지 와서 왜?"

묻고 나니 진모의 얼굴이 이상했다. 안색은 파랗게 질렸고, 이모 집에 온다고 제법 신경 써서 차려입었을 회갈색 양복은 엉망이었다.

"누나. 돈 가진 것 있어? 있는 대로 좀 줘."

"무슨 일이야? 너, 무슨 일 생겼구나."

가슴이 덜컹 내려앉은 나는 진모의 손을 부여잡았다. 그 손이 심하게 떨리고 있었다.

"아니야. 기분이, 기분이 우울해서 그래…그냥 돈이나 줘. 이모 집에 갈 기분이 아니거든."

내게 잡힌 손을 빼내며 진모는 구겨지고 흙 묻은 양복바지를 툭툭 털어내는 시늉을 했다. 여기까지 오면서 수습할 만큼은 다했을 것이므로 그런다고 엉망인 매무새가 더 나아질 턱은 없었다. 그 대신 나는 진모의 옷에서, 진모의 머리칼에서, 진모의 입에서 풍겨 오는 옅은 술 냄새를 맡았다.

"돈은 어디에 쓸 건데?"

그러면서도 내 손은 이미 핸드백에서 지갑을 꺼내고 있었다. 어쩐지 안 주고 넘어갈 상황이 아니라는 예감이 들었다.

"여행이나 가려고. 멀리 떠나서 며칠 쉬었다 오려고……."

제발 며칠 쉬었다 돌아오면 해결될 일이길 빌면서, 설마 진모 같은 올챙이 건달에게 감당 못 할 큰일이 일어날 리가 있겠냐면서, 나는 지갑을 툭툭 털었다. 그런다고 이 안진진인들 무슨 큰돈이 있겠는가. 겨우 며칠 쉬기도 부족할 돈을 받으면서 진모는 고개를 푹 숙였다.

"미안해, 누나……."

돌아서다 말고 진모는 덧붙였다.

"비둘기가, 나밖에 모르던 그 착한 비둘기가 나를 배신했어. 그래서 모든 게 다 엉망진창이 되어버렸어……."

그렇게 말을 할 때는 일부러 하지 않아도 최민수거나 알 파치노 같았다. 역시 진실은 통하는 모양이었다. 나는 진모가 비둘기의 배신을 말했을 때 벌써 마음을 놓았다. 놀랄 일은 아무것도 없었다. 진모에게 일어나는 문제는 여자를 배신하거나 여자가 배신하는 일이 내용의 전부인 것이었다. 그 외 무엇이 더 있을 것인가.

사랑의 배신자를 처벌하는 방법은 간단하다. 잊어버리는 것이다. 그것도 아주 완벽하게, 꿈속에서도 생각나지 않도록 완벽하게 잊어주는 것이다. 나라면 그렇게 할 수 있다. 진모는, 아마 진모라면 더욱 그렇게 할 수 있을 것이었다. 비둘기의 배신으로 보스에의 꿈이 조금 무의미해졌겠지만, 그 꿈을 충동질해줄 다른 여자가 또 나타날 것이 틀림없으므로.

그날, 이모네 집에서 보낸 시간들도 진모 표현처럼 한마디로 엉망진창이었다. 나야 진모 때문에 이미 불길했었다 하더라도 어머니 또한 한 가지도 제대로 넘어가 주는 것 없이 사사건건 토를 달았다. 이모 집에서 보는 어머니는 늘 그랬지만, 그날은 좀 더 완강했다.

나는 어머니를 이해할 수 있었다. 그날따라 이모는 아름다웠고 활기에 넘쳐있었다. 자식들이 돌아온 것이었다. 그렇지 않아도 종달새 같았던 이모는 나와 엄마까지 와주어서 행복의 절정에 있었다. 행복했던 이모는 넓은 집 안 곳곳에 빠짐없이 꽃을 장식했다. 어머니는 죄 없는 꽃부터 비난하고 나섰다.

"무에 그리 너절하게 꽃들을 늘어놓았니? 안 그래도 마당 천지가 다 꽃이구만. 참 할 일도 없다."

분위기를 좋아하는 이모가 잔잔히 흐르도록 켜놓은 음악도 어머니를 역정나게 했다.

"정신 사납게 음악은 무슨. 이 기계들은 다 뭐야? 이거 또 새것으로 바꿨구나. 몇백만 원 줬겠어. 맨날 유행가만 듣는 애가 기계는 뭐할려구 자꾸 비싼 것으로 바꾸는지, 참말로 아랫돈이 아야야 하는갑다."

이모가 유행가를 좋아하는 것은 사실이었다. 주리가 어려서 피아노학원에 다닐 때 이모가 만사 젖혀놓고 열심히 주리 따라서 같이 배운 것도 모두 유행가 때문이었다. 훗날 주리는 배운 실력으로 모차르트를 연주했고, 이모는 '예스터데이'나 '그대는 나의 인생' 같은 유행가를 연주했다. 지금이라도 이모는 우리가 신청만한다면 '열애'나 '내 마음 갈 곳을 잃어' 같은 곡을 연주해줄 수도있을 것이었다.

맨날 유행가만 듣는 주제라고 지청구를 들은 자기 어머니를 위해 주리가 "엄마, 그럼 오디오 끄고 '가시나무' 연주해 주세요. 정말 좋던데?" 하는 것을 보면 요즘 이모가 연습하는 피아노곡은 아무래도 시인과 촌장의 '가시나무'인 모양이었다. 이모가 좋아하는 유행가는 세대를 뛰어넘어 내게도 늘 좋았기에 틀림이 없을 것이었다.

어머니가 아무리 시비를 걸어도 이모는 행복했으므로 상관이 없었다. 문제는 나였다. 나는 주리와 주혁이 앞에서 어머니가 저러는 것이 싫었다. 심하게 손을 떨며 내게서 돈을 받아간 진모 생각이 달라붙어 떨어지지 않는 것도 몹시 성가셨다. 이모와 어머니 사이에서 엉거주춤하게 떠돌던 내가 참을 수 없었던 것은 꽃도 오디오도 아니었다.

처음 들어올 때부터 당장 눈에 거슬려 견딜 수 없게 하는 것은 어머니의 머리스타일이었다. 어머니의 머리에서는 아직도 심하게 파마약 냄새가 나고 있었다. 게다가 앞도 뒤도 없이 무작정 튼튼하게 웨이브만 살려놓은 촌스러움이란 차마 바로보기 어려울 지경이었다. 차라리 적당히 풀어져서 어수선하기만 했던 아침의 머리모양대로 있어줬다면 내 마음이 이토록이나 참혹하지 않았을 것이었다.

어머니에 비하면 이모는, 끊임없이 세심하게 손질을 해주며 가꾸고 있는 이모의 자연스러운 헤어스타일은 얼마나 보기가 좋은가. 푸른색 소매 없는 원피스 아래로 드러난 이모의 동그란 어깨는 얼마나 아기자기한가. 에어컨 바람이 알맞게 식혀준 실내, 어디 한 군데 어색하지 않게 잘 꾸며진 거실 장식들, 우아한 겨자색 가죽 소파가 자아내는 고급한 분위기를 놓고 보면 오직 어머니만이, 뽀글뽀글 볶은 머리를 하고 심술궂게 앉아있는 어머니만이 이집에서 단 하나 지독하게 어울리지 않는 소품이었다.

내가 어머니의 단골 미장원 이름을 거론해서 어머니를 일시에 웃음거리로 만든 것은 그러므로 내 잘못이 아니었다. 나는 단지 어머니가 그 미장원과의 거래를 그만두기만을 바랐을 뿐이었다. 그 바람이 이모 집에 와서 보니 너무나 간절해서 나도 모르게 그만 입에 올리게 된 것뿐이었다.

"엄마, 오늘 또 뽀끌래 미장원에 갔었구나! 제발 그 집에서 파마하지 말라니까 왜 또 거길 갔어요?"

"뭐? 뽀끌래? 아악! 뽀끌래라구?"

이모는 숫제 거실 바닥에 쓰러져버렸다. 웃음을 참지 못하는 것은 이모의 약점 중의 하나였다. 주리는 손뼉을 쳐가며 웃어댔다. 주혁도 연신 어머니의 머리를 쳐다보며 하하, 웃었다. 오죽했으면 주방에서 일하던 가정부까지 달려와 박장대소에 한몫을 거들었을까.

순식간에 벌어진 이 일에 어머니의 얼굴은 벌겋게 달아오르고 말았다. 나의 실수였다. 뽀끌래 미장원이란 명칭에 대해 우리 식구는 이미 아무런 감정도 느낄 수 없었다. 너무나 오래된 어머니의 단골 미장원이어서 지금은 그냥 하나의 이름일 뿐이었는데…….

나는 참담했지만 어머니는 즉시 기세를 만회해서 정상으로 돌아왔다. 악의 없는 이모가 말끝마다 "그 머리, 뽀끌래에서 볶았어?" 하고 놀려도 눈을 흘기다 말았다. 이모 앞에서 어머니가 져본 적은 한 번도 없었다. 주리와 주혁이 이층으로 올라간 사이 어머니는 마침내 새로운 시비거리를 찾아냈다.

"피아노 치는 아이가 무슨 논문을 쓴다고 방학에도 집에 돌아오지 않겠다는 거야?"

논문 때문에 도저히 귀국할 수 없다는 것을 이모가 억지로 불렀다는 말에 대한 어머니의 힐난은 이모뿐 아니라 나에게도 실망을 주기 충분했다. 그 말은 어머니가 주리에 대해 아무런 관심도 없다는 것을 적나라하게 보여주었다. 적어도 이모는 나와 진모의 현재에 대해서는 정확히 알고 있었다.

"언니는. 주리가 대학 들어가면서 피아노 관두고 미학 전공 한다는 말을 몇 번이나 해주었는데 아직도 그런 소리를 해?"

어머니는 자신이 무슨 실수를 하고 있는지도 모르고 연거푸 물었다.

"주혁이는 지금 대학교 다니는 거야, 아니면 대학원 다니는 거야?"

주혁이 미국의 소위 아이비리그에 속하는 명문대학을 우수한 성적으로 졸업했다는 소식을 들은 것이 올해 초였다. 주혁은 대학원에 진학했고 이로써 이모의 두 자식은 모두 박사 고지를 향해 맹렬히 돌진하게 된 셈이었다. 나는 이모가 원하는 것이 주리와 주혁의 박사 학위가 아니라는 것을 잘 알고 있었다. 이모는 자식들이 이제 그만 공부를 마치고 돌아와주기를 바라고 있었다. 그러나 어림도 없는 일이었다. 이모부 같은 사람에게 그것은 너무나 어리석은 자의 소망일 뿐이었다.

"학사 다음엔 석사, 석사 다음엔 박사가 있잖소. 있는 걸 왜 빼먹어. 거기까지 공부하라고 정해져 있는 걸 기왕 유학까지 간 애들한테 왜 그만두라고 말해야 하는지 난 정말 알 수가 없네."

게다가 아이들이 모두 공부를 아주 잘하고 있지 않은가 말이다. 이모부는 그런 사람이었다. 비유하자면 이모부는 결혼해서 지금까지 삼십 년이 가깝도록 단 한 번의 결행이나 연착 없이 정시에 도착하고 정시에 출발하는 기차 같은 사람이었다. 기차라면, 쇠바퀴를 굴려 굽이굽이 강가도 달리고, 덜컹덜컹 산자락도 달리는 기차라면, 폭설 후에는 결행도 하고 마주 오는 다른 기차를 피하느라 연착도 좀 하는 것이 당연한 것이었다. 그렇게 믿고 있는 세상의 다른 부류들한테는 이해받기 힘들겠지만 하여간 이모부가 생각하는 기차는 그런 것이 아니었다.

이모부의 기차는 굽이굽이 강가를 달리더라도 절대 한눈을 팔면 안 되고 마주 오는 다른 기차를 들이받고라도 다음 역에 늦게 도착하면 안 되는 기차였다. 그리고 내가 짐작하건대 이모의 기차는 이모부의 기차와 다른 모양이었다. 그렇지 않고서야 왜 내게 "심심한 너의 이모부는…"이라는 말을 자주 했겠는가.

단언할 수 있지만, 이모의 자식들은 나와 진모 같지 않았다. 이모는 남편복에 이어 자식복까지 넘치도록 받은 사람이었다. 자라면서 어머니에게 수도 없이 들은 말, 남편복 없는 여자는 자식복도 없다는 그 말은 이모 때문에 내게 진리로 각인되었다. 어머니는 남편에 이어 자식에서까지 이모에게 밀리고 있었다. 하긴 어머니 주장대로 그것이 따로따로가 아니라 한 궤에 물려있는 것이라면 새삼스러울 것도 없는 연결이었다.

이모와는 특별했지만 나는 이종사촌들과는 그리 각별한 사랑을 나누지 못했다. 어린 시절 잠깐을 제외하고는 그럴 만한 시간도 없었다. 그 어린 시절마저도 이종사촌들은 이모부의 철통 같은 보호 아래 있어서 접근하기가 어려웠다. 나는 주리와 동갑이었고 주혁은 진모와 동갑이었지만, 우리는 나이만 같았을 뿐 사는 모양이 너무 달랐다. 아니, 하나 같은 것이 또 있긴 했다. 어머니들, 나이도 얼굴도 목소리도 똑같은 어머니들이 있었다…….

철이 들어 서로 교류를 나눌 수 있을 만한 나이에 이르러서는 그들 둘 다 유학을 떠나버렸다. 유학을 가지 않았다 하더라도 나는 이종사촌들과 공유할 만한 추억을 만들지 못했을 것이다. 철이 든다는 것은 말하자면 내가 지닌 가능성과 타인이 가진 가능성을 비교할 수 있게 되었다는 뜻에 다름 아닌 것이었다. 나 또한 내 어머니처럼 이종사촌들이 지닌 무한한 가능성에 대해 도저히 대범할 수 없었다. 그러나 내가 어머니와 달랐던 점은 이종사촌들에 대한 질투심을 감쪽같이 잘 숨기며 살아왔다는 것이었다. 그것마저 숨기지 못하고 여기저기 질질 흘렸다면, 만약 그랬다면 내 인생은 더 이상 볼 것도 없는 완벽한 실패작이었을 것이다.

어머니가 자신의 운명과 이모의 운명이 뒤바뀔 수도 있었다는 것에 대해 가장 격렬하게 저항하는 부분은 단연 자식들에 관한 것이었다. 주리가 전국 피아노 콩쿠르에서 최우수상을 탔다는 소식이 전해지던 날, 나는 공교롭게도 첫 번째 가출을 시도하고 집에 없었다. 훗날 진모에게 들은 바로는 어머니는 밤새도록 벽을 치고 통곡했다고 했다. 통곡 속에 섞인 후렴구는 바로 이것이었다.

"내 자식이 불쌍해! 내 자식만 불쌍해!"

이제는 인정할 만도 하건만, 다른 것들은 대충 극복을 한 듯이 보이는데도 불구하고, 아직까지도 어머니는 이 부분이 가장 취약했다. 어쩔 수 없는 일이었다.

그날 이모 집에서도 어머니는 자신의 취약점을 노골적으로 드러냈다. 식사에 참석하기 위해 내려온 주리와 주혁의 개방적인 차림새는 그쯤에서 조카들에 대한 힐난을 자제하기 위해 애쓰던 어머니의 인내심을 무너뜨리고 말았다.

주리는 금발에 가까운 갈색머리에 가슴과 등이 깊게 파인 대단히 시원하게 보이는 검정색 원피스를 입고 있었다. 게다가 그 희고 앙증맞은 귀에 딱정벌레처럼 달라붙어 있는 귀걸이가 한쪽에 세 개씩 합계가 여섯이었다. 어머니는 먼저 내 귀를 확인했다. 나는 여름에는 귀걸이를 하지 않았다. 그것이 어머니의 공격 욕구를 한층 더 부채질 했다. 이윽고 어머니는 점잖게 입을 열었다.

"공부만 한다는 아이가 언제 귀에 구멍은 세 개씩이나 뚫었누."

"구멍 하나 뚫는 데 일 초밖에 안 걸려요."

어머니의 저의를 알 리가 없는 주리는 상냥하게 웃으며 대답했다.

"그런 옷 입고 바깥에도 나가는 것은 아니겠지? 어디 그게 박사 공부한다는 사람이 입을 옷이니?"

"이 옷이 어때서요? 이모 오신다고 일부러 좋은 것으로 갈아입었는데, 싫으세요?"

주리는 여전히 상냥하려 애썼지만 그쯤에선 내 어머니의 심술을 눈치채고는 고개를 숙여 어머니의 시선을 피해버렸다. 거기서 그만두었으면 좋으련만, 어머니는 다시 주혁을 공격했다. 우선 걸린 것이 서투른 젓가락질이었다. 가정부가 주혁의 접시에 포크와 나이프를 가져다줄 때 이미 어머니의 눈빛이 예리하게 빛났었다.

"넌 벌써 젓가락질하는 법도 잊었니? 나물을 칼로 썰어 먹다니, 그런 꼴은 세상 태어나서 네가 처음이다. 그래가지고야 한국 돌아와서 어떻게 살겠니? 걱정이다. 걱정이야."

그 순간 이모가 굳은 얼굴로 아들을 주시했다. 주혁이 제 어머니 얼굴을 한 번 쳐다보았다.

"걱정하지 마세요. 꼭 여기 와서 살아야한다는 법은 없잖아요. 친구도, 스승도, 추억도 모두 거기에 있는걸요. 여기로 돌아올 이유가 없어요."

이모가 들고 있던 숟가락을 떨어뜨렸다. 주리가 말을 계속하려는 동생을 제지하려 했으나 주혁은 이미 다음 말을 잇고 있었다.

"누나 같은 경우는 정말로 돌아올 이유가 없어요. 누나는 이미 거기 문화원하고 중요한 프로젝트 계약을 따냈어요. 논문이 통과되면 대학에 자리도 보장받았구요. 누나가 어느 쪽을 택하든 그건 굉장한 성공인 거예요."

"주혁이가 바보 같은 소리를 하고 있네요. 왜 돌아올 이유가 없

어요? 여기, 엄마와 아빠가 계시잖아요. 그것만큼 중요한 이유가
어딨겠어요. 그렇지 엄마?"

주리가 제 어머니의 볼을 쓰다듬으며 방긋 웃었다.

"죄송해요. 제가 말을 잘못했어요."

주혁이도 싹싹하게 자신의 잘못을 시인했다.

나는 조용히 이모가 떨어뜨린 숟가락을 주웠다. 이모도 굳었던
얼굴을 풀고 새 숟가락을 가져오기 위해 잠시 식탁을 떠났다. 이
모가 자리를 비운 사이 주리는 동생을 툭 치며 나무라는 시늉을
했다. 주혁은 어깨를 으쓱하더니 다시 익숙한 솜씨로 접시에 놓
인 나물을 썰었다. 어머니도 더 이상은 주혁에게 젓가락질로 시
비를 걸지 않았다.

그때 이모가 식탁으로 돌아오면서 아들의 둥근 머리통을 아주
잠깐 정답게 쓰다듬었다. 이제 나는 괜찮아, 라는 말 대신이었다.
아들도 그런 어머니를 향해 미소를 지어보였다. 그것으로 푸른 원
피스의 이모는 다시 푸른 나무로 완전 회복되는 듯이 보였다. 이
모는 여전히 아름다웠다.

그러나 그 순간 나는 미소 짓는 주혁의 얼굴에서 이모부의 얼굴
을 읽어냈다. 지난 4월 프랑스 레스토랑에서 내가 보았던 이모부
의 의례적인 미소가 거기 있었다. 아니, 불발이나 연착 따위 죽어
도 용납하지 않는, 그래서 인생을 심심하게 만드는 이모부의 얼굴
이 아들인 주혁에게 고스란히 옮겨져 있는 것이었다. 그랬다. 주
리와 주혁이는 이모의 자식이기도 했지만 역시 엄연한 이모부의

자식들이었다. 나와 진모가 어머니의 자식이면서 아버지의 삶으로 많은 부분 규정지어진 것처럼.

7. 불행의 과장법

소소한 불행과 대항하여

싸우는 일보다는

거대한 불행 앞에서

차라리 무릎을 꿇어버리는 것이

훨씬 견디기 쉬운 법이다.

…

　　8월은 길었다.

　　8월이 되고부터 어머니는 새 가게를 열 계획으로 분주했었다.
9월은 어김없이 올 것이고, 모오 소로소로 아끼데스네(벌써 가을
입니다), 라고 말하며 일본 사람 앞에서 하하, 웃고 있을 어머니를
상상하는 일은 이제 그리 어려운 일이 아니었다. 어머니의 가게
에는 여름 들어 더 이상 신상품이 없었다. 어머니가 팔고 있는 것
은 모두 재고였다.

　　나는 이 8월이 지나고 나면 김장우의 가을 여행에 동행할 계획
을 세우고 있었다. 여름휴가를 신청하지 않은 것도 그 때문이었
다. 여름휴가를 얻었더라도 어딘가로 떠나는 일은 하지 않았을 것
이었다. 나는 여름을 싫어했다. 무더운 여름에 세상과 우호적으로
지내기는 몹시 힘든 일이었다. 여름에는 숨도 크게 쉬지 않고 그저
이 계절이 빨리 지나가기를 기다리는 일만도 벅찼다.

　　"여름 산이 붉고 강렬한 나리꽃 잔치라면 가을 산은 수수하고
소박한 들국화 잔치야. 국화과에 속하는 들꽃 무더기들보다 더 아
름다운 가을꽃은 없어."

　　김장우와 함께 들국화 잔치에 초대받은 가을이 머지않았는데,
그럼에도 이번 8월은 쉽게 지나가지 않았다. 진모가 집에 돌아오

지 않았기 때문이었다. 그리고 진모가 집에 돌아오기까지는 상당한 시간이 필요하다는 것을 알려주느라 8월은 그리도 더디 지나갔다.

이모 집으로 들어가는 골목 입구에서 진모를 만났을 때 나는 좀더 신중했어야 했다. 진모에게 무언가 문제가 일어났다면 그것은 여자를 배신하거나 여자가 배신하는 일이 내용의 전부일 것이라고 단정 지은 것은 확실히 나의 실수였다. 설사 그것이 내용의 전부였을지라도 내용을 만드는 과정에서 불상사가 있을 수 있다는 것을 간과한 것은 명백히 나의 잘못이었다.

그때 내가 진모에게 무슨 일이 일어났는지 좀 더 자세히 물었다면 훗날 경찰서의 그 살벌한 조사실에서 그 애에게 일어난 일이 무엇인지를 사복 경찰에게 되풀이 묻는 일은 없었을 것이었다.

"살인 미수라니까. 몇 번 말해야 알아듣겠어? 떼거리로 몰려가서 사람 하나 죽이려고 덤볐다니까. 그것도 주범이라고. 자꾸 귀찮게 물어대지 말고 어디로 튀었는지 누나가 알고 있는 대로 다 대봐. 숨어있는 놈들 잡느라고 나도 진이 빠질 대로 다 빠졌어."

나를 담당하고 있던 형사가 지겹다는 듯이 자판을 두들기던 팔을 쳐들어 기지개를 켰다. 그때 옆자리 형사가 끼어들었다.

"뭘 그래. 숨어있는 놈들하고 숨바꼭질한다고 시간 좀 끌었을 뿐, 공범들이 어찌나 착한지 조 형사가 한 마디 하면 열 마디 스무 마디씩 술술 불어줘서 거저 한 건 했지 뭘. 그놈들, 귀여웠어."

형사 두 사람이 집으로 들이닥친 것은 마침 어머니가 시장에서 돌아오지 않았던 초저녁이었다. 열여덟 평 집안을 뒤지는 일은 너무도 간단하기만 해서 대신 나라도 그들과 함께 경찰서로 가야만 했다. 진모 때문에 동네 파출소에 들락거린 일은 많았지만 입구에서 제복경찰이 총을 들고 경비를 서고 있는 경찰서까지 출두한 일은 한 번도 없었다. 진모를 너무 얕봤어, 하는 후회가 절로 솟는 순간이었다.

솔직히 말하면 담당형사가 진모의 죄목을 들이댔을 때도 내가 가장 먼저 느낀 감정은 '이번엔 큰 거구나. 제법인데' 하는 것이었다. 오해하지 말았으면 좋겠다. 이것은 결코 악마의 속삭임이 아니었다. 그 와중에도 나는 '살인'이 아니고 '살인미수'라는 사실을 절대 놓치지 않았다. 사람이 죽지는 않았다. 누군가를 죽이고 싶었을 만큼 거센 증오가 있었지만, 그래서 실제로 죽였지만, 죽이는 순간 미움도 소진되어 버렸지만, 결과는 해피엔딩인 것이었다. 피해자는 다섯 달쯤 병원에 누워있기만 하면 살인이란 아예 없었던 것처럼 일상으로 복귀할 수 있다고 했다.

나는 동네의 조그만 선술집에서 돼지고기와 소주 몇 병을 먹고 술값 대신 싸움판을 벌여서 파출소로 끌려온 진모의 보호자로 거기 있었던 것이 아니었다. 또한 나는 지나가는 여자를 희롱하다가 치한으로 몰려 끌려간 파출소에서 온갖 경찰들에게 수도 없이 알밤을 맞고 있던 진모를 구출하기 위해 거기 간 것이 아니었다. 이런 일들은 모두 진모가 스무 살 이전에 저지른 여러 경범죄들 중의 몇 가지에 불과한 것이었다. 스물세 살의 진모가, 군대까지 갔다 온 진모가 아직도 그런 소소한 죄목으로 보호자를 호출하고 있었다면 나는 진심으로 화를 냈을 것이다. 어떤 식으로든 나는 진모가 예전의 진모가 아니라는 사실을 확인했다.

나는 이렇게 마음을 정리했지만 어머니에게는 어림도 없는 일이었다. 어머니에게 이 일은 거듭되는 또 하나의 악몽이었다. 내가 조심스럽게 진모의 소식을 전했을 때 어머니는 예상했던 대로 새파랗게, 곧 이어 새하얗게 질린 얼굴로 이렇게 부르짖었다.

"또 시작이구나! 또 시작이야! 니 애비 사라져서 잠잠하고, 그놈 군대 가서 조용히 엎드려 있었지, 그것 조금 마음 편하게 살았다고 그새 또 시작이야. 아이구, 끔찍하다, 끔찍해. 이젠 하다 하다 못해서 살인이야. 아이구, 난 이제 어디 가서 낯 들고 사니. 살인자를 자식으로 둔 이년, 어디 가서 사람대접 받고 사니……"

어머니는 '살인'만 인정하고 '미수'는 무시해버렸다. 내가 '살인'은 무시하고 '미수'만 인정한 것과는 정반대였다. 하지만 나는 애써 어머니를 설득하지 않았다. 어머니야말로 가장 흥감하게 '미수'를 받아들였을 것이 분명했다. '미수'가 아니었다면 어머니는 쓰러져버렸을 테니까.

쓰러지지 못한 대신 어머니가 해야 할 일은 자신에게 닥친 불행을 극대화시키는 것이었다. 소소한 불행과 대항하여 싸우는 일보다 거대한 불행 앞에서 무릎을 꿇는 일이 훨씬 견디기 쉽다는 것을 어머니는 이미 체득하고 있었다. 어머니의 생애에 되풀이 나타나는 불행들은 모두 그런 방식으로 어머니에게 극복되었다.

불행의 과장법, 그것이 어머니와 내가 다른 점이었다. 내가 어머니에게 진저리를 치는 부분도 여기에 있었다. 그렇지만 어머니를 비난할 수는 없었다. 과장법까지 동원해서 강조하고 또 강조해야 하는 것이 기껏해야 불행뿐인 삶이라면 그것을 비난할 자격을 가진 사람은 없다. 몸서리를 칠 수는 있지만.

문제는 이제 진모가 어디에 있는지 형사들과 함께 찾아내는 일뿐이었다. 벌써 열흘, 내가 준 돈으로 견디기에는 너무 긴 시간이었다. 설령 돈이 있다 하더라도 나는 진모를 낯선 곳의 낯선 골방에 오래 처박아두고 싶지 않았다. 그렇게 해서 해결될 일이 아니었다. 상황이 어떻게 진행되고 있는지 아무것도 모른 채 최악의 경우만 상상하며 벌벌 떨고 있을 진모를 떠올리면 형사보다 내 마음이 더 급했다. 그 애를 그렇게 방치할 수 없었다. 푸르른 일몰의 시간, 사방에서 저녁 짓는 연기가 올라가고 있는 그 시간, 그 애에게 무슨 일이 벌어지지 말라는 보장이 어디 있는가. 우리들은 아버지의 자식들이었고 그랬으므로 푸르른 일몰의 시간은 숙명적인 우리의 아킬레스건이었다.

사건은 명백했다. 비둘기가 주먹깨나 쓰는 새로운 남자를 만난 것이 화근이었다. 그 남자는 비둘기에게 진모보다 훨씬 세련된 조직폭력배의 세계를 보여주었을 것이다. 여기에도 비둘기의 잘못은 없었다. 내가 보아도 진모의 조폭 흉내는 어설펐으니까.

형사가 알려준 바에 의하면 피해자는 어느 호프집 화장실에서 습격을 당했다. 술에 취해 걸음걸이도 온전하지 못한 상태의 피해

자를 등 뒤에서 몽둥이로 습격한 일당은 자그마치 셋이라고 했다. 진모까지 합하면 무려 넷이었다. 그 정도라면 쓸 만한 진모의 졸개들은 거의 다 동원된 셈이었다.

역시 친절하게도 형사가 일러준 바에 의하면, 열흘 만에 인천에서 잡아낸 범인들은 입을 모아 진모를 주범으로 몰았다. 자기들은 보스의 명령에 따랐으며, 그 명령은 단 한마디였다고 했다.

"그 자식, 없애버려."

보지 않아도 나는 알 수 있었다. 입술 사이에 지그시 물고 있던 담배를 획 공중으로 날리면서, 낮고도 음산한 목소리로 진모는 "없애버려!"라는 대사를 발표했을 것이다. 얼마나 많이 연습해오던 대사인가 말이다. 어쩌면 진모는 잠깐 동안 여자의 배신을 잊어버릴 만큼 흥분을 했을지도 모른다. 나는 진모가 그래줬기를 희망했다. 어차피 모든 것이 장난 같은 일이었다. 장난으로 시작했던 일이 장난으로 끝나지 않으면 얼마나 무렴한가 말이다. 그럴 때 마주치는 진실의 얼굴은 얼마나 낯선가 말이다. 나는 끝까지 진모의 장난을 지원할 생각이었다. 그 애가 이 삶에 대해 무렴해하지 않도록.

죽지는 않았어. 해결할 만한 일이야. 너는 돌아오기만 하면 돼. 이것이 내가 진모의 삐삐에 녹음한 첫 번째 메시지였다. 당연히 아무런 반향도 없었다. 하루 뒤에 나는 평소의 어투로 말을 바꾸어 녹음했다.

보스답게 돌아와. 네 졸개들이 다 불었어. 돌아와서 졸개 교육 다시 시켜.

그래도 아무런 반응이 없었다. 형사들은 아침저녁으로 우리 집을 방문해서 내게 경과를 물었다. 8월의 무더위를 헤집고 다니는 그들에게선 진한 땀 냄새가 풍겼다. 어머니는 밤마다 벽을 부여잡고 살인자를 자식으로 둔 팔자를 한탄하다가 맨바닥에 쓰러져 잠들었다. 그렇게 일주일이 지났다. 나는 세 번째 메시지를 전달했다.

빨리 돌아오란 말야. 왜 이리 꾸물거리니? 네 발로 경찰서에 가서 자수해. 더 이상 졸개들 고생시키지 말고 보스답게 당당히 굴라구.

세 번째 메시지를 녹음한 다음날, 회사로 진모 전화가 걸려왔다. 그럴 줄 알았으므로 나는 흔연스럽게 전화를 받았다.

"불러주는 전화번호 받아 적어. 거기다 자수하면 되니까."

"누나……."

진모는 울고 있었다. 울고 있는 진모에게 나는 악착같이 전화번호를 불러주었다.

"엄마는……."

진모에게도 어머니는 피할 수 없는 숙제였다. 어머니에게는 아버지가 피할 수 없는 숙제였고 우리에게는 어머니가 그런 존재였다. 나는 처음으로 진모에게서 동지애를 느꼈다. 내 마음이 찡했던 것은 진모 때문이 아니라 동지애, 혹은 전우애 같은 것 때문이었다.

진모는 그렇게 돌아왔다. 물론 집으로 돌아온 것은 아니었다. 8월 23일에 있었던 일이었다.

이제부터 어머니의 활약이 시작되었다. 어머니의 생애 중 가장 고요했던 지난 몇 년 덕분에 당신의 저금통장에는 얼마간의 돈이 고여 있었다. 그것이 어머니의 무기가 되었다. 어머니는 피해자를 만나 합의를 하고 진모에게 뒤집어씌워진 어마어마한 죄목들을 물렁물렁한 죄목으로 바꾸는 일부터 착수를 했다.

그런 일이라면 어머니는 이골이 난 사람이었다. 아버지가, 이어서 진모가 어머니를 단련시켰다. 어머니는 경험 풍부한 시장사람들의 도움을 받아가며 진모의 뒷바라지를 너무도 완벽하게 처리해나갔다. 틈틈이 통곡하고, 틈틈이 진모 쫓아다니고, 그런 어머니 때문에 나는 아무것도 할 일이 없었다.

그 일 때문에 9월 초순으로 계획되었던 어머니의 식품점 개업은 무기한 연기되었다. "이랏샤이마세!"라고 외치며 일본 손님들을 맞으려던 계획이 연기되었음에도 어머니는 아주 생생한 활기에 붙들려 있었다. 어느 순간에는 어머니에게서 콧노래가 흘러나오는 것은 아닐까 의심이 들어 가만히 귀를 기울여보는 적도 있었다.

지난 몇 년 동안의 평화를 어떻게 견디었는지 의심스러울 정도로 어머니는 이 불행을 해결하는 데 온갖 신명을 다 내고 있었다. 벽을 붙잡고 절규를 하며 울부짖던 어머니의 과장법은 이렇게 쓸모가 있었던 것이었다. 부풀릴 수 있을 만큼 한껏 부풀려놓은 불행에서 이처럼 맵시 있게 빠져 나오는 어머니. 8월에 보는 어머니는 역시 과장법의 대가였다. 나는 진실로 어머니에 대해 감탄했다.

지루한 8월에 내게 위안이 되어주었던 남자는 나영규였다. 그는 나에게 무슨 일이 생겼다는 것을 눈치채고 어떻게든 내 기분을 돋우기 위해서 애썼다.

김장우는 여름 내내 형의 여행사에서 자원봉사를 하고 있었다. 여행사가 성업 중이어서가 아니라 유급직원을 쓸 수 없으리만치 경영이 악화된 때문이라고 했다. 김장우는 자수성가한 형의 사업이 기로에 서 있는 것 때문에 나보다 더 우울한 여름을 보내고 있었다. 그는 망설이지 않고 자신의 우울이 형에게서 비롯되고 있다 말했지만, 나는 그에게 진모의 일 같은 것은 터럭만큼도 내비치지 않았다. 사람과 사람 사이의 관계에서 솔직함만이 최선이라고 생각하는 것처럼 어리석은 일은 없다. 솔직함은 때로 흉기로 변해 자신에게로 되돌아오는 부메랑일 수도 있는 것이었다.

이상한 일이지만, 솔직함에 관한 문제라면 김장우보다 나영규 앞에서 나는 훨씬 자유로웠다. 나영규한테는 솔직하지 않았을 때 오히려 자존심이 상했다. 나영규는 내 어머니가 시장에서 양말을 팔고 있다는 사실도 알고 있으며, 얼치기 건달이었던 진모가 마침내 큰 사건을 터뜨리고 구속되었다는 사실도 알고 있었다. 말하지 않고 넘어가는 방법에 대해서 나만큼 잘 알고 있는 사람도 없었으나, 나영규에게는 그렇게 하지 않았다. 알 수 없는 일이었다. 나는 어쩌면 이 솔직함으로 나영규를 시험하고 있는 것인지도 몰랐다.

나, 안진진이라면 이런 도박쯤은 충분히 할 수 있을 만큼 교활하니까. 나는 마치 마지막 도박판에서 전 재산을 다 건 노름꾼처럼 굴고 있는 것이었다. 전부를 잃느냐, 아니면 전부를 얻느냐의 게임, 그러나 다 잃더라도 다음날이면 어딘가에서 다시 도박판을 벌이고 있을 노회한 노름꾼.

그래서 나영규와 나는 지루한 8월 중에도 부지런히 소통을 했다. 그는 퇴근하는 나를 기다렸다가 매번 새롭고도 특별한 장소로 데려갔다. 나영규라는 남자는 사랑도 공부하듯이 하는 사람이어서 그런 면에서는 도저히 김장우가 당하지 못할 비범함이 있었다. 나는 조금씩 나영규의 비범함을 즐기기 시작했다.

"검찰로 넘어가면 내가 손을 써줄 수 있어요. 사촌형이 그쪽에 있거든. 너무 걱정 말아요. 젊은 혈기로 한 번쯤 그럴 수도 있지 뭐."

어느 날 나영규는 이렇게 말하면서 내 손을 잡았다. 천장 전체를 유리로 마감한 양평의 어느 카페에서였다. 억센 빗줄기가 투명한 유리 천장을 두들기는 광경은 장관이었다. 내가 진모의 일로 낙심하고 있다는 판단을 한 나영규는 그 기회를 놓치지 않았다. 상심한 척 나는 그에게 손을 맡겼다. 그의 손은 따뜻하고 보송보송했다. 아무런 느낌도 일어나지 않았다. 어두컴컴한 실내의 여기저기에 앉아있는 다른 연인들처럼 우리도 마주보지 않고 나란히 앉아있었다.

나영규는 좀 더 대담해졌다. 이번엔 내 허리에 팔을 둘렀다. 자세가 어색해졌다. 할 수 없이 그의 어깨 위에 슬몃 고개를 떨구었다. 약간의 땀 냄새와 약간의 비누 냄새가 났다. 나머지 한 손을 들어 그가 내 머리를 쓰다듬었다. 나는 생각했다. 실제로 해보니 이런 자세란 몹시 불편한 것이구나, 하고. 불편하지 않으려면 이럴 때 앉은 자세를 남자 쪽으로 삼십 도 정도 틀어야겠구나, 하는 생각도 했다. 그러나 나는 그렇게 하지 않았다. 내가 몸을 틀면 나영규가 민망해할 것이고, 남을 배려하는 마음만큼은 누구보다도 큰 나 안진진은 결코 그런 짓을 할 수 없었다.

"우리, 빨리 결혼하지요. 결혼하고 싶어요."

마침내 나영규의 입에서 결혼이라는 말이 흘러나왔다. 나, 진진씨 좋아해요, 라고 말한 지 석 달 만에, 나, 진진씨를 사랑해요, 라고 말한 지 두 달 만에 그는 정식으로 결혼을 입에 올렸다. 나영규는 정확히 청혼의 수순을 밟고 있었다.

충분히 예상했던 말이었으므로 나는 놀라지 않았다. 이럴 때 놀랐다고 말하는 것은 거짓이다. 그러나 조금 당황하기는 했다. 그가 사랑한다고 말했을 때, 사랑하지 말라고, 이 사랑을 멈추라고 통고하지 않았기 때문에 내게는 대답의 의무가 있었다. 나의 망설임을 나영규는 조금도 개의치 않았다. 그는 그런 사람이었다. 사랑한다고 말했으므로 자기를 사랑할 것이고 결혼하고 싶다고 말했으므로 자기와 결혼할 것이라고 그는 믿고 있었다. 그 믿음대로 되어 갈는지, 그것은 아무도 모를 일이었지만.

"나는 준비가 다 되어 있어요. 고등학교 다닐 때부터 나는 내가 결혼할 나이를 스물아홉으로 정해놓고 있었지요. 이십대의 마지막 해에 아내를 맞아들인 다음 정식으로 서른 살 어른이 되겠다고 생각했어요. 보세요. 오늘부터 나는 스물아홉이에요. 오늘이 스물아홉 번째 내 생일이거든요. 앞으로 일 년 안에만 결혼을 한다면 계획대로 되는 거지요. 알겠어요? 내가 오늘 진진씨한테 청혼을 한 이유를 알겠지요?"

나영규는 자신의 계획대로 이루어지는 이 근사한 삶이 진정으로 행복하다는 표정이었다. 나는 그의 어깨에 기대 눈을 감았다. 자세는 여전히 불편했고 그 순간 감은 눈 속으로 하얀 종이 한 장이 펄럭이며 떠올랐다. 거기엔 단정한 글씨로 이렇게 적혀있었다.

'8월 27일. 밤 10시 정도. 장소는 유리 천장이 있는 환상적 분위기의 카페로 정한다. 먼저 여자의 손을 잡는다. 별다른 저항이 없으면 십 분쯤 후 청혼한다······.'

그것은 나영규가 오래전부터 치밀하게 작성해온 8월 27일자 인생계획서 중의 한 부분일 것이었다. 그의 청혼에는 놀라지 않았지만, 상상 속의 이 인생계획서는 나를 전율케 하고도 남음이 있었다. 그 전율이 채 사그라들기도 전에 나영규는 불현듯 고개를 숙여 방치된 내 입술에 자기 입술을 대었다. 실내의 조명이 어둡다고는 해도, 주변 사람들 모두 자기의 연인에 몰두해서 다른 좌석에 신경을 쓰지 않는 조건이라고 해도, 그 키스는 돌연했고, 돌연했으면서도 깊었다. 그리고 나는 또 보았다. 조금 전 상상 속에서 보았던 그의 인생계획표 다음 구절을.

'성공적인 청혼 후에 기회를 봐서 기습적인 키스 감행. 서두르지 말고 자연스럽게 할 것······'

그날, 나영규의 키스를 순순히 받아들인 것은 모두 그가 무렴해할 것을 염려한 나의 배려가 시킨 일이었다. 아무것도 아닌 일에 이 착한 남자를 면구하게 만들고 싶지는 않다고 나는 생각했다. 잠시만 참으면 될 일이었고 그리 참기 힘든 일도 아니었다.

내가 참지 못했던 것은 키스가 아니었다. 그때 이후 시시때때로 눈앞에서 나부끼는 나영규의 인생계획서, 그것이 문제였다. 그것은 이제 자동화면으로 내 머릿속에 장착되었다. 그가 무슨 말을 하거나 어떤 행동을 하면 자동적으로 머릿속의 기계가 스르륵 돌아가면서 행동지침이 세밀하게 적혀있는 그 날짜의 나영규 인생계획서가 화면에 확대되는 것이었다.

그 기계를 머릿속에 장착하고 나영규를 만나는 일은 몹시 힘들었다. 그와 함께 냉면 한 그릇을 먹으면서도 나는 끝없이 의심했다. 그 인생계획서에는 오늘 이 순간의 냉면 한 그릇까지 미리 기록되어 있는 것은 아닐까. 도대체 이 사람은 어디서부터 어디까지를 계획하고 있는 것일까. 그렇다면 우리가 처음 만났던 그날도 우연은 하나도 없는 것이었을까.

이모부의 소개로 지금의 회사에 자리를 얻어 출근을 시작했을 때, 가장 난감했던 것은 컴퓨터를 다루는 일이었다. 대학생이 된 후 다른 친구들이 학원을 들락거리면서 열심히 컴퓨터나 영어회화를 배우고 있을 시간에도 내 관심은 오직 다음 학기 등록금 확보에만 있었다. 그렇게 했어도 결국 졸업장을 타지는 못했지만, 아무튼 나한테는 등록금이 최우선이었다.

나는 결코 어머니의 돈으로, 양말을 팔고 런닝을 팔고 팬티를 판 그 돈으로 대학생이 되고 싶지 않았다. 그 결심은 마음잡고 입시준비를 하던 고등학교 시절부터 굳세게 자리 잡은 것이었다. 어머니의 생각과는 아무런 상관도 없는 나 홀로의 다짐이었다. 나 혼자 경제 독립을 선언하고 나 혼자 그것에 붙들려 전전긍긍하던 시절에 컴퓨터는 돈이 없어서라기보다 돈 벌 시간을 놓치는 것이 아까워서라도 배울 수가 없었다.

업무 첫날, 나는 내 책상의 반을 차지한 커다란 컴퓨터를 보고 기가 질렸다. 간단한 요령 몇 가지만 익히면 금방 해낼 것이라고 부장은 말했지만 간단치 않은 온갖 서류들을 작성하여 타이핑을 하고 다시 저장하는 복잡한 일들이 모두 내 몫이었다.

내가 취직한 회사는 고급 타일이나 바닥재 혹은 석재들만을 전문적으로 수입하여 국내에 유통시키는 건축자재업체였다. 취급하는 종류가 다양하고 종류마다 디자인이나 색상이 제각각 다른 것들인 만큼 입고에서부터 주문현황, 대리점 판매물량, 분기별 입금확인, 재고파악까지가 일일이 각각의 양식을 요구하고 있었다. 업무를 인계해줄 선임자는 이미 떠나고 없어서 누구 도움을 요청할 만한 사람도 없었다. 빌딩들을 주로 설계하는 건축가 이모부는 이 회사의 주요한 고객이었으므로 나를 함부로 대하지는 않았지만, 이모부 때문이라도 실력 없는 신입직원으로 찍히는 일은 결단코 피하고 싶었다.

하는 수 없는 일이었다. 나는 출근 첫날의 점심시간에 당장 회사 건너편의 컴퓨터학원 새벽반에 등록을 하였다. 나영규를 만난 곳이 바로 거기였다. 그는 나보다 고급 코스의 새벽반에 다니고 있는 중이었다. 출근시간까지 빈 강의실에서 그날 배운 것을 연습하고 있는 내게 그가 먼저 말을 걸었다.

"나영규라고 합니다. 여기서 조금만 걸어가면 샌드위치를 아주 맛있게 만드는 커피집이 있는데 함께 가실 수 있으세요?"

배가 고팠으므로 나는 그를 따라가서 샌드위치를 맛있게 먹었다. 근처의 새벽반 학원수강자들을 위한 아침 서비스가 일품인 찻집이었다.

우리는 아침마다 그곳에서 요기를 하고 각자의 회사로 출근했다. 둥그런 눈을 따라 둥그런 쌍꺼풀이 순하게 그려진 남자와 함께하는 아침 요기는 담백하고 담담했다. 나는 그가 싫지 않았고 그는 만난 지 얼마 되지 않아 내가 자꾸 좋아진다고 상쾌하게 말했다. 그렇게 해서 김장우와 더불어 그는 나에게 청혼을 할지도 모를, 지금은 이미 해버렸지만, 두 번째 남자가 되었던 것이었다.

그런데 그것도 모두 미리 짜놓은 인생계획서대로 움직인 것이라면? 여자에게 샌드위치를 먹인다, 약 한 달간 매일 함께 먹는다, 그리고 말한다, 자꾸 좋아지는 것 같다고 말한다, 라고 메모하고 있었던 일이라면……

나영규가 싫지는 않았지만, 그러나 그의 인생계획서는 성가신 돌처럼 자꾸 발부리에 걸려 나를 넘어지게 만들었다. 그와 만나면 그것 때문에 자유롭지가 못했다. 게다가 나영규는 하루라도 빨리 자신의 결혼계획표를 완성시키고 싶어 초조한 사람이었다. 양가 상면이라거나, 결혼식 날짜, 신혼여행, 아파트 구하기 같은 무궁무진한 결혼 준비 과정이 그를 기다리고 있었다. 얼마나 할 일이 많은가. 그는 나의 확답을 기다리고 있다. 대답이 아니라 확답이었다. 확답만 떨어지면 그는 지금 당장이라도 완벽하고도 치밀하게 결혼작전에 돌입할 기세였다. 결국 나는 그에게 기다려달라고 말했다.

"얼마나 기다려야지요?"

그가 금방 되물었다. 그의 인생계획표 작성을 위해서는 보다 정확한 정보 제공이 필요할 것이므로 나는 잠시 신중해졌다.

"석 달쯤."

"그렇게나 오래요?"

"그래도 스물아홉 살에 결혼한다는 영규씨 계획에는 별 차질이 없을 것 같은데요."

"아무리 그래도 너무 길어요. 한 달로 해요."

나는 대답하지 않았다. 한 달이든 석 달이든 그것이 문제가 아니었다. 마음에 어떤 표시가 나타나야 결혼을 결정하게 되는 것인지 나는 정녕 알 수 없었다.

나는 몹시 궁금했다. 그가 나영규이든 김장우이든 아니면 전혀 다른 사람이든 간에, 이 사람과 결혼하고야 말겠어, 라는 결심은 언제 어떻게 생기는 것일까. 지금 결혼하여 살고 있는 다른 많은 사람들은 어떻게 그런 결심을 하게 된 것일까.

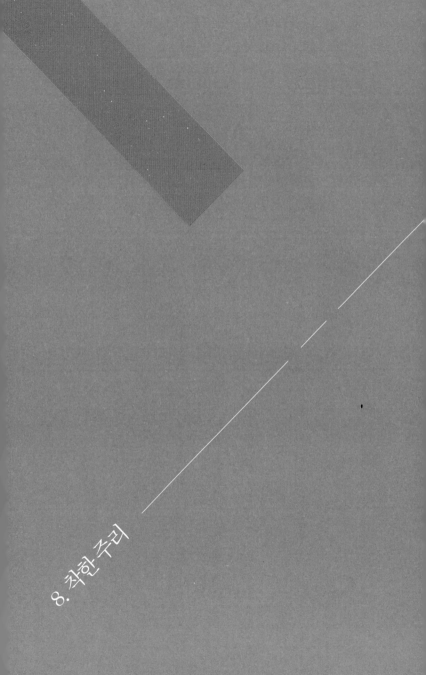

8. 직함 수리

인생이란 때때로 우리로 하여금

기꺼이 악을 선택하게 만들고,

우리는 어쩔 수 없이 그 모순과 손잡으며

살아가야 한다는 사실을

주리는 정말 조금도

눈치채지 못하고 있는 것일까.

...

　주리가 집으로 찾아오리라는 생각은 한 번도 하지 않았었다. 솔직히 말하면 지난달 이모 집에서 주리를 만난 이후 그 애는 다시 내 기억 속 저편 어딘가로 묻혀버렸다. 여러 가지 다른 일들이 많아서도 그랬지만 그런 일이 없었다 하더라도 주리를 마음에 품고 있어야 할 이유가 내게는 별로 없었다.

　그런 주리가 어느 날 불현듯 우리 집 대문을 두들겼다. 회사에서 돌아와 막 세수를 하고 난 참이었다. 세수수건으로 얼굴을 닦으며 대문을 여니 거기 주리가 모호하게 웃으며 서 있었다.

　"지나가다 들렀어."

　그것이 주리의 변명이었다. 오후 일곱시가 넘은 시간, 외출했다가도 집으로 돌아가야 할 시간에 철들어서는 한 번도 오지 않던 쌍둥이 이모 집에 지나가다 그냥 들렀다는 것이었다. 물론 나는 그 말을 믿지 않았다. 우선은 주리가 우리 집을 어떻게 알고 찾아왔는지도 의문이었다. 주리가 미국에서 공부하고 있는 사이, 우리는 적어도 다섯 번 이상 집을 옮겼으며 이 집만 해도 이사한 지 반 년이 채 되지 않은 터였다. 이모라면, 착한 이모라면 우리가 어디로 이사를 하든지 꼭 한 번씩은 들여다보러 와주곤 했었다.

　그랬으므로 이모는 지금 우리 동네 어디쯤을 자동차로 달리고 있을 것이었다. 이모는 이 시각에 찾아가면 집을 지키고 있는 사람이 나밖에 없을 것이라는 사실도 잘 알고 있었다. 아마도 이모는 주리와 내가 친하게 지내기를 바라는 모양이었다. 주리를 데리고 우리 집 대문 앞까지 왔다가 내가 나오는 기척을 듣고 쉬쉬, 딸을 조용히 시키며 살금살금 골목을 빠져나갔을 이모. 세워 둔 자동차에 올라타기 전 다시 한 번 우리 집 쪽을 바라보며 싱긋 웃다가 어두워지는 거리로 섞여버렸을 이모. 이모라면 충분히 그러고도 남을 사람이었다.

나는 주리를 데리고 내 방으로 들어갔다. 내 방 말고는 주리를 맞을 공간이 우리 집에는 없었다. 헐벗은 집을 보여주는 일이 부끄럽지는 않았으나 마주 앉아 어색하지 않게 담소를 나눌 만한 공간이 없다는 것은 심히 불편한 노릇이었다.

"침대가 없는 방을 보면 이상해. 왜 침대를 싫어하니?"

앉을 만한 무엇을 찾다가 책상 의자 하나뿐이라는 것을 알게 된 주리가 할 수 없이 방바닥에 주저앉으며 신기하다는 듯이 물었다. 왜 침대를 싫어하냐고? 나는 주리의 그 물음이 침대도 놓지 못할 만큼 비좁은 방을 부끄러워할 수도 있는 나를 위한 배려라고 믿었다. 주리는 머지않아 박사가 될 재원이었다. 결핍에 대해서 그렇게 말하는 것도 다 예비 박사다운 지성에서 비롯되는 것이리라.

"여기는 너무 복잡해. 사람들도 불친절하고. 그리고 여기 사람들은 왜 그렇게 남들을 빤히 쳐다보니? 그건 옳지 못해. 실례야. 오늘 엄마랑 쇼핑 나왔다가 얼마나 피곤했는지 몰라."

주리는 발을 쭉 뻗으며 벽에 등을 기댔다. 짧은 치마 밑으로 드러난 그 애의 맨종아리는 하얗고 날씬했다. 쇼핑의 피곤함이 삶에서 겪어야 했던 가장 큰 피로였을 그 애의 작고 연약한 발가락과 분홍색으로 물든 동그란 발뒤꿈치, 유리조각처럼 섬세하게 튀어나온 복숭아뼈는 또 어쩌면 그리 어여쁜지, 나는 무심코 마당의 빨랫줄에 걸려있는 양말 두 짝을 바라보았다. 어서 내 벗은 맨발을 저 양말 두 짝으로 가리고 싶었다. 아버지를 닮은 내 손과 발은 다른 신체에 비해 유난히 컸다.

나는 주리 앞에서 아버지를 상기하고 싶지 않았다. 주리에게 내 아버지를 떠올리게 만들 어떤 것도 다 감추고 싶었다. 아주 옛날, 어린 주리가 어린 나 안진진한테 했던 말을 저 애도 기억하고 있을까.

"니네 아버지, 킹콩 같아."

이모네 집에서 주리와 주혁이, 나와 진모, 이렇게 넷이 앉아 이모가 빌려다준 비디오로 킹콩 영화를 보고 있었을 때였다. 느닷없이 나를 돌아보며 주리가 그렇게 선언했다. 시커멓고 커다란, 게다가 한없이 못생긴 킹콩이 코를 씰룩거리며 저벅저벅 도시를 짓밟고 다니는 화면을 보며 공포에 떨고 있던 나에겐 주리의 그 말이 곧 킹콩이었다.

"정말이야, 나쁜 킹콩 같아."

한 번도 모자라서 거듭 못을 박는 주리에게 나는 아무 대꾸도 하지 못했다. 그때 진모가 나를 쳐다보던 그 눈빛, 아버지에 대해 그렇게 말하는 주리 누나를 어떻게 좀 해보라던 진모의 그 눈빛을 외면해야 했던 어린 안진진은 정말 참혹했다. 나 같으면, 아무리 어리지만 나 같았다면 자기 집에 피신해온 이종사촌들에게 그런 말은 하지 않을 텐데, 라고 입술만 꼭 깨물었었지.

"저녁 먹었니?"

나는 저녁을 먹기 전이었다. 하지만 주리와 함께 반찬 없는 밥상을 앞에 놓고 밥알을 씹어야 하는 일만은 피하고 싶었다. 그래야 한다면 지금 이 시각에 주리를 데려다준 이모를 미워할 것 같았다.

"아냐, 아냐. 엄마랑 먹었어. 엄마랑 나는 오후 여섯시 이전에 저녁을 먹는단다. 이제 내일 아침까지는 아무것도 먹지 않아. 요즘 엄마랑 함께 다이어트하고 있거든."

이모가 얼마나 속이 깊고 넓은 사람인지 나는 다시 확인했다. 이모의 정서는 나와 똑같다. 내가 싫은 것은 이모도 싫어한다. 그러나 이모는 나의 어머니가 아니라 주리의 엄마였다.

"회사 다닌다면서? 학교는 아주 그만둘 거야? 회사는 나중에도 다닐 수 있지만 공부는 시간을 놓치면 어렵잖아. 엄마도 걱정을 하시더라. 등록금이라면 엄마가 내줄 수도 있는데 네가 고집을 부린다고."

주리는 고개를 갸웃하며 희미하게 웃고만 있을 뿐인 내 얼굴을 들여다본다. 그럴 때 주리 표정은 이모와 똑같았다. 몇 가지 무심한 말로 본의 아니게 내 마음에 작은 생채기를 낸 것 말고는 주리 역시 마음이 여리고 착한 아이였다고 나는 기억한다. 어려서부터 지금까지 이모 마음에 한 번도 고통을 주지 않은 주리였다. 어머니에게 무뚝뚝했고, 걸핏하면 심심한 친구들 옆으로 달아나 집에 돌아오지 않았으며, 끝없이 어머니에 대해 반문하고 대항했던 나에 비하면 주리는 하늘에서 내려온 천사였다.

"진모 일은 너무 안됐어. 하지만 진모가 한 일은 정말 옳지 못한 거야. 그런 짓을 하면 안 되잖아. 나는 정말 모르겠더라. 진모가 왜 그렇게 살고 있는지 이해하기가 힘들어."

진모의 행동을 꾸짖는 천사의 얼굴은 엄격했다. 그건 옳은 말이었다. 졸개들과 더불어 연적의 뒤통수를 몽둥이로 갈겨대는 짓 따위는 해서는 안 될 일임이 분명했다. 그렇지만 나라면 주리처럼 말하지는 않을 것이다. 삶은 그렇게 간단히 말해지는 것이 아님을 정녕 주리는 모르고 있는 것일까. 인생이란 때때로 우리로 하여금 기꺼이 악을 선택하게 만들고 우리는 어쩔 수 없이 그 모순과 손잡으며 살아가야 한다는 사실을 주리는 정말 조금도 눈치채지 못하고 있는 것일까.

나는 이번에도 역시 주리에게 아무런 답변도 할 수가 없었다. 주리의 말들은 대응할 수 없다는 점에서 내겐 몹시 어려웠다. 나는 그래도 노력했다. 모처럼 마음을 내 찾아온 이종사촌과 어떻게든 합치점을 찾아보려고 분명히 노력하고 있었다. 이렇게.

"진모도 이젠 더 이상 인생을 낭비하지는 않을 거야. 이번 일로 많은 것을 깨우쳤을 테니까. 너희 집에 걱정을 끼쳐서 미안해."

판결에 유리한 진술을 얻어내기 위해 어머니가 피해자에게 건

넨 돈의 일부는 이모에게서 빌린 것이었다. 어머니도 이모에게는 뾰족한 자존심이 있어서 그 돈을 반드시 갚기야 하겠지만, 그래도 아무 불평 없이 급전을 돌려주는 사람은 역시 이모뿐이었다. 그러나 주리가 그런 일까지 알고 있지는 않을 것이었다. 이모는 이모대로 우리 집의 여러 흉한 일들이 이모부와 자식들 앞에서 떳떳하지 못한 유일한 약점일 테니까.

"우리가 어디 남이니? 그런 말 하지 마. 너와 진모가 안타까워서 하는 말이야. 우리, 그런 이야기 그만 하자. 요즘 어때? 사귀는 사람 있어?"

"너는? 너는 미국에 사귀는 사람 있니?"

나는 겨우 받은 질문을 되돌려주는 대화법도 있다는 것을 깨닫고 말문을 텄다.

"있어. 그렇지만 결혼은 아직 일러. 우선은 공부부터 마쳐야 해. 너는?"

"사랑하는 사람이 있기는 해. 물론 결혼은 아직 생각 중이지만."

생각지도 않은 말이 내 입에서 튀어나왔다. 사랑하는 사람이 있다고? 나는 지금 누구를 말하고 있는 것일까.

"사랑한다면 결혼하는 거지. 무얼 생각해?"

주리가 눈을 크게 떴다. 나는 또 답답해졌다. 답답하니까 은근히 화가 나기도 했다.

"사랑한다고 다 결혼하니? 결혼은 많은 것을 고려해봐야 하는 인생의 중요한 사업이잖아."

"사업이라구? 어머, 너 지금 결혼은 사업이라고 그랬니?"

튕겨오르듯 놀라는 주리를 보며 나는 조금씩 주리와의 대화비법을 터득하기 시작한다. 주리 같은 애한테는 어머니 식의 과장법이 필요한 것이었다.

"그건 옳지 않아. 진정 옳지 못한 생각이야. 결혼은 사업이 아니야. 그것은 순결한 사랑과 사랑이 만나는 너무나 아름다운 축복이야. 내 말이 틀렸니?"

"틀렸어."

나의 긍정에 입을 딱 벌리는 주리. 마치 콩을 앞에다 두고 팥이라고 우기는 사람을 쳐다보는 기가 막힌 표정이었다.

"너 이런 말 알아? 결혼은 여자에겐 이십 년 징역이고, 남자에겐 평생 집행유예 같은 것이래. 할 수 있으면 형량을 좀 가볍게 해야 되지 않을까? 난 그렇게 생각해. 열심히 계산해서 가능한 한 견디기 쉬운 징역을 선택하는 것이 현명하다고."

"진진이 너, 어떻게 그런 생각을 다 하게 됐니? 여기 사람들은 다 그러니? 사랑 따위 아무래도 좋고 장사하듯이, 사업하듯이 결혼도 하는 거야? 정말 그래?"

"장사나 사업을 왜 나쁘다고 생각해? 속이는 장사꾼이나 악덕 기업가가 나쁜 것이지."

여기 사람, 거기 사람, 하는 것에 대해서도 한마디 못을 박을까 하다가 나는 참았다. 주리는 착한 아이였다는 사실을 한번 더 상기한 까닭이었다. 주리는 이제야 내 본색을 보고 말았다는 표정을 지우지 못한 채 또 부르짖었다.

"오, 그건 옳지 않아!"

그건 옳지 않아, 라는 저 작은 비명. 그것은 주리가 우리 집에 와서 가장 많이 사용하고 있는 말이었다.

"세상은 네가 해석하는 것처럼 옳거나 나쁜 것만 있는 게 아냐. 옳으면서도 나쁘고, 나쁘면서도 옳은 것이 더 많은 게 우리가 살아가는 세상이야. 네가 하는 박사 공부는 그렇게 단순한지 모르겠지만, 내가 살아보는 삶은 결코 단순하지 않았어. 나도 아직 잘 모르지만."

"옳으면서도 나쁘고, 나쁘면서도 옳다는 네 말은 핑계 같아. 내겐 교활하게 들려. 세상이 그런 것이라면 우리가 애써 열심히 살아야 하는 이유가 뭐겠어? 난 지금 정말 슬프다. 네가 그런 앤 줄은 몰랐어. 아마 넌……."

슬픈 표정의 주리가 다음 말을 잇지 못하고 가만히 날 쳐다보았다. 나는 기다렸다. 주리가 무슨 말을 할 것인지 이미 나는 알고 있었다. 그리고 주리의 그 말이 이제는 내게 아무런 상처가 되지 않을 것임도 나는 다 알고 있었다.

"아마 넌…너희 아버지 영향을 많이 받았나봐. 이해해. 니네 아버지가 결국 너를 이렇게 만들었어……."

예상했던 대로 주리는 술꾼이고 건달이었으며 성격파탄자이기도 했던 내 아버지를 떠올리며 겨우 나를 이해한다고 말하고 있었다. 지금은 행방불명인 내 아버지가 나를 이렇게 만들었다는 지

적은 사실일지 모르지만, 그러나 그 지적이 지금의 주리처럼 나쁜 결과에 대한 동기로 설명되는 일은 적절치가 못한 것이었다. 나는 생각했다. 주리에게 한번쯤은 내 아버지를 설명할 수도 있겠다고. 어쨌거나 내가 좋아하는 이모의 착한 딸이었다. 나는 계속 노력해야만 했다.

"아버지는, 우리 아버지는 나한테 생각하는 법을 가르쳐주었어. 살아가는 동안 수없이 우리들 머릿속을 오고 가는 생각, 그것을 제외하고 나면 무엇으로 살았다는 증거를 삼을 수 있을까. 우리들 삶 속에 무엇이 들어있는지 생각하고 또 생각하라는 것이 아버지가 가르쳐준 중요한 진리였어. 아버지가 잘못한 게 있다면 너무 많이 생각했다는 것이지. 자기 용량을 초과해버린 거야. 그러면 곤란하다는 것도 우리 아버지가 내게 남긴 교훈이고. 아버지는 다른 아버지들이 한평생 살고도 못 가르쳐주는 것을 우리에게 알려주었어. 그것으로 이미 우리 아버지는 자식한테 해줘야 할 의무를 다했다고 봐."

"……."

주리는 조용했다. 술꾼이고 건달이며 성격파탄자인 아버지를 너는 정말 용서했니, 라고 그 침묵이 묻고 있었다. 나는 기꺼이 주리의 침묵에 대답했다.

"아버지는 내 인생을 풍요롭게 만들어주었어. 난 아버지를 사랑해."

"너희 아버진,"

마침내 입을 열던 주리가 너희 아버진, 하고는 잠시 목을 가다듬었다. 그리곤 내 눈길을 피해 얼른 다음 말을 이었다.

"가족을 책임지지 않았어. 그건 옳지 못한 거야. 어떤 이유로도 합리화될 수 없어. 그렇지 않다면 평생 가족을 책임지며 살아가는 수많은 아버지들은 어떻게 설명해야 하겠니? 그런 아버지들이 잘못 살은 거야? 그런 거야? 잘못된 것은 언제라도 잘못된 거야. 왜 거기에 자꾸 설명이 필요한지 나는 모르겠다."

그건 옳지 못한 거야, 라는 주리의 관용구. 주리는 바로 그 관용구 밑에 숨어서 더 이상은 세상 속으로 나오지 않을 모양이었다. 주리는 내 아버지를 킹콩으로 비유했던 그 어린 시절에서 한 발자국도 더 성장하지 않은 것이었다. 나는 주리를 그만 이해하기로 했다. 탐험해봐야 할 수많은 인생의 비밀에 대해 아무런 흥미도 느끼지 못하는 주리 같은 사람도 있는 것이었다. 그것 또한 재미있는 인생의 비밀 중의 하나가 아니던가 말이다.

그날 나는 비로소 깨달았다. 나는 이제 내 이종사촌들에 대해 아무것도 말할 수 없다는 것을. 나와 그들 사이에 너무나 많은 시간이 흘러버렸다는 것을. 그러나 그 많은 시간들이 우리들 사이의 소통을 위해 한 일은 아무것도 없었다는 것을 나는 절실하게 깨달았던 것이었다.

주리는 그날 슬픈 표정을 지우지 못하고 돌아갔다. 주리가 돌아간 후의 내 기분도 즐거운 것만은 아니었다. 나도 조금 슬펐다.

주리와 친하게 지내길 바라는 이모의 기대를 아마도 영원히 채워줄 수 없을 것 같다는 예감 때문이었다. 이모만 아니었더라면, 주리 같은 유형의 인간과 나는 두 번 다시 만나기를 희망하지 않을 것이었다.

주리 또한 그런 예감을 자기 어머니에게 털어놓았던 모양이었다. 다음날 회사로 이모의 전화가 걸려왔다.

"주리가 무슨 심한 말을 했니? 우리 주리가 그럴 애는 아니라고 믿고 있지만 혹시나 해서 말이다. 그랬어?"

이모의 목소리도 슬펐다.

"아냐, 이모. 우린 어제 유익한 이야기들을 많이 나누다 헤어졌는걸. 주리가 나 때문에 마음이 상했대요?"

나는 이모를 위해 아무것도 모르는 척 했다. 주리 식으로 말한다면 이런 거짓말도 분명 '옳지 못한 것'이겠지만 나는 주리가 아니고 안진진이었으므로 얼마든지 그렇게 할 수 있었다.

"이제까지 공부 말고 주리가 한 일이 뭐가 있었겠니. 진진이 네가 잘 봐줘. 너, 나는 잘 봐주잖아. 그리고 주리랑 주혁이 내일 돌아간다. 난 그 애들 왔다가 돌아간 뒤의 며칠이 정말 싫더라. 그 애들 없는 집에 익숙해지기까지가 좀 그래. 우습지? 벌써 십 년이 다 돼가는데 매번 처음처럼 서툴러."

나는 이모를 위로하기 위해 주리와 내가 어제 나누었던 이야기들을 아주 아름다운 쪽으로 깔끔하게 편집해서 들려주었다. 잘 이어지지 않는 부분은 서슴없이 왜곡도 했다. 이모는 내 이야기를

아주 즐겁게 들어주었다. 하지만 나는 느낄 수 있었다. 이모 역시
도 자신의 감정을 편집하고 왜곡하고 있다는 것을. 전화를 끊으면
서 이모가 문득 간절한 목소리로 내 이름을 불렀다.

"진진아……."

"응? 왜요?"

"진진아, 미안해. 너보다 우리 자식들을 더 사랑해서…너한테
정말 미안해……."

참말이지, 이모는 그런 사람이었다. 이모는 전화선 저쪽에서 몰
랐을 것이다. 이모의 마지막 말 때문에 내가 그 순간 왈칵 울어버
렸다는 것을. 나는 울음을 감추기 위해서 얼른 전화를 끊었다. 벌
써 가득 고여 흐르고 있는 눈물을 손등으로 닦으며 나는 창밖을
보았다. 거기 가을을 건너가고 있는 높고 푸른 하늘이 무심하게
세상을 굽어보고 있었다.

9. 선운사 도솔암 가는 길에

나의 불행에 위로가 되는 것은

타인의 불행뿐이다.

그것이 인간이다.

억울하다는 생각만 줄일 수 있다면

불행의 극복은 의외로 쉽다.

상처는 상처로밖에 위로할 수 없다.

...

이미 말한 바 있지만 나는 술이 세다. 내가 남들보다 뛰어난 것이 있다면 그것은 오직 하나, 여자는 물론이고 어지간한 남자들과 겨루어도 지지 않을 정도의 실력을 자랑하는 주량이다.

대학에 들어가기 전에는 내 주량이 얼마큼인지 측정할 기회가 별로 없었다. 다만 늦은 밤, 거리에서 몸을 가누지 못하고 쓰러져 잠드는 취객들이 몹시 이상하다고만 생각했다. 내가 마셔본 바에 의하면, 쓰러질 정도의 취기를 위해 필요한 술의 양은 거의 무한정이었다. 바닷물의 부피를 잴 수 있는 자, 누구인가.

대학에 들어와 보니 어젯밤 소주 두 병을 마시고 떨어졌다느니, 막걸리 한 말을 셋이 다 마셨다느니, 체육과 누구는 중국집 배갈을 두 대접 연거푸 마시고도 끄떡없다느니 하는 식으로 제법 타인들의 주량에 관한 여러 가지 숫자적인 정보를 들을 수 있었다. 비교할 수 있는 숫자가 있었고, 비교할 수 있는 상대방이 있었으므로 비로소 나는 내 속에 들어있는 어머어마한 아버지의 세력을 확인할 수 있게 되었다.

내가 대학생이었을 때, 나는 어떤 자리에서도 술을 사양한 적이 없었으며 또한 어떤 자리에서도 술 때문에 몸을 가누지 못해 지척거리거나 주저앉은 적이 없다. 그랬지만 나는 내 주량의 꼭짓점을 시험하기 위한 어리석은 시도는 해본 적이 없었고, 아울러 너무 마셔 정신을 잃고 쓰러져버리고 말았다는 남자들의 무용담 따위 한 번도 부러워해본 적이 없었다. 어떤 일에 확 트여버리면, 아주 뛰어나버리면, 바닷물이 시냇물 쳐들어오는 것을 보고 돌아누워 끙 낮잠을 자버리듯이 그렇게 시시해지는 것이었다. 술에 관한한, 나는 그런 사람이었다.

아무리 술을 마셔도 몸의 균형감각을 잃지 않는 점은 확실히 아버지를 닮았다. 내 아버지가 그랬다. 자신의 입으로 소주 몇 병을 마셨다고 토로하지 않는 한 누구도 아버지가 얼마큼 술을 마셨는지, 아니 대체 술을 마시기는 했는지 눈치챌 수 없었다. 육체의 균형감각을 잃기 전에 언제나 먼저 정신의 균형감각부터 무너지는 사람이 아버지였다. 그것이 내 아버지의 불행이었다.

내가 남들보다 술에 대해 월등 뛰어나다는 것을 알게 된 대학시절 초반 몇 년을 제외하곤 가능한 한 술을 마시지 않은 것도 어쩌면 그런 두려움 때문일지도 몰랐다. 나는 타인들 앞에서 '나'를 놓치고 싶지 않았다. 내가 나를 장악할 수 없어 스스로를 방치해버리는 순간을 맛보고 싶은 생각은 추호도 없었다. 나는 결단코 '나'를 장악하며 한 생애를 살아야 할 사람이었다. 아버지는 못 했지만, 나는 해내야만 하는 것이었다.

그러나, 이제 고백하지 않을 수 없다. 더 이상은 술에 대한 장황한 보고나 일삼으며 에둘러 갈 수는 없다. 마침내 내가 나를 놓쳐버리고 만 일이 일어나고 말았다는 것을, 나에게도 그런 일이 생길 수 있다는 것을 실토하지 않을 수 없는 것이다.

그날, 내 마음속 어딘가에 구멍이 뚫렸었다. 처음엔 바람이 새어 들어오더니 나중에는 격랑이 밀어닥쳤다. 내가 나를 어떻게 처리해야 하는지 도무지 알 수 없어 전전긍긍하던 날이었다. 서울이 아니었다. 그리고 나는 혼자가 아니었다. 내 옆에 그가 있었다. 김장우.

9월로 계획했던 우리들의 가을 여행은 아무리 기다려도 9월이 가을답지 않아 자연스럽게 10월로 미루어졌다. 그 외에도 몇 가지 여행이 연기될 수밖에 없는 이유들이 있기는 했다. 우선, 김장우는 형이 경영하던 여행사가 산산조각으로 부서지는 것을 두 손 늘어뜨리고 지켜봐야만 하는 고통이 있었다. 형은 가지고 있던 아파트와 늙어서 행여 사랑하는 동생과 나란히 집 짓고 살 수 있을까 해서 마련했던 시골의 땅과 자동차까지 다 팔았다. 동생은 잔액이 몇 십만 원인 통장까지 모조리 형에게 내밀었다. 형은 잔액이 몇 십만 원인 통장만 받고 나머지 적금통장 등은 동생에게 돌려주었다. 야 이놈아, 죽지 않으려면 최소한 씨앗 값은 남겨야지, 형은 이렇게 말하며 동생의 등을 툭 쳤다던가…….

나도 만만치가 않았다. 나에겐 진모가 있었다. 진모는 재판을 기다리고 있는 중이었다. 어머니는 검찰 주변에서 흘러나오는 온갖 정보들을 검토하고 분석하느라고 아예 가게를 접었다. 어머니 같은 보호자들만 골라 전문적으로 사기를 치는 사건브로커에게 걸려 한 차례 생돈을 날린 후로 조금 기가 꺾였지만, 그래도 어머니는 아침마다 건전지를 갈아 끼운 기계인간처럼 싱싱하게 일어나 온종일 뛰어다니다 저녁이면 파김치가 되어 돌아오는 일과를 버리지 않았다.

어머니는, 정말 어머니는 대단했다. 사건브로커에게 걸려 돈을 뜯긴 후 어머니는 당장 서점으로 달려가 형법에 관한 책을 한 권 사들고 왔다. 법을 알아야 법과 싸워 이길 수 있다는 어머니의 논리는 지극히 타당했다. 문제는 그 전문서적을 어머니가 읽어낼 수 있느냐는 것뿐이었다. 그런 어머니를 위해 나는 시내의 대형서점을 뒤져서 전직 검사나 현직 변호사들이 법에 관해 쉽게 풀어 쓴 책을 두 권 샀다.

깊은 밤, 내 어머니는 아들을 위해서 돋보기를 쓰고 법정 이야기들을 읽었다. 몇 달 전에는 그렇게 일본어 회화책을 읽었고 지금은 형법책을 읽는 어머니. 이미 말했듯이 어머니는 궁지에 몰리는 마지막 순간에는 버릇처럼 책을 떠올리는 사람이었다. 생각해보면, 예기치 않은 삶의 곤경에 처할 때마다 어머니가 읽었던 여러 권의 책들 중에는 형법책 못지않은 난해하고 어려웠던 독서가 또 있었다. 정확하지는 않지만 그 책의 제목은 아마 『정신분열증의 이해와 치료』일 것이었다. 어찌나 두꺼운지 읽다가 베개 삼아 잠들어도 좋았던 그 의학책은 아버지를 위해 어머니가 선택한 책이었다. 그때도 그랬듯이 지금도 어머니는 진지하게 책을 읽었다. 아니, 그때보다 훨씬 더 진지하게 보이기도 했다. 왜냐하면 그

때는 없었던 돋보기가 어머니의 독서를 한층 그럴싸하게 만들고 있었으므로.

이것이 어머니의 마지막 독서는 아닐 것이었다. 그것은 짐작할 수 있지만 미래에 내 어머니가 읽어야 할 책이 무엇인지, 세상과 맞서 싸우기 위해 또 어떤 난해한 분야의 책들을 골라 읽어야 하는지에 대해서 나는 아무것도 알 수가 없다. 다만 한 가지, 어머니는 결코 이모가 읽어왔던 그 많은 소설책이나 시집을 선택해 책값을 치르지 않을 것이란 점만은 분명했다. 이 쌍둥이 자매들은 똑같이 책에 의지하는 성향이 강한 편이었지만, 선택하는 책은 이토록이나 정반대였던 것이다. 마치 그들의 삶처럼.

어머니의 맹활약에 비하면 지난달 내가 진모를 위해 한 일은 한 번의 면회밖에 없었다. 죄수복 차림의 진모 모습을 보는 일은 참 괴로웠다. 진모도 어머니 대신 내 얼굴을 보는 것이 힘들었던 모양이었다.

"누나, 이젠 여기 오지 마. 엄마 오는 것은 괜찮지만 누나까지 이런 곳에 들락거리게 하고 싶지 않아. 알겠어?"

알겠어, 라고 확인할 때는 이마를 찌푸리고 제법 언성을 높였다.

"여기도 괜찮아. 한번쯤은 와볼 만한 곳이지. 오래 있을 곳은 못 되지만 말이야. 생각보다 견딜 만해."

어떤 일이든 닥쳐서 견디고 나면 스스로가 대견해지는 법이었다. 그 일이 비록 죄를 짓고 갇히는 일이라 하더라도 진모는 또 폼을 잡고 있었다. 어떤 스타일로 자신의 모습을 연기해야 하는지 벌써 간파한 표정이었다. 이번에 진모가 택한 연기는 사형을 앞둔 거물급 사형수의 대담함을 표현하는 것이었다.

이번 일로 진모가 개과천선해서 새 삶을 살 것이라는 교과서적인 기대는 일찌감치 버려야 할 것 같았다. 애시당초 진모에게는 새 삶이라는 것이 없을지도 몰랐다. 그 애에게는 삶이 바뀌는 것이 아니고 다만 역할이 바뀔 뿐이었다. 어떤 역할이 주어져도 진모가 해내지 못할 것은 없었다. 그 애의 마음속에 확고부동하게 자리 잡은 그 애만의 우상이 존재하는 한은.

진모 때문에 나는 울지 않았지만, 김장우는 자신의 형 때문에 내 앞에서 눈물을 비쳤다. 진모의 일을 말하지 않은 것을 후회한 것은 그때가 처음이었다. 상처 입은 사람들을 위로하는 것은 말이 아니었다. 상처는 상처로 위로해야 가장 효험이 있는 법이었다. 당신이 겪고 있는 아픔은 그것인가, 자, 여기 나도 비슷한 아픔을 겪었다, 어쩌면 내 것이 당신 것보다 더 큰 아픔일지도 모르겠다, 내 불행에 비하면 당신은 그나마 천만다행이 아닌가……

나의 불행에 위로가 되는 것은 타인의 불행뿐이다. 그것이 인간이다. 억울하다는 생각만 줄일 수 있다면 불행의 극복은 의외로 쉽다. 나 역시 하나밖에 없는 남동생이 이러이러한 일로 지금 죄수복을 입고 판결을 기다리고 있다는 말을 해줄 수 있었다면 김장우의 아픔은 훨씬 가벼워졌을 것인데 나는 그렇게 하지 못했다. 몇 번이나 망설였지만 결국 말하지 않기로 마음을 먹었다. 왜 그랬는지, 왜 김장우 앞에서는 있는 그대로의 나를 드러내기가 쉽지 않은지 여행을 떠날 때까지 나는 정녕 알지 못하였다.

그러나 여행을 끝내고 돌아오면서 나는 깨달았다. 나는 마침내 나를 알았다. 그것이 무엇인지 지금 말하고 싶지는 않다. 아직은 더 의심해봐야 한다, 고 나는 생각한다. 이렇게 흘러가고 있는 모든 일들의 앞뒤를 꼼꼼이 더 살펴봐야 한다고 나는 지금 생각하고 있다.

여행에 대하여 날짜를 못박은 사람은 나였다. 김장우와는 언제나 그랬으므로 이상할 것도 없는 일이었다. 나는 먼저 회사에 사흘간의 휴가를 신청하고 그 사실을 김장우에게 통고하였다.

"그래도 괜찮아?"

내 통고에 대한 김장우의 응답이었다. 무엇이 괜찮으냐는 것인지 알 수 없었지만 나는 그렇다고 대답했다.

"정말 괜찮아?"

그가 다시 확인했다. 이번에는 확실히 회사나 집 같은 외부 조건을 묻는 것이 아님을 알 수 있었다. 나는 역시 그렇다고 대답했다. 그리고 생각했다. 어디까지가 괜찮을까…….

괜찮아?

김장우의 이 질문은 여행의 시작은 물론이고 우리가 함께했던 2박 3일 동안 수도 없이 되풀이되었다.

"도솔산 선운사로 갔으면 싶은데, 부안에서부터 바닷가 끼고 달리는 길이 좋거든. 어때? 괜찮을까?"

"아무 데나. 장우씨 좋은 곳이면 나도 좋아요."

행선지도 이런 식으로 정해졌다. 떠나는 날짜가 정해졌으므로 이제는 바람 부는 대로, 구름 가는 대로 떠나기만 하면 될 일이었다. 나영규가 아닌 김장우에게 여행의 충실한 일정표를 기대할 생각은 전혀 없었다. 김장우가 선운사, 라고 행선지를 입에 올린 것만도 대단한 일이었다. 게다가 약속시간에 나타난 김장우의 지프는 몰라보게 산뜻해져 있었다. 그 나름대로는 열심히 여행에 대비하고 있었다는 뜻이었다. 온종일 닦고 광냈다는 표시가 너무나 역력해서 나도 모르게 웃음이 흘러나왔다. 마음에 담아둔 것을 내보이는 데 한없이 서투른 사람, 그렇지만 마음속에 모든 것이 다 있는 사람.

"안진진! 괜찮아?"

서울에서 고창까지, 점심 먹은 시간까지 포함해서 대여섯 시간 달리는 중에도 그는 한 시간에 한 번씩 긴장한 표정으로 그렇게 물었다. 괜찮지 않으면 지금이라도 늦지 않으니 당장 차를 돌릴 수 있다고 묻는 것 같았다. 아마 그래서였을 것이다. 내 마음속에서는 나도 모를 비장한 각오가 점점 굳어지고 있었다. 나는 다시는 되돌아올 수 없는 운명의 길을 달리고 있는 기분이었다.

어디 그것뿐이었을까. 하염없이 반짝거리는 녹색 물결을 끼고 달리는 해안도로의 절경은 너무도 아름다워서 숨막히는 비장미를 뿜어내고 있었다. 우리는 묵묵히 너무도 아름다워서 울고 싶은 풍경 속을 뚫고 달렸다. 저 바닷속으로 이 지프가 굴러 들어가도 무방해…이 고단한 생애를 등지고 물결의 포말이 되어도 상관없어…정말 괜찮아…….

그러나 다시 붉은 황토밭들이 나타나고 육지의 마을들이 차례차례 스쳐 갔다. 나는 바다를 잊을 수 없어 연신 뒤를 돌아보았다. 세상의 모든 잊을 수 없는 것들은 언제나 뒤에 남겨져 있었다. 그래서, 그래서 과거를 버릴 수 없는 것인지도.

석양이 붉게 물들 시각 우리는 선운산 도립공원 주차장에 차를 세웠다. 여관과 술집, 식당들은 벌써 붉고 푸른 네온등을 밝혔고 관광철답게 이곳에도 사람들은 알맞게 붐비고 있었다. 운전석에서 내리지를 못하고 망설이기만 하는 김장우를 보면서 나는 알았다. 지금은 다시 내가 앞장서야 할 순서라는 것을.

"저기 저 모텔, 저기서 자고 싶어요. 그리로 가요. 괜찮겠지요?"

"나야…안진진만 괜찮으면…….."

그리하여 우리가 두 밤을 자야 할 숙소도 '괜찮아요?'라는 질문과 함께 결정되었다. 이번에는 내가 아주 유용하게 김장우의 물음표를 차용했다.

외벽은 돌로 치장하고 방마다 작은 베란다를 붙여 수수한 별장처럼 보이는 그 모텔에서 방을 교섭하는 일 역시 내 몫이었다. 숙박객이 많아서 그럴 수도 없었지만 애시당초 방을 두 개 달라는 주문 따위 나는 할 생각도, 하고 싶은 생각도 없었다. 영화나 소설에서 그런 연인들을 만날 때마다 나는 냉소했다. 방이 하나든 둘이든 이루어질 일은 다 이루어지며, 이루어지지 않을 일은 어떻게든 이루어지지 않는다는 사실을 모를 사람이 어디 있는가.

우리가 얻은 방은 다행히도 온돌방이었다. 김장우와 함께 침대에 누워있는 상상은 상상만으로도 끔찍했다. 침대라는 물건이 우리에게 줄 그 많은 이미지들을 어찌 감당할는지 나는 도저히 자신할 수 없었다. 마음이 이미지를 이끄는 것이 아니라 이미지가 우리들 마음을 이끌어버렸을 때 그 자괴감을 어찌 견딜지 나는 알 수 없었다. 세속의 도시가 우리에게 가르친 것은 침대는 정신보다 육체를 더 많이 요구하는 침구라는 것이었다. 특히 숙박업소의 침대는 더욱 그랬다.

여행의 첫 밤은 침대가 주는 경구를 충실히 지켜서 몹시 담백했다. 저녁을 먹고, 숙소 주변을 산책했으며, 맥주 두 병을 사들고 돌아와 그것을 한 병씩 나누어 마셨고, 차례차례 몸을 씻었으며, 요 두 개를 나란히 펴고 잠들었다. 노후에 부부가 함께 온천여행을 다닌다면 꼭 이럴 것이었다. 자기 전에 확인해본 시계가 세상에, 열한시 오분이었다. 이 시각이면 집에서도 좀처럼 잠자리에 들 시간이 아니었다.

"무엇이 무서워서 이렇게 일찍 자야 해요?"

불을 끄면서 나는 기어이 한마디 했다.

"무섭긴. 운전하고 오느라 피곤해서 그래."

김장우는 씨익 웃으면서 고단한 척 돌아누웠다. 그뿐이었다. 나는 편안하게 잠들었다. 김장우의 그 밤도 숙면이었는지는 모를 일이었다. 새벽이었던가, 아니면 한밤중인가, 베란다로 나가는 문이

열리는 기척은 느꼈지만 닫히는 소리는 듣지 못했다.

　김장우가 늘 들고 다니던 커다란 가방, 카메라나 렌즈, 필름통
들이 가득 들었던 낡은 가방을 이번 여행에는 동반하지 않았다는
사실을 안 것은 다음날 낮이었다.
　선운사 경내를 돌아보고 도솔암을 찾아 계곡을 거슬러 올라가
는 도중 그가 걸음을 멈추면 거기 반드시 두고 온 카메라가 생각
나는 야생화들이 있었다.
　"이거, 매미나물. 봄부터 가을까지 이렇게 숲 속에서 저 혼자 피
고 지는 꽃. 줄기를 자르면 안 돼. 아프다고 피를 흘리거든."
　가느다란 줄기 끝에 아슬아슬하게 매달려있는 노란 꽃이 애달
프다.
　"이게 바로 구절초. 우리가 흔히 들국화라고 부르는 꽃들의 진
짜 이름은 구절초야. 쑥부쟁이 종류나 감국이나 산국 같은 꽃들
도 사람들은 그냥 구별하지 않고 들국화라고 불러버리는데, 그건
꽃들에 대한 예의가 아니야. 꽃을 사랑한다면, 당연히 그 이름을
자꾸 불러줘야 해. 이름도 불러주지 않는 사랑은 사랑이 아냐."
　"왜 카메라를 가져오지 않았어요?"
　카메라가 없는데도 버릇처럼 이쪽저쪽으로 구도를 잡아보며
한참 동안 꽃 옆을 떠날 줄 모르는 김장우.
　"있으면 찍으니까. 보지는 못하고 찍기만 하니까."
　"그래요. 맞는 말이에요."

나는 김장우의 말을 이해했다.

"이유야 또 있지. 안진진이 있잖아. 옆에서 말도 해주고 같이 웃어주고 쉴 새 없이 숨소리를 내는 안진진이 있어서 순간순간이 충만할 텐데 뭣 때문에 카메라를 가져오겠니. 나는 이번 여행에서 사랑하는 꽃 이름을 부르는 대신 안진진의 이름만 열심히 부르기로 결심했어."

대답 대신 나는 김장우의 손을 잡는다. 그렇게 말할 줄 아는 그가 마음에 들었다.

"나는 아직도 실감이 나지 않는다. 어젯밤처럼 오늘 밤도 안진진이 내 옆에서 고른 숨소리를 내며 잠들 거라는 사실, 실감하기 어려워. 나, 아까부터 그런 생각 했었다. 살다보면 이런 날이 올 수도 있는 것을. 그런 줄도 모르고 혼자 너무 외로웠구나, 하는 생각, 이젠 그런 생각 하지 않기로 했다. 그래도 되지? 괜찮지?"

그래도 된다고 말을 하지는 않았다. 괜찮다고 말하지도 않았다. 나는 다만 나란히 숲길을 걷고 있는 그와 나 사이의 간격을 확실하게 좁혔을 뿐이었다. 어깨가 맞닿았으므로 손을 잡고 걷기는 불편했다. 적절하게도 김장우는 그 순간 내 어깨에 팔을 둘러 우리의 자세를 확실하게 조절했다. 나는 그에게 기대어 숲 향 그윽한 오솔길을 걸었다. 사실을 말하면 나도 아직 실감이 나지 않는 중이었다. 이것이 사랑인가. 서로가 서로에게 한쪽 어깨를 빌려주고 기대는 것, 이것이 사랑일까…….

나영규에게는 없는 것, 그것이 확실히 김장우에게는 있었다. 나영규와 만나면 현실이 있고, 김장우와 같이 있으면 몽상이 있었다. 사랑이라는 몽상 속에는 현실을 버리고 달아나고 싶은 아련한 유혹이 담겨있다. 끝까지 달려가고 싶은 무엇, 부딪쳐 깨지더라도 할 수 없다고 생각하게 만드는 무엇, 그렇게 죽어버려도 좋다고 생각하는 장렬한 무엇. 그 무엇으로 나를 데려가려고 하는 힘이 사랑이라면, 선운사 도솔암 가는 길에서 나는 처음으로 사랑의 손을 잡았다.

선운사 도솔암 가는 길에서 처음으로 나, 안진진의 사랑을 상면한 이후 내 기분은 급격히 저조해졌다. 이상한 일이었다. 아무일도 일어나지 않았었다. 나는 다만 이것이 사랑인가, 하고 사랑을 묻다가 이것이 사랑이다, 라고 스스로에게 답했을 뿐이었다.

오직 그것이 전부였음에도 불구하고 나는 점점 가라앉기만 했다. 걸음은 자꾸 허방을 디뎠고, 눈길은 쓸쓸하게 텅 빈 허공을 헤매었다. 마음자리 어딘가에 커다란 구멍이 하나 생겨서 거기로 가을 찬바람이 쉭쉭 드나들고 있었다.

나는 당황했다. 누구라도 당황하지 않을 수 없을 것이었다. 사랑을 만난 다음이 이렇다는 고백을 나는 단 한 번도 들어본 적이 없었다. 어머니 자매에게서 물려받은 기질로 잡다한 책들을 제법 많이 읽었다고 자부하는데, 영화광은 아니더라도 이런저런 이유로 영화도 많이 보았는데, 그렇다면 모든 책과 영화들이 나를 속인 것이었을까. 사랑을 맞은 후의 느낌이 이토록 황폐한 것임에도 불구하고 모두들 거짓말을 하고 있었던 것이 아니라면 나에게, 이 안진진에게 문제가 있음이 확실했다.

당황하면 엉망이 되는 것이 나의 약점이었다. 나는 여행의 둘째 날을 슬슬 망치기 시작하고 있었다. 아니, 그럴 조짐이 보였다. 갑자기 어제 지나왔던 서해바다가 떠오른 것부터 수상쩍은 일이었다.

"괜찮아? 안진진, 어디 아픈 것 같다. 아프면 방에 들어가서 쉬자. 나는 괜찮아."

점심부터 먹자는 그의 제안을 뿌리치고 주차장의 지프를 찾아가는 나를 그는 망연히 바라보았다.

"밥은 바닷가에서도 먹을 수 있잖아요. 먹어야 한다면 거기서 먹지요. 시간이 너무 많이 남았어요. 어디든 가요, 우리."

시간이 너무 많이 남았다는 말은 또 얼마나 느닷없는가. 무엇을 하기 위한 시간? 이미 말은 쏟아졌고 나는 그런 내가 싫어서 못 견딜 지경이었다. 자신이 시간을 화려하게 장식할 줄 모르는 사람이라는 사실을 익히 잘 알고 있는 김장우는 미안한 표정으로 지프의 시동을 켰다.

"머리가 아파요."

나는 시트에 머리를 기댔고 김장우는 내 이마를 짚었다. 나는 나도 모르게 눈을 감았다. 그것도 실수였다. 눈을 감다니, 이렇게 유치할 수가. 하지만 눈을 떠 다가오는 그의 얼굴을 가까이서 볼 용기가 생기지 않았다.

"뜨거워. 어떡하지?"

김장우의 호흡이 내 얼굴에 쏟아졌다. 그의 손은 아직도 내 이마에 있었다. 그는 머뭇거리고 있다. 그의 낡은 지프 안에서 우리의 첫 번째 입맞춤이 있었다는 것을 그도 알고 나도 알고 있다. 그것을 알고 있는 내가 또 그렇게 싫었다. 순진하지 않은 나, 몽롱해지지 않는 나, 이마는 뜨거워도 머릿속은 한없이 명료하기만 한 내가 정말 싫었다.

하필 그때, 몰입하지 않고 딴생각 많은 스스로를 역겨워하고 있는 그때, 김장우의 손이 움직였다. 그의 손이 머뭇거리며 내 볼을 쓰다듬었다. 내 코에도 입술에도 그의 손이 닿았다. 숨쉬기가 몹시 불편했고 갑자기 두려워졌다. 그가 다음에 어떤 동작을 취할지 어떤 말을 할 것인지 나는 다 알고 있었다. 다 알면서 모른 척하기는 싫었다. 심연으로 가라앉은 내 마음이 나에게 일렀다. 이 남자를 놀리지 말라고. 그래서 나는 눈을 번쩍 뜰 생각이었다. 그리고 다음 순간 바로 그렇게 했다. 그러나 늦고 말았다. 내 눈앞에 확대된 남자의 얼굴이 있었다. 동시에 말도 있었다.

"사랑해."

나는 김장우의 눈을 똑바로 쳐다보았다. 갑자기 내 시선에 노출된 그의 검은 눈동자가 심하게 흔들렸다. 흔들리는 그의 눈동자 안에 내가 담겨있는 것을 나는 보았다. 나는 슬그머니 밖으로 눈길을 돌렸다. 김장우의 손도 원위치로 돌아갔다. 그의 지프가 주차장 구석에 있었던 것은 참 다행스런 일이었다고 나는 생각했다.

어쩌면 김장우도 충분히 주위의 시선을 고려한 뒤에 내 이마에 손을 얹었을 것이라고도 짐작했다. 사랑해, 라고 말하는 사람을 곁에 두고 나는 그런 생각들을 하고 있었다. 우리는 한참 그렇게 앉아있었다. 나는 밖을 보고, 그는 나를 보고.

그날 오후, 우리의 자세는 그렇게 고정되었다. 나는 시종일관 밖을 보았고 그는 운전하는 틈틈이 나만 보았다. 내가 너무 고집스럽게 바깥만 보았기 때문에 마침내 그도 표정이 굳어졌다. 그러나 나는 나를 어찌할 수가 없었다. 이것이 사랑이다, 라는 결론이 난 후부터 나는 나를 어찌해볼 수가 없었다. 김장우는 언제 이것이 사랑이다, 라는 결론을 내렸는지 나는 알고 싶었다. 그런 뒤에도 아무렇지 않았는지 그에게 묻고 싶었다. 나처럼 이렇게 누군가 발목을 붙잡고 잡아당기는 느낌, 가슴에 구멍이 뚫려 눈물이 나도록 외로운 느낌이 혹시 있었냐고 의논하고도 싶었다.

바다는 다시 보아도 좋았다. 간간 고깃배가 떠있고 고깃배 위로 뭉게구름 몇 조각이 친구하며 따라가는 풍경을 지나자 가파른 절벽 밑의 푸르른 물결이 나타났다. 미풍에 흔들리는 물결은 자잘하고도 섬세한 무늬를 만들었다.

저 바다에 광풍이 불기도 한다는 것을 어떻게 믿을 수 있으랴. 나는 활짝 내린 창턱에 고개를 괴고 물끄러미 바다만 보았다. 파도에 부서지는 가을 햇볕 사이로 갈매기도 날았다. 거기 갈매기가 살고 있다는 너무 당연한 사실 앞에서 나는 새삼스레 놀라기도 했다. 사랑에는 몰입할 수 없었지만 바다는 온 정신을 다 바칠 수 있을 만큼 아름다웠다.

사랑이 아름답다고 하는 말은 다 거짓이었다. 사랑은 바다만큼
도 아름답지 않았다. 그럼에도 사랑은 사랑이었다. 아름답지 않아
도 내 속에 들어앉은 이 허허한 느낌은 분명 사랑이었다. 지금 내
옆에서 굳은 표정으로 굴곡 심한 도로를 운전하고 있는 이 남자는
처음으로 내게 다가온 사랑이었다. 마음속으로 열두 번도 더 '안
진진, 괜찮아?'라고 묻고 있을 이 남자를 통해 나는 앞으로 사랑을
배울 것이었다. 때로 추하고 때로는 서글프며 또한 가끔씩은 아름
답기도 할 사랑을…….

믿지 않겠지만, 그날 우리는 부안과 고창 사이를 잇는 해안도로
를 여섯 번 되풀이 달렸다.

"한 번만 더 달려줘."

해안도로에서 벗어나 육지가 나타나면 나는 금방 조바심을 느
꼈다. 김장우는 묵묵히 샛길에서 차를 돌려 오던 길을 다시 갔다.

"한 번 더. 이번에는 좀 빨리."

나는 명령했고 김장우는 충실히 명령에 순응했다. 어느 순간부
터 김장우의 손에 끊임없이 타고 있는 담배가 들려있었다. 고속을
감당할 수 없는 노후한 지프가 무지막지한 소음을 내지르며 바닷
가를 달렸다. 앞이 막힌 굽잇길을 달릴 때만 가까스로 속력이 낮
춰졌다. 내 머리칼은 바닷바람에 미친 듯이 나부꼈다. 그래도 나
는 결코 바다에 지치지 않았다. 아니, 바다에 지치게 될까 봐 두려

왔다. 차에서 내려 어딘가에 자리를 잡으면 무너지고 말 것 같다는 예감이 나를 바다에 붙들어 맸다.

그러나 한없이 달릴 수는 없는 일이었다. 달리기만 할 줄 알고 멈출 줄은 모르는 자동차는 아무 쓸모도 없는 물건이듯이, 인생도 그런 것이었다. 언젠가는 멈추기도 해야 하는 것이었다. 나는 여섯 번째 질주에서 마침내 멈췄다. 가슴속 구멍이 바다만으로 막기 어렵다면 술을 마실 수도 있겠다는 생각이 가까스로 나의 질주를 멈추게 했다. 술을 마시면 남은 시간들이 더 엉망이 될지도 모른다는 우려를 하지 않은 것은 아니었다. 그러나 나는 자신 있었다. 아직까지 한 번도 술에게 진 적이 없는 나 안진진, 드디어 운명의 대결을 벌일 시간이 왔다는 비장감은 돌연 지독한 갈증을 불러일으켰다.

"목이 말라요. 갈증 때문에 말도 못 하겠어."

격포의 한 횟집에 자리를 잡자마자 내가 한 말이었다.

"아줌마, 여기 콜라나 사이다부터 한 병 주세요."

"그리고 소주도 한 병."

갈라진 내 음성이 김장우의 주문에 하나를 더 보탰다. 그가 나를 보았다. 바람에 헝클어진 머리칼들이 그를 몹시 피곤해 보이게 했다. 나는 그의 시선을 피해 밖을 보았다. 거기에도 바다가 있었다. 바짓가랑이를 걷어 올리고 모래사장을 걷는 남자들과 치맛자락을 움켜쥐고 깔깔 웃어대는 여자들이 점령하고 있는 바다가 거기 있었다.

처음부터 무작정 술만 마실 생각은 결코 아니었다. 운명의 대결을 하기 위해서는 준비가 필요한 법, 제대로 밥을 먹고 난 다음에 수많은 소주병들을 격파할 계획이었다. 행여 있을지도 모를 실수에 대비하기 위해서라도 빈속에 술을 들이붓는 어리석은 짓을 해서는 안 되었다. 하지만 나는 그렇게 하지 못했다.

한 잔의 술로는 타는 듯한 갈증을 가라앉힐 수가 없었다. 소주가 다섯 잔쯤 들어가자 비로소 숨쉬기가 편해졌다. 회가 나오기 전에도 한 상 가득 안줏거리들이 차려졌지만 좀처럼 식욕이 솟지 않았다. 나는 나를 믿었다. 예전에 그런 일이 많았다. 상당한 양의 소주를 마시고 귀가한 다음에도 나는 말짱한 맨정신으로 늦은 저녁을 차려 얼마든지 한 그릇 밥을 비울 수 있었다. 술 몇 잔이 내 속의 오만을 부추겼다.

그리고 시작이었다. 나는 단 한 숟갈의 밥도 먹지 않았다. 김장우의 강권으로 회 몇 점을 먹은 것이 전부였다. 어느 즈음에선 김장우가 더는 주문을 해주지 않아 내가 직접 나서야 했다. 그때까지 나는 조금도 취하지 않았다. 손님이라곤 우리뿐이어서 밖에 나가 해찰을 하고 있는 여주인을 찾아 술을 더 주문하고 지금까지의 음식값을 모두 치르고 돌아온 기억까지 생생하니까. 그리고 또, 아무리 술을 마셔도 김장우의 빈약한 지갑 사정을 잊어버리지 못하는 스스로에게 마음속으로 엄중히 경고했던 것도 모두 기억할 수 있었다. 이봐, 안진진. 잊어. 끊어. 제발 맹목적으로 마셔봐, 제발……

"그만. 그만 마셔. 괜찮아?"

김장우의 부르짖음이 열두어 번, 혹은 스물두어 번 있었을까.

"제발, 그 괜찮아, 라는 말 좀 그만할 수 없어요? 제발 그 똑같은 대사 말고 보다 신선하고 새로운 말 좀 할 수 없나요?"

이러한 나의 외침이 한 서너 번, 혹은 대여섯 번 있었을까. 그리고 또 몇 가지 말들이 오가기는 했었다. 돌아가서 마시자고, 나도 술을 마시고 싶지만 운전 때문에 그럴 수 없으니 돌아가서 마음껏 마셔보자고 나를 달래던 김장우의 말이 있기는 하였다. 그럴듯한 유혹이어서 나 역시 그러자고 대답했던 것도 같은데······.

그런 직후, 마침내 도저히 믿을 수 없는 일이 일어나고 말았다. 거기까지가 내 속에 인화된 필름의 전부였다. 그 다음부터는 엉망진창이었다. 끊겼다, 이어졌다, 다시 끊기고는, 그리고 영영 끊어져 버렸다. 이제까지 한 번도 경험하지 못했던 시간의 실종이 내게 일어났던 것이다. 완벽한 시간의 실종, 나는 경악했다.

돌아와서 모텔 옆 나이트클럽에서 양주를 마셨던 것은 어렴풋이 기억할 수 있었다. 그 와중에도 나는 또 김장우의 빈약한 지갑을 걱정했던 모양이었다.

"소주로! 소주로 마셔요. 섞어 먹으면 안 좋아······."

내가 이렇게 말했다고 김장우가 알려주었다.

"낯설어 죽겠단 말야. 왜 그렇지? 장우씨는 알아? 갑자기 이 세상을 어떻게 살아야 하는지 하나도 모르겠어. 무서워. 사는 법을 잊어버렸다구요. 사랑하면 이렇게 세상이 낯선거냐고······."

소주에 관한 말은 끊겼지만, 낯설음에 대한 절절한 고백은 어렴풋이 생각이 났다. 더할 것도 뺄 것도 없는 진실, 바로 그 진실을 말했기 때문이었다. 어느 날 문득 달리는 방법을 잊어버리고 당황해 하는 출발선상의 달리기 선수처럼 나는 그날 오후 한없이 막막했던 것이다. 오른발부터 내밀고 달려야 하는지 왼발 먼저 힘을 줘야 하는 것인지, 아니 어디를 움직여야 이 무거운 몸이 앞으로 나가는 것인지조차 알 수 없게 된 마라토너의 절망이 고스란히 내 것이었음을 김장우는 정녕 모를 것이었다.

그렇다면, 나는 어떻게 우리들의 방으로 돌아온 것일까.

아침에 일어났을 때 내가 가장 처음 가진 의문은 그것이었다. 나는 전날 밤과 똑같은 요 위에서 눈을 떠 아침을 맞았다. 눈을 떠 보니 옆자리에 김장우가 지친 모습으로 곤히 잠들어 있었다. 얼굴을 내게 향하고 팔 하나는 마치 무언가를 잡으려다 놓친 사람처럼 방바닥에 쓸쓸하게 내던져 놓고.

그 다음 본 것이 바뀐 내 옷차림이었다. 어제 분명히 청바지에 니트 스웨터를 입고 있었는데 아침의 나는 잠옷 대신으로 가져온 간편한 면티와 반바지 차림이었다. 여행 첫날밤에도 나는 이 옷을 입고 잤다. 거기까지 생각이 미친 나는 벌떡 일어났다. 아무리 생각해도 옷을 갈아입은 기억은 없다, 고 나는 마음속으로 외쳤다. 외치다 말고 나는 그만 요 위에 푹 엎드리고 말았다. 몇 개의 기억들이 토막토막, 퍼즐찾기처럼 그렇게, 엎드려있는 내게로 스며들었다. 나는 필사적으로 기억의 조각들을 붙들었다.

아마 방이었을 것이다. 김장우가 물수건으로 내 얼굴을 닦아주었던 것 같다…구토를 했던 기억, 그때도 여전히 나는 무언가 겁에 질려있었다…그가 내 얼굴만 닦았던 것은 아니다…발을 닦아주는 그, 목덜미를 닦아주는 그, 차가운 물수건이 가슴을 문지르던 기억도 나는데…….

그리고…그리고…그가 내 옷을 벗겼다. 내가 그렇게 해달라고 그랬던 것 같으나 자세히는…아, 잔뜩 화가 난 표정으로 내게 다가오던 김장우의 얼굴도 생각이 난다…그의 벗은 윗몸, 억세게 가로지른 쇄골을 보았지…그 다음 뭔가 기다리고 있던 일이 일어났어…그 일이 있고서야 내 정신은 잠 속으로 편안히 떨어졌어…비로소 모든 일을 다 이루었다는 느낌이 내게 있었지…편안했어.

거기까지 기억의 조각을 맞춘 나는 엎드렸던 몸을 돌려 바로 누웠다. 내가 무슨 일을 했는지 알았으므로 이제는 마음을 가라앉힐 수 있었다. 이대로 한숨 더 자도 좋아, 라고 나는 생각했다. 내가 할 수 있는 일은 다 했다는 느낌, 이제는 그만 평화를 누리고 싶었다.

그러다 문득 왼쪽을 보았다. 곤한 잠에 빠진 김장우의 방심한 얼굴이 혈육같이 여겨졌다. 나는 방바닥에 내던져진 그의 쓸쓸한 팔을 가만히 쓰다듬었다. 항아리에 물이 넘치듯 사랑이 넘치는 느낌, 나는 나도 모르게 그의 팔에 얼굴을 묻었다. 잠시 후 김장우가 잠 속에서 빠져나오는 것이 선명하게 팔뚝을 통해 전달되었다.

"괜찮아?"

그가 물었다. 편안한 음성이었다. 나는 고개를 끄덕였다.

"술꾼. 아, 지독한 술꾼."

김장우가 나를 끌어당겨 품에 안으며 한탄했다.

"왜 그랬어?"

"뭘요?"

필름이 끊겼다는 말은 차마 하지 못하고 나는 조심스레 되묻는다. 내가 또 무슨 짓을 했는가.

"저 아래 나이트클럽에서 말야. 안진진이 날 때렸어. 기억 나? 내 뺨을 치고 내 등을 마구 두들겨 팼지. 날 가두지 말라고, 무섭다고 그랬어…마구 큰소리로 외쳤어. 가두면 죽이겠다고까지 그랬지. 내가 안진진을 그렇게 괴롭혔나 생각하니 얼마나 가슴이 아프던지…한번 물어보자. 안진진한테 나는 감옥이니?"

감옥? 간수? 내가 그랬다고?

아, 나는 전율했다. 그것은 아버지의 대사였다. 아버지가 처음으로 난동을 부리던 그날 밤, 아버지가 말했었다. 당신은 나를 가두는 간수 같았어, 당신은 몰라, 그 절망이 얼마나 무서웠는지…….

내 속에 아버지가 있었다. 행방불명인 아버지가 내 속에 살고 있었던 것이다. 온몸이 떨리는 것을 감추기 위해 나는 더욱 더 김장우의 품속으로 파고들었다. 나를 안고 있는 김장우의 팔에도 더욱 힘이 가해졌다.

"대답해봐. 나, 너한테 감옥이 될 것 같아?"

"아니요. 절대로 아니에요. 내 말은, 그 말의 뜻은, 장우씨를 너

무 사랑하게 될까봐 무섭다는 뜻이었어요. 정말이에요. 진심이에
요."

"정말?"

"그래요. 어제 처음으로 확실히 알았거든요. 내가 지금 사랑에
빠졌다는 것을. 그래서 감당하기가 어려웠어요. 사랑은, 힘이 들
어요."

그에게 거듭거듭 다짐했던 대로 내가 그에게 한 말은 모두 진심
이었다. 술이 깬 다음날 아침 아버지가 어머니에게 잘못을 용서받
기 위해 하는 말들이 모두 다 진실이었듯이.

나는 그날 아침 마침내 알게 되었다. 아버지는 어머니를 아주
많이 사랑했다는 것을. 어머니를 사랑했으므로 나와 진모에 대한
아버지의 사랑 또한 절대적이었을 것임을. 우리 모두를 한없이 사
랑했으므로, 그러므로 내 아버지는 세 겹의 쇠창살문에 갇힌 것
이었다. 아버지가 탈출을 꿈꾸며 길고 긴 투쟁을 벌인 것은 너무
나 당연한 일이었다.

10. 사랑에 관한 세 가지 메모

사랑이란 그러므로 붉은 신호등이다.

켜지기만 하면 무조건 멈춰야 하는,

위험을 예고하면서 동시에 안전도 보장하는

붉은 신호등이 바로 사랑이다.

...

　사랑이란,

　집에서나 회사에서나 거리에서나, 비어있는 모든 전화기 앞에서 절대 자유롭지 못한 것이다. 전화의 구속은 점령군의 그것보다 훨씬 집요하다. 사랑에 빠져있는 사람들에게 전화란 단 두 가지 종류로 간단히 나눌 수 있다. 전화벨이 울리면 그 혹은 그녀일 것 같고, 오래도록 전화벨이 울리지 않으면 고장을 의심하게 만드는 것, 그것이 사랑이다.

　사랑이란,

　버스에서나 거리에서 또는 라디오에서 흘러나오는 모든 유행가의 가사에 시도 때도 없이 매료당하는 것이다. 특히 슬픈 유행가는 어김없이 사랑하는 마음에 감동의 무늬를 만든다. 사랑하는 사람들은 의식적으로든 혹은 무의식적으로든 이별을, 그것도 아주 슬픈 이별을 동경한다. 슬픈 사랑의 노래들 중에 명작이 많은 것도 그 때문이다. 그래서 유행가는 차마 이별하지는 못하지만 이별을 꿈꾸는 모든 연인들을 위해 수도 없는 이별을 대신해준다. 유행가는 한때 유행했다가 사라지는 것이 아니다. 사랑을 시작한 사람들에게 대물림되는 우리의 유산이다.

사랑이란,

발견할 수 있는 모든 거울 앞에서 자신의 얼굴을 들여다보지 않고 무심히 지나칠 수 없게 만드는 무엇이다. 자신의 얼굴에 대해 생애 처음으로 많은 생각을 하게 되는 나. 자신의 눈과 코와 입을 그윽하게 들여다보는 나. 한없이 들여다보는 나. 그리고 결론을 내린다. 이렇게 생긴 사람을 사랑해준 그가 고맙다고. 사랑하지 않고 스쳐 갈 수도 있었는데, 사랑일지도 모른다고 걸음을 멈춰준 그 사람이 정녕 고맙다고.

사랑이란 그러므로 붉은 신호등이다. 켜지기만 하면 무조건 멈춰야 하는, 위험을 예고하면서 동시에 안전도 예고하는 붉은 신호등이 바로 사랑이다.

11. 사랑에 관한 네 번째 메모

솔직함보다

더 사랑에 위험한 극약은 없다.

죽는 날까지 사랑이 지속된다면

죽는 날까지 우리는 사랑하는 사람에게

절대 있는 그대로의 나를

보여주지 못한 채 살게 될 것이다.

사랑은 나를 미화시키고 왜곡시킨다.

사랑은 거짓말의 감정을

극대화시키는 무엇이다.

...

    여행에서 돌아와 나는 며칠 동안 사랑에 집착했다. 그리고 확인
했다. 전화에 자유롭지 못한 나, 유행가에 민감한 나, 거울 속의 내
얼굴을 오래 들여다보는 나……

    모든 것이 다 사랑이었다. 위험과 안전을 동시에 예고하는 붉은
신호등의 사랑이 맞았다. 나는 김장우를 사랑하고 있었다. 하지만
문제는 그렇게 간단하지가 않았다. 약간의 무리를 감수한다면 사
랑에 관한 앞서의 세 가지 메모는 나영규에게도 유효한 것이었다.
약간의 무리라는 것도 생각해보면 시간의 필요일 뿐 운명은 아닐
지도 몰랐다. 그래서 나는 김장우와의 사랑을 확인했던 시간만큼
나영규와의 사랑에 대해서도 충분히 고찰했다.

    우선 전화에 자유롭지 못하다는 점에서는 나영규의 경우에 있
어서도 거의 의심할 바가 없었다. 유리 천장에서 장대비가 쏟아
지던 그날 밤 이후에도 우리의 관계는 점진적으로 발전하고 있었
다. 물론 사랑 혹은 결혼을 향한 발전이었고 그 모든 것이 다 전
화의 공로였다.

    정식으로 청혼을 했고 빠른 시간 내에 나의 답변을 요구하고
있다는 부담감 때문에 솔직히 나는 나영규와의 만남을 의식적으
로 피해 왔다. 만날 때마다 나영규는 어김없이 숙제에 관해 질

문했다.

"이제 대답해줄 수 있지요? 어서요. 진진씨, 어서 대답해봐요. 나는 들을 준비가 다 되었어요."

그러나 나는 답변이 준비되지 않았다. 내가 나영규와 아주 많이 다른 점은 매사에 준비가 느리다는 점일 것이었다. 나는 처음 말했던 대로 계속해서 '3개월론'을 밀고 나가는 수밖에 다른 도리가 없었다.

"석 달만 기다려줘요. 나는 많이 느려요. 영규씨보다 생각할 시간이 많이 필요하거든요."

채근해서 될 일이 아니기 때문에 나영규는 더 이상 나를 재촉하지는 않았다. 또한 그는 미래에 대해서 비관적인 상상 같은 것은 절대 하지 않는 사람이었다. 일반적으로 모든 여자들이 결혼을 결심하는 데 소요되는 시간이 평균적으로 3개월은 걸리는 모양이라고 생각할 뿐이었다. 3개월이라는 시간이 평균적이든 아니든 나 또한 그 이상 끌 생각은 없었다. 그때는 모든 것이 명료해지리라. 이미 아주 많은 부분이 명료해지고 있지 않은가 말이다. 벌써 두 달이 지난 지금, 나는 내가 나영규에게 해야 할 대답이 무엇인지 윤곽은 잡아가고 있었다.

그러나 깊은 밤, 나영규와 전화를 하고 있으면 문득 이 남자와도 사랑을 하고 있다는 의혹이 나를 사로잡곤 했다. 나영규와는 만나서보다 전화로 대화를 나눌 때 훨씬 마음이 편했다. 그의 얼굴을 보지 않고 이야기를 하면 나도 아주 많은 이야기를 스스럼없이 할 수가 있었다. 전화선 저쪽에서 흘러나오는 그의 음성은 다정했고 섬세했다. 나는 책상에 턱을 괴고 앉아 하염없이 그와 여러 가지 이야기를 나누곤 했다. 그럴 때면 이 남자와 결혼해도 무방하다는 생각이 잠깐 들기도 했다.

그는 늦은 저녁에 자주 전화를 했고, 나는 전화벨 소리를 듣지 못할까봐 화장실에 갈 때도 전화기를 들고 갔다. 만나자는 그의 요구는 적극 피했지만 전화가 올까봐 퇴근 후에는 집 앞 가게로의 짧은 외출을 삼가는 일도 있었다. 이것도 혹시 사랑일까…….

유행가에 민감해진다는 두 번째 메모도 나영규에게 아주 어긋나는 것은 아니었다. 아니, 유행가의 경우에는 오히려 나영규에게 유리한 것인지도 몰랐다. 슬픈 사랑의 노래를 들을 때, 나는 늘 나영규를 떠올리곤 했다. 내가 그를 버린 다음, 그가 저 노래를 들으면 어떤 심정일까. 날카로운 비수가 되어 나영규의 마음을 찌를 저 노래. 나는 나영규의 마음이 되어 슬픈 노래를 듣는 일이 많았다. 이것도 사랑일지 몰랐다.

거울 속의 내 얼굴을 무심히 지나칠 수 없다는 사랑에 관한 세 번째 메모는 확실히 김장우보다 나영규를 생각할 때 훨씬 더 경이로웠다. 이것은 숨길 수 없는 진심이었다. 언젠가 말한 대로 나는 아무것도 내세울 것이 없는 지극히 평범한, 오직 결혼적령기에 있다는 사실만이 유일한 미덕인 인간이었다. 거리에서 만인의 시선을 받을 만한 미모도, 뭇 남성들의 표적이 될 만한 자랑스러운 배경도 전혀 없다. 그것이 부끄럽다는 것이 아니라 진실을 말하고 있는 것이다.

그랬으므로 먼저 김장우가 나타나 자신의 마음을 열기 시작했을 때 나는 몹시 기이했다. 이 남자가 왜 나한테 이럴까. 그러다가 점점 그럴 수도 있겠다고 생각했다. 아무것도 내세울 것이 없다는 점에서 우리는 그린 듯이 닮아있는 연인들이었다. 김장우는 내 속에 들어있는 자기를, 나는 김장우 속에 들어있는 또 하나의 나를 들여다보며 서로의 사랑을 키워 나갔다.

그래서 김장우가 나를 사랑한다고 말할 때는 몹시 자연스럽지만, 나영규의 고백을 들을 때는 어쩐지 맞지 않는 옷을 입고 있는 듯 불편했다. 처음에는 나영규가 왜 내 앞에서 걸음을 멈추었는지 기이하다 못해 저의가 의심스럽던 날들도 있을 지경이었다. 유망한 직장에, 빈틈없는 성실함에, 유복한 가정에, 게다가 그 환한 미소는 얼마나 천진난만한가 말이다. 그런 나영규가 하필 내 발치에 사랑이란 감정을 부려놓다니 그것이야말로 기적 같은 일이었다.

내가 거울 속의 내 얼굴을 들여다보면서 김장우보다 나영규를 더 많이 생각하게 되는 것은 그러므로 지극히 타당한 일이었다. 나영규라는 남자, 이토록 못나게 생긴 나 같은 여자를 사랑하겠다고 마음을 먹다니, 고맙지 않을 수 없는 일이었다. 이런 고마움도 사랑이라면.

오랜 시간 고찰했으나 나는 내가 나영규보다 김장우를 더 사랑하고 있다는 명확한 단서를 구하지 못했다. 이제야 하는 말이지만,

그것 때문에 사실 나는 상당한 고통을 받고 있었다. 이러다가는 내 인생에 나의 온 생애를 다 걸겠다는 지난봄의 그 부르짖음이, 인생은 그냥 받아들이는 것이 아니고 온 힘을 다해 탐구하는 것이라던 그 봄날 아침의 다짐이 무위로 그치고야 말리라는 공포도 느꼈다.

나는 정녕 그날의 다짐을 성취하고 싶었다. 그렇게 하지 않고서는 스물다섯 이전의 졸렬했던 내 인생을 용서할 수 없을 것 같았다. 지금부터라도 주어진 내 삶에 전력투구하고 싶다는 그 가상한 각오가 이렇게 무너지는가. 나에게 있어서 결혼은 전력투구할 내 삶의 중대한 출발점이었다. 스물다섯의 나이에 가질 수 있는 여러 가지 결단 중에서 나는 결혼을 선택한 것이었다.

내가 결혼을 선택한 것에 대해서 제발, 부탁이니, 누구도 비난하지 말기를 바란다. 여자 나이 스물다섯에 할 수 있는 결단이 꼭 결혼만 있는 게 아니라는 것을 모를 사람이 어디 있겠는가.

그럼에도 나처럼 결혼을 선택하는 사람도 있는 것이다. 결혼 대신 공부를 택하는 사람도 있고, 결혼 대신 자기만의 일에 몰두하는 사람도 있으며, 결혼을 비웃으며 결혼할 나이에 세계일주 여행을 떠나는 여자도 분명 있다. 나라고 해서 그 모든 길들에 대해 충분히 사색하지 않았겠는가. 이미 섭렵은 끝났다. 사색이 깊은 나머지 인생 자체가 졸렬해지고 말았다면, 이젠 이해할 수 있을까.

나는 나인 것이다. 모든 인간이 똑같이 살 필요도 없지만, 그렇다고 똑같이 살지 않기 위해 억지로 발버둥 칠 필요도 없는 것이다. 이제 나는 더 이상 나를 학대하지 않기로 했다. 나는 특별하고 한적한 오솔길을 찾는 대신 많은 인생선배들이 걸어간 길을 택하기로 했다. 삶의 비밀은 그 보편적인 길에 더 많이 묻혀있을 것이라 확신하고 있으므로.

그럼에도 불구하고 결혼이라는 명제 앞에서, 사랑이라는 난해한 감정 앞에서 거듭 혼돈을 되풀이하고 있었으니 괴로웠던 것은 사실이었다. 그러다가 나는 마침내 중요한 단서 하나를 찾아내었다. 김장우와 나영규에게로 향하는 화살표의 모양이 어떻게 다른지 변별해낼 수 있는 하나의 단서. 무엇이 사랑이고 무엇이 유사사랑인지 알 수 있는 하나의 단서.

미리 말하지만 이것은 나에게만 해당하는 특별사유일지도 모른다. 누구에게나 다 통용되는 앞서의 세 가지 사랑 메모와는 다를 수도 있다. 그러나 나는 이것으로 사랑을 가려냈다.

사랑은 그 혹은 그녀에게 보다 나은 '나'를 보여주고 싶다는 욕망의 발현으로 시작된다. '있는 그대로의 나'보다 '이랬으면 좋았을 나'로 스스로를 향상시키는 노력과 함께 사랑은 시작된다. 솔직함보다 더 사랑에 위험한 극약은 없다. 죽는 날까지 사랑이 지속된다면 죽는 날까지 우리는 사랑하는 사람에게 절대 있는 그대로의 나를 보여주지 못하며 살게 될 것이다. 사랑은 나를 미화시키고 나를 왜곡시킨다. 사랑은 거짓말의 유혹을 극대화시키는 감정이다.

나는 나영규 앞에서 솔직했다. 동시에 다른 남자를 만나고 있다는 말만 하지 않았을 뿐, 그 외 모든 정황은 있는 그대로 털어놓았다. 나영규는 내가 처해있는 현실을 가감 없이 알고 있다. 나는 그에게 있는 그대로의 현실을 보여주는 데 별로 고통을 느끼지 않는다.

김장우한테는, 그한테는 달랐다. 이모를 어머니라고 속인 것은 우연의 장난이었다 하더라도 김장우에게 내 아버지를, 내 어머니를, 내 남동생을 말하는 일은 고통이었다. 현실 속에서 늘 우울한 김장우에게 나는 진정 보다 밝은 나, 보다 활기찬 나, 보다 어여쁜 나를 보여주고 싶다는 마음이 강했다. 이모를 어머니라고 믿으며 행복해 하는 그에게 양말을 팔았고 지금은 김치를 팔고 있는 어머니를 고백할 수 없었다. 지금 그가 품고 있는 나에 대한 사랑의 부피가 감소될 어떤 말도 절대 하고 싶지 않다. 그에게 감추었던 일들이 사실로 드러났을 때 사랑이 떠날 것이라는 두려움 때문은 결코 아니다. 김장우는 그런 사람이 아니라는 것을 나는 잘 알고 있었다.

그래도, 사랑의 유지와 아무 상관이 없다 하더라도, 보다 나은 나를 보여주고 싶다는 이 욕망을 멈출 수가 없다. 이것이 사랑이다. 김장우와 함께 떠났던 서해바다에서 나는 그것을 깨달았다. 그 장렬한 비애, 눈물겹도록 아름다운 자연 앞에서 누추한 나는 너무나 부끄러운 존재였다. 부끄러움을 누더기처럼 걸치고 그토록이나 오래 기다려온 사랑 앞으로 걸어 나가고 싶지 않다. 저 바다가 푸른 눈 뜨고 지켜보는 앞에서는 더욱.

사랑이라고 여겨지지 않는 자에게는 스스럼없이 누추한 현실을 보일 수 있다. 얼마든지 그럴 수 있다. 그러나 사랑 앞에서는 그 일이 쉽지 않다. 그것이 바로 사랑이라는 이름의 자존심이었다.

내가 두 사람 앞에서 판이한 태도를 취하고 있었던 이유가 이것으로 설명되었다. 나는 김장우를 사랑하고 있다. 나영규에게는 사랑과 유사한 감정의 의사(擬似) 사랑이 있었을 뿐이었다.

그러므로 이제 남은 일은 나영규에게 이 사실을 통고하는 일뿐이다. 내가 그에게 약속한 3개월의 유예기간도 서서히 다하고 있는 중이다. 어떻게 말해야 할지, 무슨 말로 그를 위로해야 되는 것인지 아직 나는 모른다. 그러나 여전히, 지금도, 이런 나를 사랑해 준 나영규가 진실로 고맙다…….

12. 잠을 수 없는, 너무나 잠을 수 없는 ─

세상의 숨겨진 비밀들을

배울 기회가 전혀 없이 살아간다는 것은,

이렇게 말해도 좋다면 몹시 불행한 일이다.

그것은 마치 평생 똑같은 식단으로

밥을 먹어야 하는 식이요법 환자의

불행과 같은 것일 수 있다.

...

    첫눈이 내린다는 기상예고가 번번이 어긋나던 11월 말, 불현듯 이모가 나타났다. 퇴근시간인 여섯시 정각에 책상 위의 전화벨이 울렸을 때 나는 믿어 의심치 않고 급히 수화기를 들었다.

    "이모야."

    그러나 김장우가 아니었다. 이모의 음성을 듣게 될 줄 몰랐던 나는 잠시 말을 잊었다.

    "퇴근시간이지? 나올래? 저녁이나 함께 먹었으면 하고."

    우울한 음성이었다. 김장우의 전화가 있을지 모르지만 거절할 수가 없었다. 집에 놀러오라는 이모의 전화가 몇 번 있었는데, 쏜살같이 흘러가는 시간 앞에서 나는 어쩔 수 없이 잠깐 이모를 잊고 있었다.

    이모는 회사 앞 작은 공원에 있었다. 시멘트에 나무무늬 페인트 칠을 한 차가운 벤치에 앉아 이모는 내가 오는지도 모른 채 자동차들이 오가는 복잡한 도로 저편을 하염없이 바라보고 있었다. 그런 이모의 모습을 보는 것은 처음이었다. 이모에게 무슨 일이 있을까. 나는 그렇게 생각했다. 어쩌면 '이모에게도 무슨 일이 있을 수 있을까'라고 생각했다는 것이 보다 정확할 것이다.

    "오늘은 정말 첫눈이 올 것 같아서 아침부터 눈 마중을 나왔는데 또 허탕이야."

망연한 눈길을 거두고 나를 발견한 이모가 이모답게 웃는 것을 보고서 나는 다시 생각했다. 이모에게 일어날 수 있는 일, 그것은 첫눈이 온다는 일기예보가 자꾸 어긋나는 것 정도여야 어울린다고. 남루한 일상의 고통에서 홀로 자유로운 이모를 보는 것이 내 삶의 큰 위안이었다.

"그렇지만 아직 포기하기는 이르지? 그렇지? 오늘이 지나려면 아직 여섯 시간이나 남았잖아."

"참, 이모는. 그래서 내가 필요했어요? 집에서도 첫눈을 기다릴 수 있는데, 이모부랑 함께 기다리는 것이 더 근사한데, 고작 안진진한테 같이 기다려보자고 전화한 거예요?"

"싫으니? 너, 다른 약속 있었어?"

순간 이모의 얼굴에 희미한 섭섭함의 흔적이 어리는 것을 나는 놓치지 않았다. 이상한 일이었다. 이런 말투는 내가 늘 이모에게 쓰는 것이었다. 이모가 나를 불러줘서 고맙다는 뜻을 전달하기 위해 나는 평소의 화법대로 말했던 것뿐이었다. 이모가 그것을 모를 리가 없었다.

"싫지요. 다 늙은 이모하고 하는 첫눈 마중이 뭐가 좋겠어. 사랑하는 사람과 함께라면 모르지만."

나는 한 번 더 이모와 나 사이에 통용되는 화법으로 이모를 시험해 보았다. 역시 내 기우였다. 이모는 흔연스레 내 말을 받아넘겼다.

"그랬니? 그럼 할 수 없지 뭐. 나도 어디 중년의 로맨스나 찾아 봐야지. 영원히 간직할 수 있는 로맨스를 위해서라도 제발 오늘 첫눈이 내렸으면."

나는 하하, 웃었고 이모는 호호, 웃었다. 우리는 비밀암호로 상대를 확인한 병사들처럼 안심하고 팔짱을 꼈다.

"무얼 먹을까? 이런 날 어울리는 밥은 무얼까?"

우리는 첫눈이 올지도 모르는 날에 먹으면 어울릴 음식을 찾아서 이곳저곳을 헤매었다. 거리를 뒤덮은 휘황한 네온사인과 들떠 있는 인파들의 무리 속에서 이모와 나는 서로를 잃어버리지 않으려고 악착같이 팔짱을 풀지 않았다. 이모에게서 풍겨 오는 아련한 향수 냄새, 이모의 모직코트가 주는 푹신한 감촉, 따뜻한 이모의 체온과 함께하는 겨울밤은 참 좋았다.

"좋다."

"뭐가?"

"겨울에 이모랑 함께 걷는 것."

"나도 좋다."

"뭐가요?"

"안진진 같은 조카가 있다는 것."

이모가 나를 바라보며 생긋 웃었다. 여전히 아름다운 얼굴, 아름다운 미소였다. 어머니는 아주 오래전에 잃어버린 것들을 이모는 고스란히 간직하고 있다. 이모와 함께 있으면서 어머니 생각을 하지 않을 수는 없다. 나도 원치 않는 일이지만 도저히 어찌해볼 수 없는 숙명적인 연상 작용이었다.

어머니는 지난달 계획보다 두 달 늦게 식품가게를 개업했다. 진모가 결심공판에서 어머니가 원하던 수준의 형량을 선고받은 것이 최근 어머니가 받은 가장 행복한 선물이었다. 우발적 사건이었다는 점을 누누이 강조한 피해자의 진술서가 결정적으로 진모를 도왔다. 물론 그 진술서를 받기 위해 어머니가 투자한 돈을 생각하면 어머니 표현대로 "피가 거꾸로 솟지만" 할 수 없는 일이었다. 역시 어머니 표현을 빌려서 "자식이 중하지 돈이 중한 것도 아니고, 먹고살 돈 버는 일이라면 이제 겁날 것 하나도 없는" 어머니의 세상 경력이 그나마 위안이라면 위안이었다.

그렇게 해서 진모는 늦어도 다음 겨울이면 집으로 복귀할 수 있게 되었다. 그와 동시에 어머니도 법률책을 떼고 다시 일본어 공부로 돌아왔다. 진모 때문에 어머니가 일껏 익혔던 "모오 소로소로 아끼데스네(벌써 가을입니다)"는 써먹을 수가 없게 되었고 대신 "모오 소로소로 후유데스네(벌써 겨울입니다)"가 도입되어야 했다.

어머니의 식품가게는 예상했던 것보다는 매상이 저조했다. 어머니의 개업이 한 발 늦었던 탓이었다. 지난여름과 가을 사이에 벌써 많은 가게들이 일본인 상대로 업종을 바꾸어서 크게 한몫을 보았다고 했다. 말하자면 어머니는 진모 때문에 막차를 탄 것이었다. 그래도 어머니는 이 일에 대해 전혀 상심하지 않았다. 세상 속에서 사는 일에 대해 어머니는 이제 완전히 철인의 무사가 된 느낌이었다. 어머니는 첫눈 따위 오거나 말거나 아무래도 좋았다.

그런 한가한 것 말고도 어머니를 숨넘어가게 부르는 삶의 호출이 하도 많아서 어머니는 도저히 심심할 틈이 없는 사람처럼 보였다.

"니네 엄마한테는 내가 첫눈 보자고 너 불러냈다는 말일랑 아예 말아라."

문득 이모가 내게 다짐을 했다. 이모도 어머니를 생각하고 있었던 모양이었다.

"그곳에서 추운 겨울을 지내야 할 진모를 생각해봐. 첫눈 오면 겨울인데, 내가 나빠. 난 정말 나쁜 이모야. 이러면 안 되는데……."

이모의 얼굴은 미안함으로 발갛게 달아올랐다. 이모는 그런 사람이었다. 미안하면 금방 얼굴이 붉어지고, 슬프면 금방 눈물이 고이는 사람. 이모에게는 모든 감정이 다 진실이었다.

"괜찮아, 이모. 진모가 편하게 지낼 수 있도록 할 수 있는 한은 엄마가 모두 손을 써놓았어요. 우리 엄마, 세상일에 대해선 나보다 훨씬 유능하다고. 그런 점에서 나는 아주 바보거든."

"그래, 넌 좀 바보야. 날 닮았어……."

이모는 자신의 코트 주머니 속에 들어있는 내 손을 꼭 쥐었다. 나는 이모를 많이 닮았지만 그러나 이모의 딸은 아니었다. 내가 이모의 딸로 태어났다면 나도 주리처럼 답답하고 재미없는 인간으로 성장했을지 모를 일이었다. 세상의 숨겨진 진실들을 배울 기회가 전혀 없이 살아간다는 것은, 이렇게 말해도 좋다면, 그것은 마치 평생 똑같은 식단으로 밥을 먹어야 하는 식이요법 환자의 불행과 같은 것일 수 있었다.

회사의 부장 한 사람이 중증의 당뇨병 진단을 받고 나서 사흘을 울었다고 고백했다. 체구도 크고 평소 성격도 괄괄한 사람한테 그런 말을 들으니 믿어지지가 않았다. 당장 위중한 병도 아니고, 병원에서 정해주는 식단표대로 먹으며 평소처럼 살면 되는 일인데 왜 그러는지 처음에는 몰랐다.

"자네들은 몰라. 이젠 맛있다고 배부르게 밥 먹는 재미가 없어졌어. 밥 한 공기 이상 먹으면 죽을 줄 알래. 그뿐인 줄 알아? 퇴근 후 술 한잔 하는 맛으로 사는 나 같은 사람보고 술 담배 안 끊으려면 병원에 오지도 말래는군. 내가 가장 좋아하는 음식이 젓갈이나 장아찌 같은 것인데 그것도 절대 안 된대요. 그것 말고도 이래라저래라 하는 음식이 얼마나 많은지, 이제 세상 사는 재미 다 끝났구나 싶으니 어찌나 절망적이던지. 이러구러 살다보면 또 익숙해지겠지만, 온갖 음식 다 먹다가 이제 와서 그렇게 살라면 어떡하냐구. 처음부터 아예 그런 음식들이 있다는 것을 몰랐다면 혹 견디기 쉬울는지 몰라도……."

거구의 중년사내를 사흘 울린 식이요법, 그럴싸한 이야기였다. 그렇다면 주리에게는 처음부터 절망 따윈 없었을 수도 있었다. 젓갈이나 장아찌로 비유할 수 있는, 삶의 다른 방법들을 주리는 애시당초 알지 못한 채 성장했다. 세상이 그 애를 단련시킬 수도 있었겠으나 이모와 이모부의 성실한 방어로 그런 기회들은 철저히 원천봉쇄되었다.

단조로운 삶은 역시 단조로운 행복만을 약속한다. 지난 늦여름 내가 만난 주리가 바로 이 진리의 표본이었다. 인생의 부피를 늘려주는 것은 행복이 아니고 오히려 우리가 그토록 피하려 애쓰는 불행이라는 중요한 교훈을 내게 가르쳐준 주리였다. 인간을 보고 배운다는 것은 언제라도 흥미가 있는 일이었다. 인간만큼 다양한 변주를 허락하는 주제가 또 어디 있으랴.

이모와 내가 심사숙고 끝에 결정한, 첫눈이 올지도 모를 저녁의 식사 메뉴는 해물 스파게티였다. 발제자는 이모였고 나는 적극적으로 동의했다. 이래도 좋고 저래도 좋은 선택의 문제가 닥쳤을 때는 누구 한 사람의 강렬한 주장만큼 고마운 일도 없는 법이었다.

"난 말야, 로마에서 먹었던 새콤하고 달콤했던 스파게티 맛을 잊을 수가 없단다. 서울에서는 어디서도 그런 맛을 만날 수 없어서 내가 직접 만들어보기도 여러 번 했는데 늘 실패였지. 오늘 다시 로마의 추억에 도전해보는 것이 어떨까?"

그래서 나 안진진까지 덩달아 언제 갈지 모를 로마를 꿈꾸며 멋진 저녁식사를 할 수 있는 것이었다.

"로마의 이모부는 어땠어요? 이모는 보나마나 오드리 헵번처럼 굴었을 것이고."

"이모부?"

갑자기 이모부는 왜냐고 눈을 크게 뜨는 이모.

"아니, 이모부랑 같이 간 것 아니에요? 그때가 언제더라? 결혼

20주년 기념으로 두 분이 유럽여행 가셨잖아요."

"그래, 맞아. 그 사람 아니면 누가 날 로마에 데려다줬겠니? 그런데 내 기억 속에는 왜 니네 이모부가 하나도 없을까. 마치 나 혼자 다녀온 것 같아. 나 이상하지? 그렇지?"

"결혼 이십 년이면 아마 다 그럴걸."

나는 결혼 이십 년에 대해 아무것도 모르면서 그냥 그렇게 말하고 만다. 하지만 나는 이모부와 함께했던 이모의 유럽여행이 어때했을지는 충분히 알 것 같았다. 모든 사람에게 합의된 규칙들만 충실히 이행하면 삶이 성공이라고 생각하는 이모부와 늘 파격적인 이벤트를 꿈꾸는 이모. 아니나 다를까, 이모는 배시시 웃으며 그때의 이모부를 설명해준다.

"이모부는 말야. 어디서든 사진 세 장만 찍으면 끝이야. 내 사진 한 장, 자기 사진 한 장, 그리고 우리 둘이 찍은 사진 한 장. 그리고 밤이면 호텔로 돌아와 그날의 지출과 내일의 예상 지출을 계산해서 지갑을 정리하고 나면 곧바로 잠이 든단다. 내가 밤새 창가를 서성이며 냉장고 속의 술병들을 축내고 있는 줄은 꿈에도 모르고 말야."

이모는 자기도 모르게 이마를 찡그리고 있었다. 홀로 창가에 앉아 독한 위스키를 마시며 그랬던 것처럼? 아니면 심심하고 또 심심했던 그때의 이모부를 원망한다는 표시로?

"여행에서 돌아온 다음에는 말야, 또 밤마다 앉아 찍어온 사진들을 앨범에 정리하는 거야. 내 사진, 자기 사진, 우리 둘 사진. 페이지 하나에 똑같은 배경의 사진 석 장을 나란히 붙여놓고 다음 페이지에 또 내 사진, 자기 사진, 우리 둘 사진…….”

이모는 여전히 이마를 찡그리고 있었다. 포크에다 스파게티 가닥을 둘둘 감았다가 다시 풀었다가 하면서 이모는 이야기를 이어갔다.

“다녀와서 얼마 동안은 집에 손님이 오면 언제나 그 앨범을 내오곤 했어. 여기가 그 유명한 로마 스페인광장, 여기는 파리 노트르담성당, 여기는 영국 런던탑…애들이 돌아왔을 때도 맨 먼저 그 앨범을 들고 왔지. 여기는 그 유명한 스페인광장, 노트르담성당…….”

이모는 지금 사진만 있고 추억은 없는 이모부를 말하고 있는 모양이었다. 이모는 마치 제목만 있고 본문이 없는, 텅텅 빈, 기이한 소설책을 펼치고 망연자실해 하는 소녀의 표정을 짓고 있었다.

“그 사람은 내가 그렇게 맛있어 했던 스파게티를 어디서 먹었는지 기억하지 못해. 네 이모부는 사진들이 나란히 붙어있는 앨범만 있으면 아무 문제가 없대지.”

이모는 마침내 포크에 열심히 감았다 풀었다 했던 스파게티 몇 가닥을 입에 물었다. 나는 벌써 반이나 먹었는데 이모한테는 그게 처음이었다. 나는 이모의 시식소감을 기다렸다.

“으음, 괜찮은데? 비슷해. 진진이 너랑 먹어서 그럴 거야. 좋아하는 사람하고 먹으면 뭐든 맛있대잖아.”

그럼 그동안은 누구하고 스파게티를 먹으러 갔는지 나는 묻지 않았다. 동행했던 사람들 중에 이모부가 없을 확률은 전무하니까. 이모부만큼 성실하고 자상하게 아내를 챙기는 사람은 더 이상 본 적이 없으니까. 이모의 입에서 이모부를 비난하는 소리를 듣는 일은 싫으니까.

한 번 더 강조하는 말이지만 이모부는 심심한 사람일지는 몰라도 절대 나쁜 사람이 아니었다. 돌출을 못 견뎌하고 파격을 혐오한다고 해서 비난받아야 한다는 근거가 어디 있는가. 어쩌면 나는 이모의 넘쳐나는 낭만에의 동경을 은근히 비난하는 쪽을 더 쉽게 선택하는 부류의 인간일지도 모르겠다. 이모부 같은 사람을 비난하는 것보다는 이모의 낭만성을 나무라는 것이 내게는 훨씬 쉽다. 그러나 내 어머니보다 이모를 더 사랑하는 이유도 바로 그 낭만성에 있음은 어떻게 설명할 수 있을까. 바로 그 이유 때문에 사랑을 시작했고, 바로 그 이유 때문에 미워하게 된다는, 인간이란 존재의 한없는 모순…….

이모가 제안하고 내가 동의한 저녁식사로의 스파게티는 실패에 가까웠다. 해물은 싱싱하지 않았고 토마토소스는 들척지근했다. 나는 반쯤 먹은 후 식사를 멈췄다. 이모는 그만큼도 치우지 못했다. 그러면서도 이모는 여전히 오늘의 스파게티가 로마의 스파게티와 닮았다고 주장했다.

"근사했어. 여기 실내장식, 나 정말 마음에 든다. 로마의 그 레스토랑하고 닮았어. 거기도 이 집처럼 바닥이랑 벽이 다 밝은 빛깔의 나무였거든."

이모가 근사했다면 좋은 일이었다. 그러나 식사를 마치고 커피까지 한 잔 마신 다음 나온 바깥세상은 우리에게 더욱 확실한 성공을 보장하고 있었다. 눈이, 이모가 예감하던 첫눈이 한잎 두잎 풀풀 날리고 있는 것이 아닌가.

"봐라! 내가 뭐랬니? 틀림없다고 그랬지!"

이모는 상기된 표정을 감추지 못했다. 시작하는 낌새가 첫눈 치고는 꽤 푸질 것 같았다.

"됐어! 첫눈 마중 나왔다가 제대로 만났으니 이젠 됐어. 진진이 너랑 함께 맞은 이 첫눈, 나 죽을 때까지 마음속에 소중히 간직할거야."

그럼에도 불구하고 나는, 찰나에 불과했던 느낌이었지만, 이모가 뭔가 과장하고 있다는 혐의를 지울 수 없었다. 무엇이든 좋은 것이면 마음속에 영원히 간직하겠다고 약속하는 것은 평소의 이모 말버릇이긴 했다. 하물며 첫눈일진대 얼마든지 이모답게 수선을 피울 수 있는 일이었다. 그런데도 나는 이모의 모습에서 한순간 문득 내 어머니의 과장법을 읽었다. 자신에게 닥친 불행을 극대화시켜 그 앞에 무릎을 꿇는 것으로 극복의 힘을 얻곤 하던 어머니의 과장법이 이모에게 응용되고 있다는 나의 순간적인 느낌을 그러나 오래 반추하지는 못했다. 걷자고, 무조건 걷자고 이모가 내 손을 이끌었던 것이다. 그것도 몹시 절박하게 그랬다.

"빨리빨리 사람들이 뜸한 곳으로 가고 싶어. 여기서는 안 돼. 내리는 족족 사라져 버리잖아. 어서 가자."

이모는 내린 눈이 사람들 발길에 짓밟히는 모습을 진정으로 보기 힘들어했다. 흔적도 없이 사라지는 눈을 확인하는 일이 이모 인생에 닥쳐온 최고의 고통인 것처럼 굴었다. 나는 축축하게 젖어오는 이모의 뜨거운 손을 잡고 어두운 거리를 달렸다. 달리는 우리 두 사람의 머리 위로 눈은 점점 푸지게 쏟아지고 있었다.

참 이상한 밤이었다.

그날 밤, 집으로 돌아와서도 나는 내내 그 밤이 이상했고 이모가 이상했다. 그래서 마음자리가 오래 뒤숭숭했다.

그 밤, 첫눈은 기다리던 모든 사람들의 마음을 흡족하게 채워줄 만큼 많이 내렸다. 폭설은 아니었지만 다음날까지 세상의 모든 지붕 위에 소복이 쌓인 흰 눈을 즐길 수 있을 정도였다. 그러나 이모가 집으로 돌아가기 위해 택시를 잡던 그 시각에는 별로 감동적인 적설량은 아니었다.

쌓이는 눈을 볼 수 있는 곳, 누구에게도 짓밟히지 않고 고스란히 추운 땅을 덮고 있는 흰 눈을 볼 수 있는 곳은 어디에도 없었다. 호흡이 가빠서 주저앉을 지경이 되어서야 이모와 나는 그 사실을 깨달았다. 아니, 이번에도 내가 그 사실을 이모에게 일러주었다. 여기는 서울사람들이 가장 많이 모인다는 강남의 번화가이고, 뒷골목까지 촘촘하게 모여있는 술집과 음식점과 노래방을 찾는 사람들의 발길이 첫눈 때문에 더하면 더했지 덜하지는 않을 것이라고 달리는 틈틈이 이모를 설득했다. 좀처럼 내 말을 믿으려

들지 않던 이모가 어느 순간 거짓말처럼 달리기를 멈추고 내 얼굴을 빤히 쳐다보았다.

"그래. 이젠 됐어. 그만 돌아가자. 난 택시를 타면 돼. 나부터 갈게."

이모는 그럴 수 없이 침착했다. 여태까지 한 짓은 모두 그냥 해본 장난이었다는 듯이. 실제로 택시를 타고 떠나면서 이모가 남긴 작별의 인사가 그랬다.

"모처럼 신나게 잘 놀았다. 진진아, 주책없는 늙은 이모하고 놀아줘서 고맙다. 안녕!"

첫눈 내리는 거리에 남겨진 나는 얼마나 황당했던지. 이모는 진짜 나와 신나게 놀고 싶어했는데 혼자 여러 가지를 유추하고 분석했던 자신이 얼마나 어리석게 여겨지던지. 그래도 여전히 장난이 아니라고 우기는 내 속마음은 또 얼마나 강렬했던지.

이모와 헤어져 집에 돌아오니 김장우에게 두 번, 나영규에게 한 번, 그렇게 세 통의 전화 메모가 있었지만 나는 두 사람 모두에게 전화를 하지는 않았다. 나영규에게 전화를 하기에는 너무 늦은 시간이었고, 김장우에게 하기에는 내 감정이 영 복잡했다. 그에게 전화를 하면 이모에 대해 말하지 않고는 견딜 수 없을 것 같았다. 이모와 함께 첫눈 오는 거리를 달리다가 왔는데 아직도 해괴한 기분이라고, 이모한테 내가 홀린 것 같다고, 그런 이야기를 그에게 하고야 말 것 같다는 위기감을 느꼈다.

내가 여태도 고백을 하지 않았기에 김장우에게 내 어머니는 이모였다. 나는 그동안 어머니 이야기가 나오면 그가 프랑스식당에서 보았던 이모의 이미지에 어긋나지 않도록 늘 조심하곤 했었다. 나는 어머니 이야기를 하기 싫어했지만 김장우는 내 어머니에 대해 말하길 몹시 즐겨했다. 아니, 사실대로 말하면 내 이모에 대해서.

"안진진 어머니, 한 번 보았지만 그림으로 그리래도 그릴 수 있어. 나한테 어머니가 있었으면, 할 때 늘 떠오르는 모습이 꼭 안진진 어머니 같았거든. 안진진은 엄마 닮았어."

그렇게 말하는 사람한테 이제 와서 실은 내 어머니가 아니고 이모라는 사실을 밝힐 수 있겠는가. 나는 김장우에게 어머니 자매가 쌍둥이라는 사실만 조심스레 밝혔을 뿐이었다. 그랬더니 김장우는 더욱 기뻐하는 것이었다.

"와, 그렇게 멋진 어머니가 두 분이다 이 말이잖아. 근사하고 상냥한 어머니가 둘씩이나, 안진진 정말 횡재했구나. 생각할수록 나까지 신나는 일인데?"

김장우의 말이 진심이라는 것은 의심의 여지가 없었다. 그는 내 어머니에 대해서, 그리고 좀처럼 입을 열지 않아 궁금한 것이 너무나 많은 아버지와 남동생에 대해서도 여러 가지 것을 알고 싶어하는 사람이었다. 그가 하나밖에 없는 형에 대해서 내게 모든 것을 말해주었듯이 나도 그에게 그렇게 해주길 그는 바라고 있었다. 그의 기대는 정당한 것이었지만 나는 아직도 김장우에게 스스럼없이 모든 것을 말할 수가 없었다. 그러나 언젠가는 내가 가진 모든 것을 다 보여줄 수 있는 날이 오긴 올 것이었다. 서로 사랑하므로 결혼한다면, 결혼으로 서로의 사랑이 물처럼 싱거워진다면.

첫눈 오는 날의 이모 이야기는 아직 끝나지 않았다. 이모야말로 자신이 등장하는 삽화의 마무리를 그런 식으로 어설프게 버려둘 사람이 아니었다. 이상한 밤이었다고 고개를 갸웃거렸던 것은 여태도 내가 이모를 잘 이해하지 못하고 있다는 증거였다.

"진진아. 점심 먹었니?"

점심을 먹고 돌아와 자리에 막 앉았는데 이모의 낭랑한 음성이 전화선을 타고 흘러나왔다. 이모의 전화가 일 분만 늦었다면 아마도 내가 먼저 이모네 집 전화번호를 눌렀을 것이었다. 점심을 먹은 식당에서 직원들과 내내 첫눈을 화제로 올렸기 때문에 돌아가면 곧바로 이모에게 전화하겠다고 마음을 먹었었다.

"전화하려고 그랬는데……."

"어젠 잘 들어갔니? 나한테도 좀 묻지 그러니? 어제 잘 들어갔냐고."

빙글빙글 웃고 있는 이모의 얼굴이 보지 않아도 환했다. 나는 안심했다. 이모에게는 아무 일도 없는 것이었다.

"이모, 어제 곧장 집으로 가지 않았구나?"

질문이 있자마자 기다렸다는 듯 이모의 밝고 환한 음성이 어젯밤 나와 헤어진 후의 일들을 보고하기 시작했다.

"계속 눈발이 굵어지는데 어떻게 하니? 사람들 머리에 하얗게 눈이 쌓이는데 어떻게 그냥 집으로 가니? 그래서 도중에 그냥 내렸지."

이모는 택시에서 내려 하염없이 걸었다고 했다. 밤이 깊어져 사람들 발길이 뜸했기 때문에 사그락사그락 발에 밟히는 눈의 느낌을 실컷 즐겼다고 했다. 노오란 불빛이 은은한 카페의 창가 자리에 앉아서 뜨거운 커피도 한 잔 마셨다고 했다. 레코드점에 들어가 시디도 한 장 샀고 눈을 맞으며 고구마를 굽고 있는 거리의 청년을 위해서 군고구마를 무려 열일곱 개나 샀다고 했다.

"열일곱 개나?"

"그래. 열일곱 개. 떨이해준 거야. 청년의 애인이 기다리고 있대. 첫눈 오는 날 만나자고 했으니까 지금 두 사람만이 알고 있는 약속장소에서 틀림없이 자기를 기다리고 있을 거래. 그래서 내가 그랬지. 어서 달려가 애인을 만나라고."

이모의 낭만주의를 잘도 공략한 군고구마 청년이 하도 신기해서 나는 하하 웃었다. 이모는 속은 것이 분명했지만, 나는 아주 잘했다고 말해주었다. 시골에서 아들 집을 찾아왔다가 집을 못 찾고 아들 먹이려고 가져온 꿀을 판다는 내용의 행상 할머니들의 전형적인 대사가 젊은이다운 발상으로 그렇게 변환되었으리라.

"올해처럼 아름다운 첫눈은 아마 내 생애 처음이자 마지막일거야. 정말 좋았어."

이모가 어젯밤의 만남을 최종적으로 정리했다. 나는 문득 이모 혼자 앉아있기로는 너무 큰 이모네 집 거실을 떠올렸다. 지금 이모는 눈 쌓인 마당을 바라보고 있을까. 어제 시디를 샀다는데 이모가 요즘 좋아하는 유행가는 무엇일까. 그런 생각 끝에 귀 기울이니 아니나 다를까 전화의 배경음악이 있었다.

"무슨 노래지요? 어제 산 것?"

"응. 오전 내내 듣고 있었어. 아무리 반복해서 듣고 또 들어도 너무 좋아. 아마 한동안 이 노래만 들을 것 같은 예감이 드는데?"

'헤어진 다음날'

듣고 또 들어도 너무 좋다는, 특히 제목이 이모의 뒤통수를 칠 만큼 감동적이었다는 노래가 '헤어진 다음날'이었다. 나는 이모에게 인사 삼아 유쾌한 농담을 던졌다. 전화를 끊어야 할 시간이었다.

"누구랑 헤어졌는데? 혹시 이모, 남몰래 다른 사람 좋아하고 있었다면 나한테도 말하지 말아요. 나, 감당하기 어려워요."

"진진아. 난 정말 궁금해. 헤어진 다음날, 그 기분이 어떨까? 시간이 내 앞에서 어떻게 흘러갈까? 죽고 싶을 만치 견디기 힘들까? 난 정말 궁금해. 너무나."

"이모, 대체 어떤 남자야? 누구와 헤어진 다음날?"

"어떤 남자? 어떤 남자냐고? 그야 이모부지."

"뭐예요? 아니, 이모……."

"바보. 농담이야, 농담. 그럼 전화 끊는다. 안녕."

역시 못 말리는 이모였다. 그 뒤에도 나는 한참을 혼자 웃었다.

귀여운 이모, 장난꾸러기 이모…….

　이모가 좋았으므로 나는 이모에게 감염되기로 마음을 먹었다.
그날 퇴근하면서 나는 일부러 레코드점을 찾아가 이현우라는 가
수가 부른 '헤어진 다음날' 시디를 한 장 샀다. 그리고 이모를 위
해 조용필의 '바람의 노래'가 들어있는 새 앨범도 함께 샀다. 이모
가 좋아할 만한 노래였다. 어쩌면 이미 좋아해버린 노래일 수도
있었다. 그래도 상관없었다. 언젠가 큰 눈이 내리면, 머리에 하얗
게 눈을 이고 이모를 찾아가야지. 이모는 아마 깜짝 놀라겠지. 그
리고 말하겠지.

　진진아, 나, 이 선물, 죽을 때까지 영원히, 영원히 보물처럼 간직
할 거야. 꼭 그렇게 할 거야…….

13. 헤어진 다음날

어제 아침엔 이렇지 않았어요,

아무렇지도 않았어요,

오늘 아침에 눈을 떠 보니

모든 것이 달라져 있어요……

...

   12월이 되었다.

   눈 대신 겨울비가 며칠 음산하게 거리를 적셨다. 밤이 되면 길거리의 웅덩이들에 얼음이 얼었다가 낮 동안에 빗물에 녹는 날들이 되풀이되었다. 빙판길보다 그런 날의 살얼음이 더 사람들을 실족케 하는 법이었다. 아침 출근 때마다 나는 살얼음에 속아 미끄러지지 않기 위해 열심히 땅만 보며 걸었다.

   "보일러 그만 돌려. 더워 떠죽겠다……."

   겨울 들어 어머니가 가장 못 견뎌하는 것은 보일러 돌아가는 소리였다. 나는 최소한도의 보온만 유지하는 것으로 어머니의 뜻을 따랐다. 나라고 진모의 겨울 징역에 마음 아프지 않을 까닭이 없었다. 버스 정류소에서 오지 않는 버스를 기다리며 시린 발을 구르다가 문득, 거리를 걷다 목덜미로 스며드는 냉기가 괴로워 외투의 목깃을 올려 세우다가 문득, 진모를 생각했다. 춥고 어설프며 괴로운 곳에는 언제나 진모가 먼저 와있었다.

   그리고 어느 날, 비둘기가, 진모의 비둘기가 우리 집으로 날아왔다. 한 번도 상상하지 않던 일이었다. 비둘기에 대해서 나는 곰곰이 생각해본 적도 없었다. 진모가 만나거나 만났던 여자들에 대해서 나는 아무 관심이 없었다. 비둘기 때문에 진모가 징역을 살고 있으니 한번쯤은 그 애를 원망할 수도 있지 않느냐고 생각할지 모르겠지만 천만의 말씀이었다. 그 비둘기가 아니더라도 진모는 자기가 갈 길을 갔을 것이었다. 그 애의 길은 이미 모든 것이 예정되어 있었다. 여러 차례의 징역이 안겨줄 어둠의 권위, 그것이 가져다줄 보스의 위엄, 비둘기는 이런 것들을 위한 소도구였다. 소도구는 말 그대로 소도구여서 언제라도 다른 것으로 바꿔치기할 수 있는 것이었다.

그런데, 역할이 끝난 소도구가 새삼스레 등장한 것이었다. 놀라지 않을 수 없는 일이었다. 일요일 오전이었다. 어머니는 이미 시장에 나가고 없었다. 방문을 알리는 초인종 소리가 어쩐지 가늘고 머뭇머뭇했다. 문을 열자 거기 자그마하고 앳된 얼굴의 소녀가 서 있었다.

"안진모씨…누나세요?"

그렇게만 물어놓고 벌써 눈물이 그렁그렁했다. 내가 뭐라 한마디만 하면 커다란 눈물방울이 뚝뚝 떨어지고 말 것이었다.

"저는 윤희…예요. 저 때문에 진모 씨가……."

마침내 그 애의 창백한 볼 위로 눈물이 주르르 흘러내렸다.

"용서를 빌려구요… 용서해주세요."

기가 막힌 일이었다. 진모가 그랬었다. 비둘기도 그냥 비둘기가 아니라 찬비를 맞아 떨고 있는 비둘기 같다고 그랬다. 나는 한눈에 이 애가 바로 찬비 맞은 그 비둘기라는 것을 알아보았다. 나는 말없이 뒤로 좀 물러섰다. 들어오라는 표시였다.

나는 그 애를 데리고 내 방으로 들어갔다. 그렇게까지 다정하고 싶은 마음은 아니었지만 한데나 다름없는 마루에서 이야기를 나눌 수가 없었다. 윤희라는 비둘기는 내 방에 들어와서도 소리 없이 눈물만 흘렸다. 그토록이나 많은 양의 눈물이 흘러넘치는데도 전혀 소리가 나지 않는다는 것이 너무 희한했다. 마치 수도꼭지를 약하게 틀어놓은 것처럼 안면근육에 아무런 영향도 끼치지 않고 그저 물만 줄줄 흐르는 것이었다.

"그만 울어요. 이제 와서 울면 뭐해."

동생의 여자였으므로 반은 올리고 반은 낮추는 말투를 사용하는 나.

"제가 잘못했어요…저를 용서해주세요. 진모씨는 안 된대요. 몇 번이나 찾아갔지만…소용이 없었어요. 좀 도와주세요. 어떻게 해야 진모씨 마음을 돌릴 수 있을까요…도와주세요……."

할 말이 없었다. 진모의 여자 편력 가운데 자기가 먼저 배신하고 돌아와 용서를 구하는 이런 경우는 만난 적이 없던 나였다. 요즘 젊은 애들도 이런가. 아니 요새 애들이라 이럴 수 있는가?

"진모를 만났어요?"

"면회를 여러 번 갔었어요…아무 말도 안 해요. 돌아가서 행복하게 살래요…이제 사랑하지 않는대요…어떡해요. 난 안 그래요. 그때는 내가 잘못했어요. 다른 사람한테 마음을 주었지만, 아주 잠깐이었어요. 이젠 절대 그런 일 없을 거예요……."

"진모 말대로 해요."

그러자 비둘기가 갑자기 비명처럼 부르짖었다.

"안 돼요! 누나가 도와주세요!"

그러더니 내 무릎을 꽉 움켜쥐었다. 스무 살이나 되었을까, 어린애다운 몸부림이었다. 애잔한 매력이 넘치는 아이였다. 자신의 매력이 그것이라는 것도 잘 아는 여자아이였다. 얻고 싶은 것은 모두 눈물로 얻어내며 짧은 세상 살아온 이력이 저절로 보였다. 저런 애 앞에서 냉정하기란 몹시 힘들겠구나, 나는 생각했다. 곧 진모를 면회해서 이 애 소식을 전해주면 아주 으쓱해하겠구나, 라는 생각도 했다. 그 애를 보는 내내 나 또한 재벌의 친척 명단이라는 그것이 무슨 두루마리 문서처럼 자꾸 눈앞에서 아른거렸으니까.

"그랬겠지."

비둘기가 집으로 찾아왔다는 소식을 전했는데도 진모는 놀라지 않았다. 그럴 줄 알았다는 식이다. 진모는 어딘가 좀 달라보였지만 건강에는 이상이 없는 듯 했다. 오히려 혈색은 집에서보다 더 좋았다. 어머니의 뒷바라지가 엄청나게 세심하다는 증거였다. 수염을 길러서 수염 밑에 숨겨진 철없는 표정을 찾아내기도 어려웠다.

"그 애 때문에 그 난리를 다 피우고, 그런데 벌써 딴전이야?"

"윤희는 윤희의 길을 가야 해. 나 같은 놈한테 매달려 인생을 망치는 것보다는 그게 나아. 진심으로 행복하길 바라고 있어."

그 말에 속을 내가 아니었다. 우울한 목소리로 분위기를 잡는

데는 이미 경지에 이른 진모였지만 어림도 없는 일이었다. 나는 금방 간파했다. 비둘기는 아직 제 역할을 끝내지 않은 것이었다. 진모는 비둘기를 포기한 것이 아니었다. 역시 재벌의 친척 명단이 위력을 발휘하고 있는 모양이었다.

"그 애한테도 이런 식으로 목소리 깔고 슬프게 말하니?"

"응. 진실한 사랑이란 떠나야 할 사람을 잡지 않는 법이라고 말하지. 이런 생활 그만두고 부모님 뜻대로 공부를 계속하라 충고하기도 했고, 너를 다시 만나지는 않겠지만 언제 어디서나 너만을 생각하며 살겠다고 말했어. 꿈속까지 쫓아가서라도 너를 지켜주겠다는 약속도 했어."

하나의 거짓말을 수도 없이 되풀이하다 보면 나중에는 어떤 것이 진실인지 모를 때가 있다. 진모가 그랬다. 자신의 말에 자신이 속아서 목이 메고 있는 진모.

"이번엔 멜로드라마 작전이구나."

"뭐? 멜로드라마?"

"그래. 신파조 작전이야. 그렇게 해서 윤희라는 애를 확실히 잡아두려는 모양인데 조심해. 가만 보니 그 애 신파를 되게 즐기더라. 너무 재다가 진짜 네 말대로 요조숙녀 되는 수도 있어. 그러면 다행이긴 하지만 내 동생이 좀 안됐잖아? 온갖 폼 다 잡았는데."

"걱정 마. 그런 애들은 내가 더 잘 다루니까. 윤희 빼앗아간 놈, 죽지 않을 만큼 패주려고 작정했을 때부터 나는 이런 날이 올 것을 다 계산하고 있었지. 처음엔 그 녀석이 죽은 줄 알고 겁은 조금 먹었지. 멍청한 놈들이 하필 급소를 때려서 말야. 하지만 이젠 잘 되고 있어. 모든 일이 내 뜻대로 이루어지고 있다고. 윤희가 누나 한테 또 가거든 잘해줘. 진짜 내 마누라 될지도 몰라. 그 애보다 더 나은 애 찾기도 어렵거든."

진모는 자신만만했다. 한번쯤 톤이 바뀔 만도 한데 목소리는 한 결같이 음울하고 비장미를 풍겼다. 그 무거운 분위기가 주위를 압 도하고도 남을 만큼 거의 완벽에 가까운 변신이었다. 처음 진모를 보면서 어딘가 달라졌다고 느꼈던 것도 바로 그것 때문이었다. 나 는 포기했다. 숨겨놓은 치부를 고백하고 있는 마당에도 자신도 모 르게 육성 대신 가성을 사용하고 있는 진모. 무엇이 육성이고 무 엇이 가성인지 분별할 수 없게 되어버렸다면 분별을 할 필요가 어 디 있으랴. 이제는 그렇게 사는 일만 남은 것이었다.

하기야 진모한테 나 역시 떳떳한 것만은 아니었다.

양심불량이라고 비난해도 할 수 없는 일이지만, 고백하자면 나 는 아직도 나영규에게 당신 말고 다른 남자를 사랑하게 되었다고 말하지 못하였다.

역시 파렴치한 일로 매도당할 만한 일이지만, 지금까지 나영규 는 이 결혼이 무위로 돌아갈 수도 있다는 어떤 정보도 나한테 제 공받은 적이 없었다. 그는 그런 상태로 지난 2일부터 회사에서 보 내주는 일본 단기연수에 참가하고 있었다. 15박 16일의 일정이 었다.

말하자면 나는 이제 디데이를 기다리고 있는 것이었다. 나영규가 가지고 있는 인생계획표를 대대적으로 손질하게 만들지 않으려면 지금쯤 말해주는 것이 예의였다. 나영규도 그런 기대 속에 일본으로 떠났다.

"돌아오면 내게 멋진 선물 줄 것이라 믿어요."

쓸쓸한 선물도 있다는 것을 모르는 사람이 나영규였다. 그런 점에서는 나영규보다 김장우 같은 남자에게 이별을 말하는 일이 훨씬 쉬울 것이었다. 고통을 받아들일 준비가 되어있는 남자, 그가 김장우였다. 그러나 내가 말하고자 하는 사람은 나영규였다.

"며칠 기다렸다가 아예 크리스마스 선물로 진진씨 대답을 들을까요? 그게 좋을 것 같은데. 우리 잊을 수 없는 크리스마스 이브를 만듭시다. 근사하잖아요."

일본에서도 전화를 걸어 이렇게 화려한 선물전달식 계획을 구상하고 있는 남자에게 나는 이별을 말해야 하는 것이었다.

나영규는 충분히 기다려주었다. 자신이 만든 치밀한 인생계획표가 어긋나지 않을 범위에서는 한껏 내 의사를 존중하고 있는 것이었다. 내가 나영규에게 조금이라도 덜 미안한 것은 그가 나보다 더 사랑하는 것이 그 인생계획표라는 것을 알기 때문이었다. 나영규의 인생에서는 제아무리 중요한 일이라도 인생계획서의 테두리를 벗어나도 좋을 만큼 중요한 것은 없었다. 그것이 사랑이라고 해도 결코 예외일 수 없었다. 그 안에서 사랑하면 될 일이니까. 굳이 표 밖에서 놀아야 할 이유가 어디 있는가.

나영규가 일본에 있는 동안 김장우는 다시 형 집으로 들어갔다. 엄밀히 말하면 이번에는 형의 식솔들이 김장우에게 들어온 셈이기도 했다. 김장우는 자신의 작업실 전세금에 저축을 합하고, 거래하는 출판사에 부탁하여 사진집 인세까지 선불로 받아 함께 살 수 있을 만한 아파트를 얻었다. 거처가 마련된 형은 중국을 드나들며 보따리 무역상을 해볼 계획이라고 했다.

"형은 잘할 거야. 중국 아니라 어디라도 우리 형은 잘할 수 있을 거야. 여행사 하던 시절부터 형은 중국 전문이었거든."

자신의 돈을 다 털어 형의 거처를 마련해준 것이 나한테 미안한 듯 김장우는 거듭거듭 형의 성공을 장담했다. 그는 지금 결혼자금을 생각하고 있는 것이었다. 나도 그 생각을 하지 않은 것은 아니었다. 그러나 나라고 해도 그렇게 했을 것이다. 이럴 때는 내가 부자여야 했다. 사랑하는 사람의 미안함을 덜어주기 위해서 나는 부자여야 옳았다. 그래서 나는 우리 집의 곤궁함에 대해서는 더욱더 입을 다물 수밖에 없었다. 막차를 타는 바람에 단골도 못 잡고, 늘어나는 재고와 까탈스러운 일본인 상대에 넌덜머리를 내고 있는 내 어머니 속사정 따월랑 절대 털어놓으면 안 되는 것이었다. 남김없이 다 솔직해버리면 사랑이 누추해지니까. 사랑은 솔직함을 원하지 않으니까.

"안진진. 그래도 난 요즘 행복하다. 밤마다 형수 몰래 형이 벗어놓은 냄새나는 양말을 빨아줄 수 있어서 나는 너무 좋아……."

그렇게 해서 우리의 결혼은 함께 살 방을 구할 돈이 마련될 때까지 무기한 연기되었다. 굳이 말로 하지 않았어도 우리는 암묵적으로 그 사실에 합의했다. 나영규 같은 꼼꼼한 인생계획표를 갖지 못한 사람들은 이렇게 사는 것이었다. 이렇게 사는 것이 편할 수도 있었다. 즉시즉시 수정하고, 수정하다가 안 되면 또 바꾸고. 그래도 안 되면, 그래도 안 되면…….

그래도 안 되면 어떻게 해야 하는지 알지 못한 채로 나영규는 돌아왔다. 오자마자 그는 공항에서 내게 전화를 했다. 잠깐만 만나자고 했다. 하지만 그날은 회사 망년회가 있었다. 빠질 수 없는 자리였다. 다음날은 나영규에게 시간이 없었다.

"좋아요. 그럼 예정대로 우리 크리스마스 이브에 만나요. 난 참을 수 있어요. 진진씨도 참을 수 있지요? 가만있자, 성탄전야를 근사하게 보내려면 지금부터 예약을 서둘러야겠어요. 좋은 밤을 보내려면 확실한 예약 없이는 곤란해요."

나영규는 이브를 약속하고 전화를 끊었다. 그러나 나는 오래도록 전화기를 내려놓지 못하고 생각에 잠겼다. 기분이 이상했다. 내가 뭘 잘못하고 있다는 느낌, 이게 아닌데 하는 의혹. 그 의혹은 조금 오래 지속되었다.

좋은 밤을 보내려면 확실한 예약 없이는 곤란해요, 라는 그 말, 그것 혹시 내가 놓치고 있는 인생의 진리가 아니었을까…….

그날 밤, 나는 늦도록 잠들지 못했다. 깊은 밤을 지키면서 내가 한 일은 이모가 추천한, 아니 이모를 사로잡은 노래, '헤어진 다음날'을 반복해서 듣는 것이었다. 얼마나 되풀이 그 노래를 들었던가. 마침내 나는 가사집을 보지 않고도 노래를 따라 부를 수가 있게 되었다.

그대 오늘 하루는 어땠나요. 아무렇지도 않았나요.
혹시 후회하고 있진 않나요. 다른 만남을 준비하나요.
사랑이란 아무나 할 수 있는 게 아닌가 봐요.
그대 떠난 오늘 하루가 견딜 수 없이 길어요.
어제 아침엔 이렇지 않았어요. 아무렇지도 않았어요.
오늘 아침에 눈을 떠 보니 모든 것이 달라져 있어요.
사랑하는 마음도 함께 가져갈 수는 없나요.
그대 떠난 오늘 하루가 견딜 수 없이 길어요.
날 사랑했나요.
그것만이라도 내게 말해줘요.
날 떠나가나요.
나는 아무것도 할 수가 없어요…….

나영규와 헤어진 다음날 내 기분은 어떤 것일까.
나와 헤어진 다음날 나영규의 기분은 어떤 것일까.
방바닥에 턱을 괴고 엎드려 그 슬픈 노래를 듣고 또 들으며 나는 생각했다. 이 노래는 나의 노래가 아니다. 단언할 수는 없지만,

어쩌면 가까운 앞날의 나영규의 노래일 수는 있다…….

　그리고 나는 또 생각했다. 다른 것이라면 몰라도 사랑에 관한 유행가가 옳다. 인생의 진리는 모르지만 사랑의 진리는 유행가가 맞는 것이다. 그러므로 역시 이 노래는 나의 노래가 아니다…….

14. 크리스마스 선물

인생은 짧다.

그러나 삶 속의 온갖 괴로움이

인생을 길게 만든다.

…

    사람들은 의외의 사건에 대해 아무 생각 없이 이렇게 말한다. 그럴 줄 알았어. 예감하고 있었던 일이야…….

    그럼에도 불구하고 모든 사건은 언제나 돌발적으로 일어난다. 이런 일이 현실로 드러날 줄은 알았지만, 그 일이 '오늘이나 내일' 일어난다고는 믿지 않는다. 예감 속에 오늘이나 내일은 없다. 오직 '언젠가'만 있을 뿐이다. 매일매일이 오늘이거나 혹은 내일인데.

    아버지가 돌아왔다.

    아버지가 돌아올 줄은 알고 있었지만 나는 늘 오늘이나 내일은 아니라고 믿었다. 아버지의 귀가가 크리스마스 이브에 일어나는 사건이 될 줄은 정녕 몰랐다. 그러나 아버지는 크리스마스 이브에 돌아왔다. 그렇게 나와 약속이나 한 것처럼.

    "나다. 별일 없으면 지금 좀 집으로 올래?"

    점심시간이 지나서 어머니에게 전화가 왔다. 흥분을 가라앉히려고 애쓰는 기색이 역력했다. 이 시간에 집으로 오라니, 이상하다, 라고 생각하는 순간 갑자기 아버지의 얼굴이 명료하게 떠올랐다.

    "니네 아버지 오셨다. 될 수 있으면 빨리 와라."

    역시 아버지였다. 아버지가 돌아온 것이었다.

그 시간에 퇴근하는 일은 별로 어려울 것이 없었다. 연말연시는 우리 회사가 가장 한가한 계절이었다. 수입업체들한테 성탄절이 낀 앞뒤의 십여 일은 도무지 일을 할 수 없는 기간이었다. 책상을 정리하는 마음이 후두둑 뛰었다. 예기치 못한 일은 아니었지만, 예기치 않게 그 일이 일어난 것이었다.

마지막으로 아버지를 본 것은 오 년 전이었다. 손님처럼 돌아와서 며칠 묵다가 손님처럼 떠났다. 떠나는 아버지 얼굴을 나는 보지 못했다. 아르바이트를 끝내고 밤늦게 집에 돌아오니 어머니 혼자 벽을 바라보고 누워있었다. 아침에 나갈 때는 아버지가 그렇게 혼자 벽을 보고 누워있었다. 벽을 보고 누울 수 있는 바로 그 아랫목 자리를 어머니한테 넘겨주고 아버지는 또 떠난 것이었다. 일 년 후에 돌아올지, 아니면 이 년 후에 돌아올지 어떤 언질도 남기지 않고.

하긴 부질없는 짓이었다. 아버지에게 다시 만날 날이 언제인지 묻는 일처럼 부질없는 짓이 어디 있으랴. 아버지는 언제라도 돌아올 수 있고 언제라도 돌아오지 않을 수 있는 사람이었다. 그것은 아버지에게 아무 상관도 없는 일이었다. 그때쯤에는 남아있는 우리 가족들에게도 그것은 아무 상관없는 일이 되어 있었다. 손님이란 불현듯 들이닥쳐야 진정한 손님이었다.

그러나 정말 아무 상관도 없는 일이었을까. 집으로 돌아오면서 나는 어머니의 심상치 않은 음성을 떨쳐내기 어려웠다. 손님이 왔다고 근무시간에 집으로 돌아오라는 전화를 할 어머니가 아니었다. 어차피 밤이면 만날 아버지였다. 아버지와 우리들 사이에 맺어진 무언의 약속은 돌아오면 적어도 두어 밤은 자고 간다는 것이었다. 마치 애비의 훈기를 덜어주려고 돌아오는 것처럼.

대문은 열려 있다. 어머니는 시장에서 입는 방한점퍼를 벗지도 않고 쪽마루에 걸터앉아 있다가 내가 들어서자 얼른 나를 데리고 골목으로 나왔다. 어머니에게 이끌려 나오기 전 나는 마루 밑에 가지런히 놓인 아버지의 구두를 보았다. 너무나 오래 신어서 원래의 모양이 조금도 남지 않은 낡은 구두 한 켤레. 앞부리는 빳빳하게 하늘을 향해 휘어졌고, 뒤축은 무너지고 있는 아버지의 구두.

아, 어떤 무엇도 저 구두만큼 단숨에 내 아버지의 모습을 극명하게 설명해줄 수 있는 것은 없었다. 아버지는 자신이 벗어던진 구두만으로도 능히 아버지다웠다. 나는 비로소 아버지가 돌아왔다는 사실을 실감했다. 그리고 자신했다. 아버지는 다시 떠날 것이라고. 다시 떠나지 않으면 내 아버지가 아니라고.

"니네 아버지가 이상해."

그런데 어머니는 아버지가 이상하다고 말하고 있었다. 예전에 그랬듯이 손님처럼 들이닥쳐서 며칠 묵었다 떠나는 아버지 같았다면 절대 이렇게 말할 어머니가 아니었다. 어디가 이상한지 묻는 내 표정을 무시하고 어머니는 한동안 팔짱을 낀 자세로 이웃집 담장만 쳐다보았다. 불길한 침묵이었다. 어머니에게 새로운 불행이 닥쳤다는 징후였다. 이윽고 어머니는 마치 무거운 형량을 언도하는 판사처럼 냉정하게 통고했다.

"중풍 맞았나봐."

"……."

나는 아무 말도 하지 못했다. 아버지 나이엔 그런 병이 올 수도 있다는 사실을 새롭게 머리에 새기느라고 뒷말을 잇지 못했다.

"정신도 오락가락해. 치매까지 겹친 것 같다."

"……."

나는 또 침묵일 수밖에 없었다. 아버지 나이에는 중풍도 오고 치매도 올 수 있는 것이다. 정해진 세상살이를 벗어나 방랑하는 영혼에도 노년의 정해진 병마는 침입할 수 있는 것이다…….

"두 눈 뜨고는 못 본다. 사람 형상이 아냐. 가게로 들어오는 네 아버지 처음 보았을 때 나는 귀신이 들어오는 줄 알았다. 시장사람들이 모두 나와서 구경을 할 정도면 말 다했지."

슬슬 어머니의 과장법이 시작되고 있다. 나는 안심했다. 어머니가 저런 식으로 나오면 해결책도 있다는 것이었다. 나는 어머니를 잘 알고 있었다.

"오늘 내일은 크리스마스라고 난리들이니 모레나 병원에 데려가야겠다. 병원에 가봐야 돈만 잡아먹는 병이지만 어떡하냐. 새끼들 아버진데 도로 내쫓을 수도 없고."

역시 어머니는 결론까지 준비했다. 나는 어머니보다 먼저 집으로 들어왔다. 집 안은 조용했다. 마루 밑의 낡은 구두 한 켤레가 아니라면 아버지가 집에 돌아왔다는 표시는 아무 데도 없었다.

"소주 몇 잔 마시고는 떠메고 가도 모르게 잔다."

방문을 열어 보려는데 뒤에서 어머니의 갈라진 목소리가 날아왔다. 방 안은 어두웠다. 바깥도 곧 어두워질 것이었다. 오 년 전 마지막으로 집을 떠나던 날 아침처럼 아버지는 아랫목에 누워 등을 보이고 있다. 흡사 그 사이에 오 년이란 시간은 없었던 것처럼 아버지는 익숙한 포즈로 자신의 존재를 과시하고 있는 것이었다.

그러나 가까이서 본 아버지의 얼굴은 내 익숙한 느낌을 무참하게 짓밟았다. 다시 본 아버지의 모습은 우리 사이에 오 년은커녕 족히 오십 년도 넘을 시간의 강 너머에 있었다. 야윈 살가죽을 뚫고 돌출한 광대뼈, 늘어진 주름살 사이사이로 번지고 있는 거뭇거뭇한 반점, 수세미처럼 헝클어진 반백의 머리칼.

아버지는 시체처럼 잠들어있었다. 호흡이 아니라면 살아있다 말할 만한 어떤 활기도 찾을 수 없었다. 어머니 말이 맞았다. 무참하게 무너진 이 노인은 내 아버지가 아니었다. 몇 달에 한 번, 혹은 몇 년에 한 번 집에 돌아오던 아버지는 저런 모습이 아니었다. 슬픈 일몰의 시간에 어둠을 등에 지고 들어오던 아버지의 쓸쓸한 귀가는, 그 풍경 속에는 말로 설명할 수 없는 매혹이 있었다. 저녁 바람에 날리던 검은 머리칼, 깊숙한 곳에서 형형하게 빛나고 있는 검은 눈동자, 구겨진 바지 주름 사이에 숨어있다 아버지가 움직일 때마다 아슴아슴 풍겨져 나오던 저 먼 곳의 냄새……

나는 고약한 냄새가 배어있는 안방을 빠져나왔다. 어머니는 다시 시장에 나가려고 벌써 목도리까지 칭칭 동여매고 있었다.

"나……."

나, 밤에 약속 있어, 라고 말하려다 나는 그만 입을 다물었다. 눈사람처럼 굴러가게 옷을 껴입고 심란한 표정으로 전쟁터로 나가는 어머니에게 차마 할 말이 아니었다.

"나가지 말고 꼭 지키고 있어라. 사골 국물 우리고 있으니 가스불도 살피고. 정신이 없어서 가게 문도 다 열어놓고 왔는데, 하필 오늘같이 손님 많은 날에, 아이구……."

어머니는 아무래도 진모 때처럼은 기운이 나지 않는 모양이었다. 푸념은 늘어졌고 악물어야 할 입술은 방심한 듯 조금 벌어져 있다.

"이게 무슨 날벼락이냐. 어디 가서 조용히 죽어나 주지, 앞으로 또 얼마나 내 진을 빼놓을꼬. 저런 병, 쉽게 죽지도 않는다!"

저런 병, 쉽게 죽지도 않는다! 어머니는 힘을 부르는 주문을 외듯이 그렇게 결연히 외치고 나갔다. 어머니의 결연한 외침이 메아리가 되어 머릿속에서 왕왕 퍼져가고 있을 때 전화벨이 울렸다. 나는 아버지가 깰까 봐 얼른 수화기를 들었다.

"안진진. 나야."

김장우였다. 그의 음성을 듣자 참았던 막막함이 가슴에서부터 울컥 치솟았다.

"회사에 전화했었어. 집에 일이 있다고 그러네."

김장우에게 내 아버지에 대해 어디까지 말했더라. 미주알고주알 다 말하지 않았을 뿐 거짓말은 하지 않았었다. 아마 내 나이 여섯 살, 혹은 일곱 살 무렵의 아버지 모습까지만 말해줬을 것이다. 직장을 그만두고 이것저것 소소한 사업에 손대던 아버지, 몇 달은 카센터 사장이었다가 또 몇 달은 조그만 인쇄소의 주인이기도 했던 아버지. 무슨 일이든 벌여만 놓고 정작 몸 바쳐 일 속에 뛰어드는 것을 겁내던 아버지. 김장우가 알고 있는 내 아버지의 모습은 거기까지다. 그것이 전부다.

"아버지가 많이 아프셔."

먹먹한 가슴을 문지르며 나는 아주 간단하게 사실을 설명했다.

"그래…어떡하니…어쩌지……."

김장우는 말로 사람을 위로하는 데 몹시 서툰 사람이었다. 무슨 말을 해야 좋을지 알 수 없어 당황하는 그, 지금 찾아가 뵙고 싶다고 말하는 그.

"그럴 필요 없어요. 그 대신 내일 형님 댁에 가기로 한 약속은 취소예요. 어렵겠어요."

"그래그래. 나한테 신경 쓰지 마. 걱정하지 마."

성탄 이브에는 나영규를 만나 청혼을 정중히 사양하고, 성탄절에는 김장우와 함께 그의 집에서 정식으로 가족들을 만난다는 것이 오늘 내일의 내 일정표였다. 이제 겨우 내 인생의 물줄기가 어디로 흘러가야 하는지 예측할 수 있다고 생각했었는데, 또 미루어지는가…….

나영규한테는 내가 먼저 연락을 해야 했다. 그는 이미 어제 오전에 오늘 있을 만남의 세부사항을 내게 모두 일러주었다.

"만나면 진진씨한테 줄 선물이 두 개나 있어요. 그렇다고 오해하면 안 돼요. 진진씨는 오직 말 한마디만 선물로 준비하면 되니까 돈으로 사는 선물 따위 생각도 말고 그냥 나오세요. 예쁜 웃음이면 끝, 나는 그걸로 충분합니다."

내가 어떤 마음인지 알 리가 없는, 아니 더 정확히 말하면 한 번도 알려고 하지 않은 나영규는 여전히 유쾌하고 명랑했었다.

사랑하는 여자의 아름다운 금발머리를 빛나게 해주기 위해 자신의 시계를 팔아 머리빗을 사는 남자, 사랑하는 남자가 소중하게 간직하고 있는 팔목시계를 장식하기 위해 자신의 머리칼을 팔아서 멋진 시곗줄을 사는 여자. 어제 나영규의 전화를 받고 내가 생각한 것은 저 유명한 『크리스마스 선물』이야기였다. 가난한 연인들이 자신들의 가장 귀중한 것을 팔아 마련한, 그러나 이제는 필요 없게 된 선물. 눈물겹도록 아름다운 연인들의 크리스마스 선물을 떠올리면서 나는 어제 나영규에게 한없이 미안했었다. 비록 서로 어긋났지만 세상에는 이토록 감동적인 선물도 있는데…….

저녁 약속을 깨려는 나한테 나영규는 확실히 언짢은 기색이었다. 처음 있는 일이었다. 그의 화난 기색에 나는 선뜻 말을 잇지 못했다. 이제 막 약속장소로 나가려던 참이었다고 했다. 도대체 무슨 일이냐고 따지듯이 묻기도 했다. 늘 동글동글했던 그의 얼굴이 네모로 일그러지는 것이 마음속에 선연히 떠올랐다.

기이한 일이었지만, 그런 나영규 때문에 나는 갑자기 편안해졌다. 편안해지니까 불현듯 묻혀있던 설움이 쏟아졌다. 나는 마음 놓고 울었다. 흑흑 흐느끼면서 그렇게 편안하게 울었다. 어떻게 위로할지 몰라서 쩔쩔매는 김장우 앞에서는 꼿꼿하기만 했는데, 자꾸 꼿꼿해지고 싶었는데, 정말 기이한 일이었다.

　"진진씨, 왜 그래요? 무슨 일인지 말을 해야 알지요. 무조건 울지 말고 사정을 말해봐요."

　나영규도 당황했다. 그러나 나는 느끼고 있었다. 자신이 준비한 크리스마스 계획이 뭉개지고 말 어떤 중대한 사정이 저 안진진이라는 여자한테 일어났으면 어쩌지 하는 조바심을. 그것은 나 안진진을 염려하는 것이 아니라 많은 준비를 거친 오늘의 약속이 취소될 것을 더욱 근심하는 조바심이었다. 나는 조금 더 울었다. 일부러 그런 것이 아니라 목에 걸려있는 울음을 마저 토해내느라고 그랬다. 솔직히 말해서 나는 나영규의 조바심이 흘러넘쳐 짜증으로 변해주기를 은근히 기다리고 있었다. 그렇게 흘러가야 진짜 삶, 이라고 나는 생각했다.

　"알았어요. 그럼 다음에 만나요. 진진씨가 전화해줘요."

　아버지가 돌아왔다는 것을, 그것도 깊은 병에 걸려서 몰라보게 변해 돌아왔다는 것을 알고 난 후 나영규는 말을 조심했다. 나영규는 아버지가 오랜 세월 가출 상태였다는 것을 알고 있었다. 결국 나영규는 아버지의 귀가가 오늘의 약속이 취소될 수밖에 없는 불가피한 사정이라는 사실을 인정하지 않을 수 없게 된 것이었다.

연구와 분석, 그리고 예약과 확인을 거쳐 마련한 오늘의 멋진 이벤트가 물거품이 되는 순간이었다.

"미안해요."

"할 수 없지요. 그것 참, 진진씨 집에는 걱정이 그칠 날이 없군요. 어렵게 예약들을 다 해놓았는데……."

결국 나영규가 자신의 불편한 심정의 일단을 내비쳤다. 진모의 일까지 포함하는 말이었다. 당연한 심정의 토로였다. 나영규는 그렇게 말해야 나영규다웠다. 원칙보다 예외가 많은 내 가족에 대해 언제까지나 관용을 구할 수는 없었다. 나영규를 사랑하지 않는다고 믿었기에, 나영규와 결혼하는 것이 아니었으므로, 나는 정말 괜찮았다.

정말 괜찮았을까. 아버지가 먹을 사골 국물이 다 우러났는지 부엌으로 가다 말고 나는 우뚝 멈추었다. 나는 그를 사랑하지 않았지만, 그는 나를 사랑한다고 말했었다. 또한 나는 그와 결혼하지 않을 결심을 굳혔지만, 나영규는 이미 오래전에 나와 결혼하고 싶다는 뜻을 밝혔었다. 나는 괜찮지만, 나영규가 저렇게 말하는 것은 괜찮지 않은 것이다.

어떻게 설명해야 좋을까. 나는 괜찮지만 절대로 나영규 스스로는 괜찮을 수 없어야 한다는 논리에 사로잡혀 나는 안절부절못했다. 결단코 자존심은 아니었다. 빨리 진실을 말해줘야 할 필요가 있었다. 내 방으로 달려가 나영규의 전화번호를 누르면서도 나는 몹시 급했다. 내가 나영규의 크리스마스를 망치고 있다는 생각은 하지도 못했다.

"아, 진진씨. 이제 막 예약들을 취소했는데……."

나영규가 반색을 했다. 그러면 그렇지 하는 저 말투.

"잘하셨어요. 할 말이 있어서요. 바쁘지 않아요?"

"괜찮습니다. 사무실이 텅텅 비었어요. 나만 남았거든요."

혹시나 했는데 역시 아니어서 김이 샜다는 저 말투.

"당분간 아버지 때문에 시간을 낼 수가 없어서요. 아시겠지만 아버지 보살필 사람이 나밖에 없잖아요. 진모는 저 지경이고."

굳이 진모까지 상기시키는 나 안진진. 그러나 화가 난 것은 결코 아니었다. 얼굴을 보지 않고 말하라면 나영규한테는 무슨 말이든지 할 수 있었다.

"좋은 선물이라면 영규씨 오래 기다리게 해도 미안하지 않지만, 나쁜 소식인데 그럴 수도 없고……."

"……."

긴장하는 나영규의 기척이 역력하게 느껴졌다.

"하루 이틀 심사숙고한 것이 아니어서 오늘은 홀가분하게 말할 수 있었는데 사정이 이래서 미안해요. 어쩌면 잘됐는지도 모르겠어요. 영규씨 얼굴 보면서 어찌 말을 해야 하나 걱정이 많았는데."

"무슨 뜻이에요? 설마……."

"그래요. 나쁜 선물이에요. 정말 많이 생……."

"아, 진진씨, 잠깐!"

나영규가 급히 내 말을 가로막았다.

"아까 내가 짜증낸 것 때문에 그러는 거지요? 미안해요. 그렇다고 이렇게 막말하는 것 아니에요. 이제 보니 진진씨 나쁜 사람이네. 그러지 말고 아버지 병환에 차도가 있을 때 만나서 이야기해요. 순간적인 감정에 휘말리지 말고. 알았지요? 전화 끊읍시다!"

그리고 정말 전화가 끊어졌다. 간단없이 들려오는 통화중 신호음이 다음 말을 잇기 위해 아직도 멍하니 입 벌리고 있는 나를 비웃었다. 자기에게 나쁜 소식은 이런 식으로 막아내면 되는구나. 어이없게도 그 순간 내 머릿속을 채우는 생각은 그런 것이었다. 나는 정녕 모르고 있었던 삶의 기교였다.

복잡한 인생 때문에 내 마음자리는 어수선했지만, 아버지는 고단한 인생을 혼곤한 잠 속에 부려놓고 오래도록 꼼짝도 하지 않았다. 바깥세상은 떠들썩했으나 우리 집의 성탄 전야는 한없이 고요하게 깊어갔다. 그리고 또한 거룩했다.

행방불명으로 먼 세상을 떠돌던 한 인간이 속세로 귀향하기에 이만한 날이 어디 있겠는가. 나는 이런 말을 알고 있다. 인생은 짧다고, 그러나 삶 속의 온갖 괴로움이 인생을 길게 만든다고. 아버지는 참으로 긴긴 인생을 살았다. 그것이 진정 아버지가 원했던 삶이었을까.

나는 불도 켜지 않은 채 아버지의 머리맡을 지키고 앉아있었다. 아버지가 눈을 뜨는 순간에 내가 거기 있고 싶었다. 혼곤한 잠 속에서 깨어난 아버지가 가장 먼저 나를 볼 수 있게 하고 싶었다.

방 안에는 마루에서 스며드는 주홍의 백열구빛이 희미하게 사물을 비추고 있었다. 아버지가 나를 알아보기는 그리 어려운 일이 아니리라. 이십몇 년 전, 당신이 참 진(眞) 자를 두 개씩이나 넣어 이름을 지어준 나, 그러나 운명적으로 '안'이라는 부정(否定)의 성을 물려주어 안진진으로 만들어버린 나, 떠돌아다니던 그 많은 낮과 밤의 아버지 시간들 중에 그런 내가 차지한 시간은 얼마나 될까. 어느 슬픈 일몰의 시간에 혹시 나를 생각하며 축축하게 눈시울을 적신 적은 없었을까.

은밀한 어둠은 사람을 감상적으로 만들기 쉽다. 아버지의 머리맡을 지키며 나는 마침내 아무렇게나 부려진 아버지의 팔을 잡고 내 손과 아버지 손의 크기를 맞춰보고 싶다는 생각까지 하기에 이르렀다. 아버지가 그랬었다. 두 개의 손바닥이 딱 맞아야 서로를 알아볼 수 있다고. 맞지 않으면 영원히 아빠와 딸 사이인지도 모르고 슬프게 살아가야 한다고. 그때까지 반쪽의 비밀을 잘 간직하며 살라고 내 아버지가 그랬었다.

그러나 나는 실제로 그렇게 하지는 못했다. 마음속으로는 여러 번 아버지의 팔목을 잡고 손바닥을 맞추는 연습을 했었지만 연습이 끝나기도 전에 아버지가 돌연 잠 속에서 현실로 튀어나왔다. 그리고 나는 보았다. 어머니가 말했던 이상한 아버지의 실체를.

"누, 누구세요……."

아버지가 나에게 던진 첫마디는 나의 존재를 묻는 겁에 질린 질문이었다. 내가 누구냐고? 안진진이 누구냐고? 나는 대답 대신 방의 불을 밝혔다. 내 얼굴도, 늙고 시든 아버지 얼굴도 모두 환하게 드러났다. 그래도 아버지는 나를 알아보지 못했다.

"아가씨, 누, 누구세요? 내가 또 뭘 잘못했나…아이구, 그렇다면 날 좀 용서해줘요. 예?"

아버지는 허겁지겁 이부자리에서 빠져나와 방 가운데에 허리를 굽히고 서서는 내 눈치만 살폈다. 부들부들 떨고 있는 다리, 어디다 두어야 할지 몰라 정신없이 오락가락하고 있는 야윈 팔목, 오른쪽으로 비틀어 올라간 입술, 흘낏흘낏 나를 살피는 저 비굴한 눈빛.

나는 울었다. 추억 속의 아버지를 사랑하는 마음이 절정에 다다랐을 때 현실 속의 내 아버지는 가장 잔인한 방법으로 내 추억을 희롱했다. 이럴 수는 없었다. 여태 기다렸는데, 이건 부당한 일이었다. 뚝뚝 떨어지는 눈물을 마구 손등으로 닦아내며 나는 방을 나왔다. 내 뒤를 따라 아버지도 허둥지둥 마루로 뛰쳐나왔다.

"어이쿠, 여기가 어디야. 내가 왜 여기에 와있지? 아가씨가 이 집 주인이요? 그럼…그럼, 밥이나 한술 얻어먹읍시다."

나에게 별다른 악의를 발견하지 못한 아버지의 본능이 그 잠깐 사이에 아버지를 공포에서 뻔뻔스러움으로 옮겨놓았다. 밥이나 한술, 하면서 아버지는 히죽 웃었다. 누런 이빨을 있는 대로 다 드러낸 채, 울고 있는 나 안진진을 향해 히죽 웃었다…….

15. 씁쓸하고도 달콤한

너무 특별한 사랑은 위험한 법이다.

너무 특별한 사랑을 감당할 수 없어서

그만 다른 길로 달아나버린 아버지처럼,

사랑조차도 넘쳐버리면

차라리 모자란 것보다 못한 일이다.

...

　방법이 없었다.

　나는 회사가 한가한 1월 한 달간 월급 없이 쉬어도 좋다는 허락을 받았다. 잠시도 아버지를 혼자 둘 수가 없었기 때문이었다. 내복 바람으로 절룩거리며 집 밖으로 뛰쳐나가기는 다반사이고, 홀로 조용해서 들여다보면 두루마리 휴지에 성냥불을 댕겨 불놀이를 하는 위험천만한 순간을 발견하기도 했다.

　병원에서도 고개를 흔들었다. 오른쪽을 마비시킨 중풍은 이미 굳어버렸고, 치매는 나날이 깊어질 것이라고 했다. 병원에서 만난 어떤 보호자는 자신의 친정어머니도 저런 상태로 십 년을 살았다고 여러 번 내게 강조했다. 위로인지 경고인지 분간할 수 없는 말이었다.

　아버지가 병원에 입원해있던 지난 연말, 나는 만나지 못했지만 이모와 이모부도 다녀갔다고 했다. 병든 아버지, 가련하고 무력한 아버지, 힐끔거리는 아버지, 염치도 모르는 아버지, 이모와 이모부가 오랜만에 다시 본 아버지의 모습이 그런 것이어서 나는 몹시 마음이 상했다.

　푸진 첫눈 이후 다시 눈은 없었다. 그래서 나는 첫눈 오던 날 이후 이모를 만나지 못했다. 눈이 오면 이모에게 달려가 선물로 주려던 시디도 그냥 내 서랍 속에 잠겨있다.

"니네 이모, 되게 말랐더라. 자꾸 여기저기가 아프대."

어머니가 전해주는 이모 소식이었다. 그리고 어머니는 한마디 덧붙였다.

"그게 다 응석인거야. 평생 늘어진 팔자에 할 일이 그것 말고 뭐 있어야지."

이모가 사온 한겨울 수박의 속살은 붉고도 달았다. 다디단 수박을 아버지보다 맛있게 먹으면서 어머니는 또 그렇게 잊지 않고 쓴소리를 붙이는 것이었다.

우리 집의 새해는 대문에 주먹만한 자물통을 매다는 일부터 시작되었다. 우울한 새해였다. 아버지는 가끔 제정신이 드는 때도 있었으나 나는 그동안 제정신인 아버지를 한 번도 보지 못했다. 어머니와 단 둘이 있을 때만 아버지는 종종 맑은 정신이 되었다.

"새벽에, 뭔지 이상해서 눈을 떠 보니 니 아버지가 가만히 자는 나를 쳐다보고 있잖아. 얼마나 놀랐는지. 그런 때는 완전히 제정신이야. 너무나 멀쩡하게 말도 잘해……."

그러나 어머니는 아버지가 당신에게 어떤 말을 했는지 나에게 알려주지는 않았다. 완전한 제정신으로, 멀쩡하게 어머니에게 했다는 그 말이 궁금했지만 굳이 캐묻지는 않았다. 말하지 않아도 어머니의 행동으로 나는 알 수 있었다. 어머니는 이미 돌아온 아버지를 용서하고 있었다. 엉뚱한 짓을 저지르고 벌벌 떨고 있는 아버지한테 고래고래 소리는 질렀지만, 나에게 아버지에 대해 여전히 포악한 어휘만 골라 사용하는 과장법을 잊지 않고 있었지만, 어머니는 진모 때처럼 또 슬슬 힘을 내고 있는 중이었다.

그 확실한 증거가 바로 어머니의 독서였다. 『정신분열증의 이해와 치료』라는 의학서적에서 일본어 회화책으로, 그리고 느닷없이 딱딱한 법률서적을 읽어야 했던 어머니는 요즘 다시 『중풍, 이렇게 치료한다』나 『가정을 파괴하는 병, 치매』 같은 의학서적으로 돌아왔다. 어머니는 아버지를 용서했을 뿐만 아니라 포기하지도 않은 것이었다.

어쩌면 나도 아버지를 포기하지 않았는지 몰랐다. 어머니가 제안하기 전에 내가 먼저 1월 한 달의 휴직을 주장했던 것도 그랬고, 진모한테는 돌아온 아버지의 중풍까지만 이야기하자고, 빠른 속도로 정신이 무너지고 있는 치매에 대해서는 말하지 말자고 했던 것도 내가 먼저였다. 내가 그랬듯이 진모 또한 아버지의 중풍은 참을 수 있어도 치매는 참기가 어려울 것이라고 생각했으므로.

숨기고 싶은 것이 많은 사람은 아버지보다 오히려 진모 쪽이었다. 어머니 대신 내가 진모를 면회해서 아버지가 돌아왔다는 소식을 전했을 때, 진모의 얼굴이 확 붉어졌다. 문제아로 이곳저곳 고등학교를 떠돌던 진모가 간신히 얼룩진 학창시절을 마감하는 것까지 지켜보고 마지막으로 당신의 길을 떠났던 아버지였다.

"아버지한테 말했어? 내가 여기 있다는 말, 했어?"

진모가 내 눈치를 살피며 조심스럽게 물었다. 그 사이 수염은 보기 좋게 자리를 잡아서 이제는 누가 보아도 최소한 조폭의 거물급 조직원으로 보일 만했다.

"아버지가 나에 대해서 안 물어? 나, 안 찾았어? 나 취직해서 지방에 내려가 있다고 그래. 거기까지만 말해. 그다음부터는 내가 말할 거야. 나, 아버지한테 하고 싶은 말이 많은 사람이야."

하고 싶은 말이 많다고? 아버지에 대한 분노보다 아버지에 대한 그리움이 더 많이 묻어있는 진모의 그 말이 의미심장했다. 나한테 그랬듯이 아버지는 진모에게도 아버지만이 알고 있는 삶의 비밀을 나누어주었던 것일까. 아마 아버지는 그랬을 것이다. 나를 사랑한 방식대로 아버지는 아들도 그렇게 사랑했을 테니까.

시장이 쉬는 날이어서 어머니가 아버지를 돌볼 수 있었던 1월의 어느 날, 나는 미루었던 김장우와의 약속을 지켰다. 붉은 장미한 다발과 케이크를 사들고 찾아간 그의 아파트에는 형과 형수, 그리고 두 명의 조카와 조그마한 강아지가 한 마리 있었다. 거기에 김장우까지, 대식구가 살기에는 너무 협소한 공간이었지만 모두들 아주 밝은 표정이어서 모처럼 기분이 좋았다.

그 집에 모인 모든 사람들은, 하물며 조그만 강아지까지도 내가 머지않은 미래에 한집안 식구가 될 것이라는 사실을 조금도 의심하지 않고 있었다. 형은 첫눈에도 선량한 사람인 것을 알아볼 수 있었고, 형수는 순하고 후덕한 사람이었다. 형은 나를 '제수씨'라고 불렀고 형수는 당장에 '동서'라고 호칭했다.

김장우에게는 한 번도 들어보지 못했던 우리 두 사람의 결혼 계획도 형의 입에서는 술술 흘러나왔다. 그들의 말에 의하면 우리는 올봄에 결혼식을 올릴 것이고 신혼집은 부근의 작은 아파트가 될 모양이었다. 형과 형수가 우리들의 신혼집 전세금을 마련하기 위해 전력투구하고 있다는 증거는 집 안 여러 곳의 눈물겨운 내핍의 흔적으로 얼마든지 확인할 수 있었다. 처음 방문한 나를 위해 마련한 것이 돼지불고기인 것도 그의 형수 말대로 하면 "지금 쇠고기 먹으면 뭐해요? 우리 도련님 장가 보내놓고 나중에 먹으면 더 좋지요." 라는 식이었다.

그림 같은 풍경이었다. 형은 동생을, 동생은 형을 자신들의 목숨보다 더 사랑하고 있었다. 김장우는 형이 뭐라 말할 때마다 연신 나를 돌아보았다. 저런 내 형을 너도 나처럼 좋아해주면 정말 좋겠다는 듯이. 혹시 너보다 형을 더 사랑해도 용서해달라는 듯이.

그러나 나는 그런 김장우의 얼굴에서 문득 아버지의 얼굴을 읽었다. 너무 특별한 사랑은 위험한 법이었다. 너무 특별한 사랑을 감당할 수 없어서 그만 다른 길로 달아나버린 내 아버지처럼. 김장우에게도 알지 못하는 생의 다른 길이 운명적으로 예비되어 있을지 몰랐다. 지금은 아무도 알지 못하지만, 알아도 어떻게 할 수 없겠지만, 사랑조차도 넘쳐버리면 차라리 모자란 것보다 못한 일인 것을.

착하고 착한 우리 안진진. 정말 착하고 착한 내 안진진……

그날 형을 만나고 돌아오는 길목, 우리 집 어디쯤의 으슥한 골목에서 김장우는 몇 번이고 그렇게 주문을 외며 내 이마에, 내 코에, 내 입술에 입 맞추었다. 씁쓸하고도 달콤한 입맞춤이었다.

16. 편지

진진아.
너무 빠르게도,
너무 늦게도 내게 오지 마.
내 마지막 모습이 흉하거든
네가 수정해줘.

...

너무 빠르게도, 너무 늦게도 내게 오지 마.
내 마지막 모습이 흉하거든 네가 수정해줘.

그날, 내가 받은 이모의 편지는 그렇게 끝났다. 회색 하늘은 무겁게 내려앉았고, 서서히 세상 전체를 결빙시키려고 작정한 듯 시시각각 수은주가 내려가던 삭막한 2월의 어느 날이었다.
어떻게, 어떻게 그 일을 다 말할 수 있을지 모르겠다. 아무리 마음을 다잡아도 그 일을 말하기가 이토록이나 힘이 든다. 두 손은 떨리고, 눈앞이 흐리다……

1월 한 달의 휴직을 마치고 회사에 복귀한 지 꼭 열흘 만에 그 일이 일어났다. 오후 세시, 사장실에 들어갔다 나오니 내 책상 위에 조그마한 소포상자가 놓여 있었다.
"안진진 씨, 거기 소포. 빠른우편이더라."
누군가 내게 그렇게 말했다. 거기까지는 무심했다. 정녕 아무런 예감도 없었다. 어떻게 그럴 수가. 한 가닥 불길한 스침조차 감지할 수 없었던 오후 세시의 나른한 시간을 뚫고 그 편지는 내게로 날아왔다. 마치 벼락처럼.

이모.

보내는 사람의 이름을 적는 칸에 이모는 그렇게 단 두 글자만 기록했다. 그때도 의심이 없었다. 우편제도를 이용한 소포나 편지는 처음이었지만, 이모라면 적어도 발신인란을 그런 식으로 이용할 사람이 아니라는 것을 눈치챘어야 했다. '너를 보고 싶어 하는 이모'라거나 '네가 좋아하는 이모'라는 정도는 향기를 담을 줄 아는 사람이 이모였다. 실제로 이모한테 나는 가끔씩 선물과 함께 그런 카드를 받아본 적이 있었다.

안진진.

자세히 살펴보았다면 수신인란의 내 이름자도 한 획 한 획이 너무나 굳어있다는 것을 금방 알아챌 수 있었을 터였다. 오랜 시간을 들여 안, 진, 진, 석 자를 썼다는 것을 덧칠되고 겹쳐진 볼펜의 잉크가 이렇게나 확실히 알려주고 있는데.

상자 속에서 열쇠 두 개와 봉투에 담긴 편지가 나왔을 때, 기가 막히게도 나는 피식 웃기까지 했었다. 열쇠라니, 소포에 열쇠를 담아 보내다니, 자, 이모는 지금 나에게 무슨 장난을 거는가. 나는 진정 그렇게 여겼다. 아, 그래서 나는 피식 웃었다……

게다가 나는 또 어떤 짓을 했던가. 이번엔 이모가 어떤 아름다운 음모를 꾸몄는지 궁금한 마음만 앞세워 함부로 겉봉을 뜯어버린 나. 거친 손길에 무참히 살점이 뜯긴 봉투 속의 하얀 편지지. 거기 붉은 피가 흐르고 있을 줄이야.

처음이자 마지막이었던 이모의 편지는 진진아, 하고 정답게 내 이름을 부르면서 시작되고 있었다.

진진아.

지난 며칠간 너에게 편지를 쓰기 위해 얼마나 많은 생각을 하고 또 했는지, 정작 지금 편지를 쓰는 순간에는 너무 지쳐서 준비했던 그 많은 말들을 떠올릴 힘이 나지 않는다.

이 편지를 너한테 보내야 한다는 결심은 아주 쉽게 했었어. 너한테는 미안한 일이지만, 아무리 생각해도 너밖에 없었어. 너라면 내가 다하지 못하고 가는 내 삶에 대한 변명을 마저 채워줄 수 있을 것 같았지. 너라면 나도 부끄럽지 않을 것 같았어.

나,

이제 끝내려고 해. 그동안 너무 힘들었거든.

무엇이 그렇게 힘들었냐고 묻는다면 참 할 말이 없구나. 그것이 나의 불행인가봐. 나는 정말 힘들었는데, 그 힘들었던 내 인생에 대해 할 말이 없다는 것 말야. 어려서도 평탄했고, 자라서도 평탄했으며, 한 남자를 만나 결혼을 한 이후에는 더욱 평탄해서 도무지 결핍이라곤 경험하지 못하게 철저히 가로막힌 이 지리멸렬한 삶.

그래서 그만 끝낼까 해.

나는 늘 지루했어. 너희 엄마는 평생이 바빴지. 새벽부터 저녁까지 돈도 벌어야 하고, 무능한 남편과 싸움도 해야 하고, 말 안 듣고 내빼는 자식들 찾아다니며 두들겨 패기도 해야 했고, 언제나 바람이 씽씽 일도록 바쁘게 살아야 했지. 그런 언니가 얼마나 부러웠는지 모른다. 나도 그렇게 사는 것처럼 살고 싶었어. 무덤 속처럼 평온하게 말고.

무덤 속에서 벌떡 일어나 사는 것처럼 한번 살아보는 상상도 적잖이 해보았지. 하지만 쉽지 않았다. 나는 너무나 튼튼한 성곽에 갇혀있었고, 성곽을 부수자니 마음을 다칠 사람들이 너무 많았어. 나 하나를 위해서 그렇게까지, 나 때문에 그러는 것, 나는 정말 못 견디겠더라. 그렇다면 다른 사람들처럼 그냥 묵묵히 사는 길도 있는데, 난 그것도 안 돼. 정말 안 돼.

이럴 수도 저럴 수도 없어서, 진진아.

나, 여기서 그만 이 생을 끝내기로 했다.

죽는 일보다 사는 일이 훨씬 많은 용기를 필요로 한다는 것을 절실히 깨달았거든. 나는 용기가 없어서, 너무나 바보 같아서, 여러 사람이 크게 다치는 대형사고를 만나면 절대 생존자 명단에는 오르지 못할 위인이라는 것 잘 알아. 그러니 이 죽음도 뜻밖에 만난 하나의 사고라 여기자.

진진아.

사고 뒤처리를 너한테 맡기고 가는 이모를 제발 용서해주길.

네가 이 편지를 읽을 시각이면 나는 아마 떠났을 거야. 그때 나한테 와줘. 와서 나를 수습해줘. 이모부가 출장에서 돌아오는 시간은 그 이후일 거야. 숫자에 약한 내가 거듭거듭 시간을 계산하고 우체국에 가서도 물어보고 했으니 설마 틀리지 않겠지. 진실로, 이 마지막 일에는 실수하고 싶지 않다.

주리와 주혁이한테도 네가 나를 변명해주길 바래. 그 애들은 공부가 끝나도 돌아오지 않고 그곳에서 살기로 결심했단다. 내가 없으면 훨씬 홀가분하게 이 땅을 잊을 수 있겠지. 그 애들을 원망하지는 않아. 그 애들처럼 살 수 없는 내 자신이 원망스럽지…….

진진아.

너무 빠르게도, 너무 늦게도 내게 오지 마.

내 마지막 모습이 흉하거든 네가 수정해줘.

내 생애에 이런 편지를 받게 될 줄 어찌 상상이나 했겠는가. 이모가 이런 편지를 내게 보내리라고 어떻게 짐작이나 했겠는가.

이모 집으로 달려가면서 쉴 새 없이 부르짖었던 마음속 내 기도는 단 한 줄이었다. 하나님, 이 편지가 이모의 장난이게 해주세요! 제발 장난편지로 만들어주세요!

장난이라고 믿었기 때문에, 아니, 절대 그렇게 믿어야 했기에 나는 아무에게도 연락하지 않고 혼자 이모 집으로 달려갔던 것이었다. 수선을 피우거나 누구에게 이 사실을 말해버리면 진짜가 되어버릴까 겁이 났다. 무슨 짓을 해서라도 이 일이 진짜가 아니게 만들어야 한다는 마음만 가득해서 다른 것은 생각할 여유도 없었다.

그러나, 그러나, 장난이 아니었다. 하나의 열쇠로 대문을 열고, 나머지 열쇠로 현관문을 열었을 때, 집 안을 채우고 있는 기이한 정적이 단숨에 그 사실을 깨닫게 했다. 어둠침침한 집 안, 그림처럼 둔중하게 늘어뜨려져 바깥세상을 차단하고 있는 기다란 거실 커튼. 이모는 바로 그 커튼 밑에 반듯이 누워 미동도 하지 않은 채였다.

이미 숨겨있는 이모를 발견한 뒤로 내가 어떻게 행동했는지는 잘 떠오르지 않는다. 너무 늦었다고 생각한 순간 숨이 막히는 공포가 한 차례 나를 덮쳤던 것, 그것은 기억이 난다. 그러나 그것은 아주 잠깐이었다. 나는 곧바로 이모의 편지를 떠올렸다. 무엇보다 먼저 내가 해야 할 일이 나를 기다리고 있다는 사실을 상기했다.

내 마지막 모습이 흉하거든 네가 수정해줘…….

수정할 것은, 그러나 아무것도 없었다. 괴로움의 흔적은 어디에도 없었다. 모든 것을 다 처리한 뒤 이모는 바깥세상을 내다보며 마지막 숨을 거두기 위해 창가로 왔다가 거기서 영원히 먼 곳으로 날아가 버렸다. 수정할 것이 있다면 단 하나, 죽음뿐이었다.

그 다음에 나는 어머니에게 전화를 했다. 어머니는 내 전화를 받다가 전화 저쪽으로 사라지고 말았다. 외마디 비명을 남긴 채로. 어머니가 정신을 잃었다는 것은 팽개쳐진 수화기에서 흘러나오는 시장사람들의 어수선한 움직임으로 충분히 알 수 있었다. 그러나 나는 어머니에게 달려갈 수가 없었다. 이모를, 창 밑에 누워 있는 슬픈 이모를 지켜야 했으므로.

어둠이 세상을 덮어버리기 전에 어머니보다 이모부가 먼저 도착했다. 이모가 계산한 그대로 한 치의 어긋남도 없이 일이 진행되고 있었다. 어떤 말도 하지 못한 채 온몸을 떨며 울고 있는 나를 밀치고 이모부는 이모에게 달려갔다. 그때 이모부가 뭐라고 그랬던가.

"무슨 짓이야! 여보, 어떻게 이럴 수가 있어!"

이모의 장례를 치르는 동안에도, 이모를 땅속에 묻고 난 뒤에도 이모부는 오직 그 말밖에 할 줄 모르는 사람처럼 이모에 대한 배신감에 시달렸다.

이모부 다음에 달려온 사람은 어머니였다. 어머니의 얼굴이 그처럼 창백하게 질려있는 것을 나는 여태껏 한 번도 본 적이 없었다. 이모의 가슴에 엎드려 숨이 끊어질 듯 애잔하게 울던 어머니, 어머니는 몇 번이나 실신했다. 그것은 결코 과장법이 아니었다. 지금은 너무나 달라서 선명하지 않지만, 생각해보면 어머니와 이모는 한 몸이었다. 한 몸의 두 사람이 이렇게도 살고 저렇게도 살았던 것이었다. 한 쪽이 떨어져 나가는 아픔, 나는 어머니의 슬픔을 이해했다.

주리와 주혁이는 장례식 날 운구행렬이 막 떠나려는 시각에 아슬아슬하게 도착했다. 그들은 이모의 마지막 모습을 보지도 못했다. 주리는 차에 실리는 관을 붙잡고 몸부림치며 울었다.

"엄마, 나를 용서해줘. 그럴 수밖에 없었어…죽어서라도 나를 이해해줘…….."

주리가 대학의 젊은 교수와 열애 중이라는 사실을 내게 알려준 것은 주혁이었다. 이모를 땅에 묻고 돌아오는 차 안에서였다.

"물론 미국인이야. 엄마한테는 충격이었겠지. 엄마는 우리가 돌아오기를 바랐지만, 우리에게는 우리가 가야 할 길이 있었어. 엄마가 그것 때문에 죽음을 택했다고는 생각하지 않을 거야. 우리 엄마는 그렇게 못난 분이 아니셨어."

나도 시인했다. 이모는 그렇게 못난 사람이 아니었다. 삶 대신 죽음을 선택한 것 말고는 내가 알고 있는 이모는 정말 괜찮은 사람이었다. 생각해보면 그것조차도 나는 이해할 수 있을 것 같았다. 이모 같은 사람이 뿌리 내리며 살기론 이 세상이 너무 얇았던 것이다.

이모는 그렇게 떠나갔다. 이모가 이 세상과 하직하는 사흘 동안 하늘은 내내 음울했고 겨울 끝의 찬바람은 한없이 모질었다. 내 머릿속은 모래를 가득 채운 것처럼 부석부석했고, 먹먹한 가슴 한 켠으로 쉼 없이 이모의 편지 구절들이 흘러내렸다.

진진아, 나, 이제 끝내려고 해…그동안 너무 힘들었거든…나도 그렇게 사는 것처럼 살고 싶었어…무덤 속처럼 평온하게 말고.

모든 일을 끝내고 이모 집을 떠나던 날, 나는 거실의 오디오박스 위에 아무렇게나 흐트러져 있는 몇 장의 시디를 발견했다. 이모가 자주 듣던 유행가들이었다. 나는 이모의 유행가들을 하나씩 찬찬히 살펴보았다. 내 사랑하는 이모의 심금을 울린 노래들, 그 노래들 속에 '헤어진 다음날'도 있었다.

17. 모음

옛날,

창과 방패를 만들어 파는 사람이 있었다.

그는 사람들에게 자랑했다.

이 창은 모든 방패를 뚫는다.

그리고 그는 또 말했다.

이 방패는 모든 창을 막아낸다.

그러자 사람들이 물었다.

그 창으로 그 방패를 찌르면 어떻게 되는가.

창과 방패를 파는 사람은

그만 입을 다물고 말았다.

...

이모가 죽고도 세월은 흘렀다.

이모를 죽인 겨울이 지나고 봄은 무르익어서 사방에 꽃향기가 난만했다. 겨울이 있어 봄도 있다.

나도 세월을 따라 살아갔다. 살아봐야 죽을 수도 있는 것이다. 아직 나는 그 모순을 이해할 수 없지만 받아들일 수는 있다. 삶과 죽음은 결국 한통속이다. 속지 말아야 한다.

살아있는 사람들의 사소한 이야기는 계속된다.

죽기 전에는 아무도 인생의 보잘것없는 삽화들을 멈추게 하지 못한다. 우리는 크고 작은 액자 안에 우리의 지나간 시간들을 걸어놓으며 앞으로 앞으로 걸어간다.

이모부는 건재하다. 이모의 엄청난 배신으로 상처는 입었으나, 정시에 출발하고 정시에 도착하기 위해 애쓰는 기차를 멈추게 하지는 못하였다.

주리는 미국에서 푸른 눈과 밤색 머리칼을 가진 남자와 결혼식을 올렸다. 그리고 내 어머니에게 사진을 보내왔다. 사진 속의 주리는 신부답게 활짝 웃고 있었다. 그러나 곰곰 살펴보니 주리의 입은 활짝 열려있지만 주리의 눈은 웃고 있지 않는 것처럼 보였다.

아마도 주리에게 엄마의 죽음은 생애 유일했던, 그리고 최대의 고통이었으리라. 이모는 자신의 죽음으로 자식들의 삶이 완벽하게 지리멸렬해지는 것을 막아냈다. 주리와 주혁은 평생 자기 어머니의 죽음을 반추하며 살아갈 것이었다.

진모는 아직도 갇혀있다. 사방이 벽인 감방에서, 그리고 자신의 짧은 생애 동안 공고하게 구축해놓은 우상의 세계에서.

삶의 사소한 사건은 갇혀있는 진모에게도 일어났다. 결국 비둘기가 떠난 것이다. 진모가 쏟아놓은 순애보의 대사를 사실로 믿은 비둘기는 눈물을 머금고 호주로 유학길에 올랐다. 그곳에는 이미 비둘기의 언니 한 명이 자리를 잡고 있었다. 비둘기가 그렇게 빨리, 그렇게 먼 곳으로 날아가 버릴 줄 몰랐던 진모의 상심은 컸다. 진모는 상심으로 몹시 수척해지고 거칠어져서 어머니의 애간장을 태웠다. 서울이나 부산이라면 졸개를 보내 관리할 수 있었는데 시드니는 너무 멀었다. 진모는 알고 있었다. 관리가 없으면 그 비둘기는 곧바로 다른 둥지를 틀 종류라는 것을. 또한 다 잡았다가 놓친 그 비둘기야말로 진모 인생에서 다시 못 만날 값비싼 종류라는 것도.

그래도 진모가 가진 보스에의 꿈은 사라지지 않았다. 계속 멋진 보스가 되도록 노력하면 멋진 보스의 여자도 생길 것이라는 믿음을 버리지 않았다. 그래서 진모는 아직도 최민수처럼 목소리를 깔고 말론 브랜도처럼 얼음 같은 표정을 연기하면서 그곳에 갇혀있다.

어쩌면 진모는 허구와 진실이 똑같은 비율로 배합된 자신만의 세계를 영원히 벗어날 수 없을지도 모른다. 그럴 수도 있다. 아주 많은 세월이 흐른 뒤에는 허구와 진실의 자리가 감쪽같이 뒤바뀔지 누가 알랴. 아주 감쪽같이 말이다.

어머니는 여전히 행복했다. 이젠 완전히 누운 채로 대소변을 받아내게 하고 쉴 새 없이 헛소리를 해대는 아버지가 어머니를 지루하지 않게 했다. 면회를 갈 때마다 도무지 철들 기미를 보이지 않는 아들도 어머니의 삶을 지리멸렬한 것으로 떨어뜨리지 않게 도왔다. 부쩍 말수가 줄고 홀로 처박혀 있기를 좋아하는 나, 안진진의 우울도 어머니를 행복하게 해준다.

아버지 시중 때문에 결국 어머니는 가게에 점원 한 사람을 두었다. 얼마 되지 않는 수입에서 점원 월급까지 나가야 하니 그것 또한 어머니의 나날을 긴장으로 채워주는 것이었다. 어머니는 더욱 바빠졌고 나날이 생기를 더해갔다. 아, 어머니의 불행하고도 행복한 삶…….

아버지는 이미 오래전에 자신의 인생을 벗어던지고 덤으로 살고 있는 사람이었다. 진짜 인생은 자기 혼자 다 즐기고, 덤으로 얹혀질 인생의 시기에 비로소 가족에게 돌아온 아버지는 천진난만 그 자체였다. 생의 이면을 보아버린 자의 그 많은 갈등과 괴로움도 단숨에 압축해버리니 별것도 아니었다. 남은 것은 음식에의 탐욕, 그것뿐이었다.

아버지의 뇌파는 오직 먹는 것에만 싱싱하게 반응하였다. 하루에도 몇 번씩 굶어 죽는다고 엄살이었다.

"배고파라. 아이구, 배 고파 죽겠어. 이것 좀 봐, 배가 납작하게 붙었잖아."

슬픈 일몰을 이야기하고 아름다운 비밀 반쪽을 나에게 나누어 주던 아버지는 사라졌다. 나는 그것을 확인했다. 아버지 손과 내 손을 맞춰보았지만 맞지 않았던 것이었다. 병과 늙음이 아버지의 손을 축소시켜 놓았다. 아버지의 뼈만 남은 야윈 손가락을 힘들여 펴서 손바닥을 포개봤더니 두께는 고사하고 길이도 반 마디나 내가 컸다. 그래서 아버지는 지금도 나를 알아보지 못하고 있다.

아마도, 우리는 영영 서로를 알아보지 못한 채 헤어질 것이다. 왜 사랑하는 우리를 멀리하고 떠돌아야만 했는지 묻지도 못한 채 나는 아버지와 헤어질 것이었다. 어쩌면 바로 그것이 아버지가 내게 물려주고 싶었던 중요한 인생의 비밀이었는지도 모를 일이었다.

옛날, 창과 방패를 만들어 파는 사람이 있었다.

그는 사람들에게 자랑했다.

이 창은 모든 방패를 뚫는다.

그리고 그는 또 말했다.

이 방패는 모든 창을 막아낸다.

그러자 사람들이 물었다.

그 창으로 그 방패를 찌르면 어떻게 되는가.

창과 방패를 파는 사람은 그만 입을 다물고 말았다.

이제는 나의 이야기를 해야 할 차례다.

나는 곧 결혼한다. 어머니와 이모에 이어 나도 4월의 신부가 된
다. 물론 4월 1일 만우절은 아니다. 일 년 전쯤의 어느 날 아침, 불
현듯 잠에서 깨어나는 순간 "내 인생에 나의 온 생애를 다 걸어야
해. 꼭 그래야만 해!"라고 부르짖었던 나의 다짐이 마침내 결혼이
라는 실천의 단계에 이른 것이다.

그 다짐에 충실했던 일 년이었다. 살필 수 있는 만큼은 다 살폈
고 생각할 수 있는 것은 다 생각했다. 그리고 결정했다. 4월의 결
혼식에 내 손을 잡아줄 남자는 그래서 나영규가 되었다. 일이 그
렇게 되었으므로 '헤어진 다음날'은 나와 김장우의 노래가 되었
다. 그러나 나는 헤어진 다음날들은 죽음뿐이라고 생각한 이모와
는 달랐다. 나는 잘 견디었다. 김장우는 어떠했는지 알 수 없지만.

인간에게는 행복만큼 불행도 필수적인 것이다. 할 수 있다면 늘
같은 분량의 행복과 불행을 누려야 사는 것처럼 사는 것이라고 이
모는 죽음으로 내게 가르쳐주었다. 이모의 가르침대로 하자면 나
는 김장우의 손을 잡아야 옳은 것이었다.

그러나 역시 이모의 죽음이 나로 하여금 김장우의 손을 놓아버
리게 만들기도 했다. 모든 사람들에게 행복하게 보였던 이모의 삶
이 스스로에겐 한없는 불행이었다면, 마찬가지로, 모든 사람들에
게 불행하게 비쳤던 어머니의 삶이 이모에게는 행복이었다면, 남

은 것은 어떤 종류의 불행과 행복을 택할 것인지 그것을 결정하는 문제뿐이었다.

나는 내게 없었던 것을 선택한 것이었다. 이전에도 없었고, 김장우와 결혼하면 앞으로도 없을 것이 분명한 그것, 그것을 나는 나영규에게서 구하기로 결심했다.

그것이 이모가 그토록이나 못 견뎌했던 '무덤 속 같은 평온'이라 해도 할 수 없는 일이었다. 삶의 어떤 교훈도 내 속에서 체험된 후가 아니면 절대 마음으로 들을 수 없다. 뜨거운 줄 알면서도 뜨거운 불 앞으로 다가가는 이 모순, 이 모순 때문에 내 삶은 발전할 것이다. 나는 그렇게 믿는다. 우이독경, 사람들은 모두 소의 귀를 가졌다.

마지막으로 한마디.

일 년쯤 전, 내가 한 말을 수정한다.

인생은 탐구하면서 살아가는 것이 아니라, 살아가면서 탐구하는 것이다. 실수는 되풀이된다. 그것이 인생이다⋯⋯.

모순 - 생의 비밀을 찾아서

작가 노트_양귀자

1

교정까지 마친 원고를 출판사에 넘기고 어수선한 책상을 정리하다 문 득 메모 노트를 발견했다. 한 편의 소설이 완성되는 긴 시간 동안 언제나 내 오른편에 놓여 흘러넘치는 말들을 받아주던 그 노트.

열심히 기계의 글자판을 두들기며 이야기를 이어가다 보면 손가락이 치고 있는 내용과는 관계없는, 그러나 소설의 뒤나 앞에서 반드시 쓰이거 나 쓰였어야 할 문장들이 저 혼자 뚜벅뚜벅 머릿속을 걸어 다니는 일이 벌 어지곤 한다. 그럴 때, 결단코 그 문장을 놓쳐서는 안 된다. 그 문장은 작가 인 내가 만들어내는 것이 아니다. 나 말고 누군가가, 오직 소설을 위해 아 껴둔 한 말씀을 섬광처럼 발하는 것이다. 나는 그렇게 믿는다.

그러므로 메모 노트의 글씨들은 몹시 난삽하다. 놓치기 전에 그 말들을 채집하려면 단정할 수가 없다. 그랬다가 혹시 놓치기라도 하면, 잃어버린 그 말들을 되찾기까지 도저히 일을 계속할 수 없는 것이다. 언젠가는, 찾 다찾다 못해서 그만 울어버린 적도 있었다.

이렇게 말하는 것이 좀 민망하긴 하지만, 긴 시간의 악전고투 끝에 무 사히 소설을 마친 뒤, 먹먹한 가슴으로 앉아 메모 노트의 흘려 쓴 글씨들 을 보고 있노라면 지나간 시간들이 진정 꿈 같다. 너무나 꿈 같아서, 남들 처럼 제대로 살고 있지 못한 나 자신에 대한 그 끝없는 책망을 거두고 비로소 스스로에게 약간의 용서를 베푸는 시간도 바로 이때가 된다. 그 유일한 관용이 허락되는 시간, 가끔씩 나는 나를 옹호하기도 한다. 이렇게밖에 살 수 없었다고. 너무 나를 나무라지 말라고.

2

메모 노트만을 놓고 본다면, 『모순』은 예전의 소설들과는 조금 다르다. 전에는 소설의 진행을 위한 기록들만 가득했었다. 말하자면 그것은 소설이 되기 직전의 언어들이었다. 제자리를 잡아 소설 속으로 들어가기만 하면 되는 그런 말들이었다. 그러나 이번에는 곰곰 들여다보니 그 속에 소설 바깥을 내다보는 메모들도 몇 개 담겨있다. 그것은 대부분 소설의 옷을 빌리지 않은 나의 육성, 소설 바깥에서나 발언해야 옳은 작가의 말들이었다. 그랬으므로 그것은 당연히 소설 안에서 제자리를 찾지 못하고 아직도 메모 노트 속에 흘려 쓴 글씨체로 머물러있는 중이었다. 길 잃은 고아처럼.

그래서 나는 그 말들에게 제자리를 찾아주기로 했다. 작가의 말을 짧게 쓰겠다는 내 생각은 어쩔 수 없이 수정되었다. 대신 따로 자리를 만들어해야 하는 작가의 말은 짧아질 수 있을 것이다.

사람들 앞에서 정색을 하고 해야 하는 작가의 '말'에 대해, 나는 여전히 어색하다. 다른 사람은 어떤지 모르지만, 작품 바깥에서 작품에 대해 말한다는 것은 나로서는 힘든 일일뿐더러 낯 뜨거운 일이기도 하다. 내게 있어 '진실'은 좀 식혀서 마셔야 하는 뜨거운 국물과 같다. 그러므로 술하게 썼다 지웠다 하는 글쓰기에나 담아야 어울리는 무엇이다.

3

노트에서 찾아낸 첫 번째 소설 외적인 메모는 '천천히, 아주 천천히 읽어주었으면'이라는 채 맺어지지 않은 문장이었다.

그것은 소설이 절반쯤 쓰였을 때 메모된 것이었다. 소설을 쓰고 있는 도중에 미래의 독자들을 떠올리며 미리 이런 주문을 중얼거린 적은 별로 없었다. 독자들이 어떤 식으로 읽어내든 소설이란, 독자들의 다양한 해석에 맞추어 소설 자신의 폭을 넓히는 것이었다.

생각해보면 이 소설 『모순』은 그동안의 내 장편소설들과 몇 가지 다른 점을 지니고 있다. 우선은, 처음으로 연재의 형식을 빌리지 않고 스스로의 결정에 따라 장편을 쓰기 시작했다는 사실을 들 수 있을 것이다. 지금까지 내 글쓰기의 가장 직접적인 채찍은 마감날짜가 명기된 원고청탁서였다. 그것이 아니었다면 아마 많은 소설들이 여태도 검토와 추고를 거듭하느라고 미완성인 채 남아있을 터였다.

마감날짜도 없는 글쓰기, 언제라도 파기할 수 있고 또한 언제라도 연기할 수 있는 글쓰기였음에도 나는 거의 충실하게 나와의 약속을 지켰다. 이 소설 이외 어떤 원고청탁도 받지 않았다. 한 달에 한 번씩 날 잡아 쓰는 연재도 아니고, 틈틈이 다른 글을 쓰는 것도 아닌, 절대적인 몰입에 대한 충만감은 장편소설로는 『모순』이 처음이었다.

절대적인 몰입은 단편소설에서나 가능한 일이었다. 단편에 비해 수십 배 작업시간이 긴 장편소설의 창작에서 시종일관 그만한 긴장감을 유지하기란 몹시 어렵다. 그리고 장편은 서사의 골격을 세우기 위해 바쳐지는 묘사가 많은 장르였다. 이야기의 진행을 위해서 혹은 이야기의 연결을 위해서 부분부분 속도와 강약을 조절하며 쉬어 갈 여지가 가끔씩 생긴다.

그럴 수 있었음에도 『모순』에서 나는 장편의 이익을 많은 부분 포기했다. 할 수 있는 한 '절대 몰입'의 단편 정신으로 가고자 애를 썼다. 덕분에 이번 소설을 쓰면서 나는 단 한 페이지의 덤도 얻어내지 못했다. 많은 분량의 원고를 쓰다보면 원하지 않아도 수월하게 넘어가는 부분이 있기 마련인데, 『모순』에서는 그 덤이 없었다는 이야기다. 나는 톡톡히 값을 치렀다.

누구라도 거저 얻은 것에는 애착이 덜한 법이다. 비싼 값을 주고 얻은 물건은 그 값만큼 알뜰살뜰하게 취급된다. 한 권의 책을 알뜰살뜰하게 읽는 법에 대해 궁리를 하다가, 그래서 나는 이렇게 메모하지 않을 수 없었을 것이다.

이 소설은 천천히, 아주 천천히 읽어주었으면 좋겠다…….

4

행복과 불행, 삶과 죽음, 정신과 육체, 풍요와 빈곤.

『모순』의 창작노트 곳곳에는 이런 종류의 복합어들이 아주 많이 발견된다. 흘려 쓴 글씨로 붙박여 있는 그 편린들은 아마도 주제에 관한 내 마음의 무늬일 터였다.

얼마 전부터 나는 이런 식의 서로 상반되는 단어들의 조합을 보면 그냥 지나치지 못했다. 하나의 개념어에 필연적으로 잇따르는 반대어, 거기엔 반드시 무슨 곡절이 있을 것이라고 나는 생각했다. 그 곡절을 보편성으로 풀어 쓰는 직업이 작가 아니겠냐고 홀로 질문을 던지기도 했었다.

『모순』은 그 질문에 대한 하나의 대답이었다. 그랬으므로 이 소설에 쌍둥이가 나오는 것은 너무나 당연한 일이었다. 단 한 번뿐인 이 삶, 한 사람을 놓고 두 개의 상반되는 삶을 추적할 수는 없는 노릇이었다. 하나지만 둘이고, 둘이지만 하나인 인생 궤적을 보여주기 위해서 일란성 쌍생아보다 더 적합한 장치는 없다고 생각했다. 그러나 소설이 중반에 이르렀을 때, 나는 중요한 사실 하나를 깨달았다. 우리들 모두, 인간이란 이름의 일란성 쌍생아들이 아니었던가 하는 자각. 생김새와 성격은 다르지만, 한 번만 뒤집으면, 얼마든지 내가 너이고 네가 나일 수 있는 우리.

새삼스런 강조일 수도 있겠지만, 인간이란 누구나 각자 해석한 만큼의 생을 살아낸다. 해석의 폭을 넓히기 위해서는 사전적 정의에 만족하지 말고 그 반대어도 함께 들여다볼 일이다. 행복의 이면에 불행이 있고, 불행의 이면에 행복이 있다. 마찬가지다. 풍요의 뒷면을 들추면 반드시 빈곤이 있고, 빈곤의 뒷면에는 우리가 찾지 못한 풍요가 숨어있다. 하나의 표제어에 덧붙여지는 반대어는 쌍둥이로 태어난 형제의 이름에 다름 아닌 것이다.

5

창작노트에 메모된, 소설 외적인 발언들의 나머지 부분은 모두 나 자신에게로 향하는 질문들이다. 그 몇 개의 단상들을 뭉뚱그려서 한 문장의 질문으로 만든다면 아마도 이럴 것이다.

작가란 누구인가.

작가로 살아가다 보면 이런 질문은 종종 받게 마련이다. 벌써 이십 년 작가였으므로 나 또한 수도 없이 이런 질문 앞에 노출되었다. 그리고 이십 년 세월 동안 그 대답도 자주 바뀌었다. 작가가 어떤 존재인지를 말하기 위해서는 작가인 나는, 살아낸 만큼, 소설을 쓴 만큼 대답할 수밖에 없어서였다. 작가 자신의 전 생애가 담겨진 답변을 요구하는 질문, 작가란 누구인가.

아마 지금 내가 할 수 있는 답변이라면, 작가란 주어진 인생의 한계를 뛰어넘는 새로운 현실을 소설 위에 세우기 위해 자신의 삶을 바치는 사람이 아닐까 하는 것이다. 허구의 이야기를 통해서 한 번뿐인 삶을 반성하고 사색하게 하는 장르가 바로 소설이라고 나는 처음부터 지금까지 여일하게 믿어왔다. 남의 소설을 읽을 때나 내 소설을 쓸 때도 나는 이 기본원칙에서 벗어나지 않았다. 주어진 인생의 한계를 뛰어넘을 수 있는 이야기와 새로운 현실에서 얻은 감동을 더불어 나눌 수 있는 세상, 그것이 바로 작가가 꿈꾸는 세상이다.

그래서 내게 있어 '이야기'와 '감동'은 소설 창작의 핵심적인 화두이며 전부이기도 하다. 그러므로 작가인 나는 '이야기'와 '감동'이란 주제에 매달려 사는 사람이다. 작가는 누구나 다 그럴 것이다. 문제는 이 두 가지를 함께 성취하는 일이 결코 쉽지 않다는 데 작가의 고민이 있다.

그러한 이유로, 나는 '이야기'와 '감동'을 젖혀놓고 행해지는 소설에 관한 모든 논의에 무관심하며 또한 회의적이다. 마찬가지로 단지 이야기만 주장한다거나, 분석해서 얻어지는 감동만을 주장하는 논의 역시도 믿을 수 없다고 생각한다. 이 모든 이론들에는 작가의 자리가 없다. 작가의 자리가 없는 소설, 혹은 작가의 정신이 없는 소설 논의는 일시에 소설이란 장르의 탄생을 무화시켜 버리고 만다.

일상의 남루를 벗겨주고 상실감을 달래주는 작가의 자리에 대해, 요즘 나는 다시 생각하고 있다.

6

하나의 소설이 쓰여지고 그것이 책으로 묶였다고 해서 소설이 완성되는 것은 아니다. 읽는다는 행위가 없으면, 읽기를 통해 독자와 소설이 생생히 교감하는 순간들이 존재하지 않는다면, 그러면 소설은 여전히 미완성인 것이다. 긴 시간 소설을 쓰면서 작가가 열렬히 소망하는 오직 하나는 독자를 통해 비로소 소설이 완성되는 그 순간의 교감이다. 그 소망 하나에 기대어 작가는 세상 모든 유혹을 뿌리치고 침잠하여 소설을 쓰는 것이다.

진지하고 우호적인 형태이든, 혹은 거칠고 과격한 형태이든 간에 미리 유포되는 전문독자들의 독후감은 소설에 대한 선입견을 조장한다. 그런 선입견은 자칫 작가에게는 소망을, 독자에게는 감동을, 소설 그 자체에는 완성의 기회를 앗아가는 적이 될 수도 있다.

그렇기 때문에 나는 『모순』을 쓰면서 이 소설을 읽는 모든 사람이 전부 '첫 독자'이길 꿈꾸었다. 소설에 관해 유포된 어떤 독후감에도 침범당하지 않은 순수한 첫 독자의 첫 독후감들을 많이 만나고 싶었다.

7

소설의 제목을 정하면서 많이 망설였다. 『모순』이라는 추상적 개념어를 가장 구체적인 현실을 다루는 소설의 제목으로 삼기에는 좀 무겁다는 생각 때문이었다.

그러나 곧 생각을 바꾸었다. 우리들 삶의 내면을 들여다보면 모든 것이 모순투성이였다. 이론상의 진실과 마음속 진실은 언제나 한 방향만을 가리키는 것이 아니었다. 『모순』은 무엇을 따라도 모순의 벽과 맞닥뜨려지는 인간과 삶에 관한 진술이었다. 세상의 일들이란 모순으로 짜여있으며 그 모순을 이해할 때 조금 더 삶의 본질 가까이로 다가갈 수 있는 것이다. 그렇다면 이것 이상 구체성을 띤 제목은 없을 터였다.

8

모든 것이 너무 갑작스레 변해버린 요즘, 불안하고 당황스럽기만 한 시절에, 소설이 우리에게 줄 수 있는 것은 무엇일까.

용기를 잃고 주저앉은 사람들에게 무언가 위로의 말을 건네고 싶어 이 소설을 시작했으나, 모순으로 얽힌 이 삶은 여전히 어렵기만 하다.

1998년 여름

양귀자

양귀자 소설
모순

1판 발행 • 1998년 6월 27일
2판 발행 • 2013년 4월 1일

2판 119쇄 • 2024년 7월 10일

지은이 • 양귀자
펴낸이 • 심은우
디자인 • [★]규

펴낸곳 • 도서출판 쓰다
주소 • 03006 서울시 종로구 평창11길 33
출판등록 • 2012년 10월 12일 제 300-2012-191호
대표전화 • (02)395-0390~2
팩스 • (02)379-7322
이메일 • writepublishing@gmail.com

ⓒ 양귀자, 2013
ISBN 978-89-98441-01-2 (03810)